La Casa de Altagracia

Vol. II

Libertad y frustración (1810-1828)

Carlos Machado Allison

La Casa de Altagracia

VOL II. Libertad y frustración (1810-1828)

Portada diseñada por Cognitio

e-Book diseñado, desarrollado y
publicado por Cognitio.

Primera Edición Digital

ISBN 978-1-939393-82-1 (ebook)
ISBN 978-1-939393-83-8

Cognitio
Books & Apps

www.cognitiobooks.com

Acerca del autor

Carlos Machado Allison, es un profesor e investigador vene-
zolano graduado en Biología en la Universidad Nacional Au-
tónoma de México, luego se especializa en entomología mé-
dica de la Universidad de Sao Paulo y obtiene un PhD en Ge-
nética en la Notre Dame University en los EEUU. Ha sido autor de más de 140 publicaciones científicas, libros de texto,
técnicos y de divulgación científica. También es columnista
del diario El Universal de Caracas. Profesor titular de la Universidad Central de Venezuela y del IESA, fue Director General del principal instituto de investigaciones agropecuarias de
Venezuela y especialista internacional del IICA en América
Central. El haber vivido en seis países y conocer otros 30 le
despertó una pasión por la historia que se plasma ahora en su
novela, *La Casa de Altagracia*. En la actualidad es miembro de
la Academia de Ciencias Físicas, Matemáticas y Naturales de
Venezuela.

Indice

Prólogo

El primer volumen de ésta saga, en la que la familia Carvallo ocupa la posición central, cubre el lapso 1750-1810. Buena parte de la trama ocurre en Caracas y en los valles de Aragua donde se encuentra la hacienda Altagracia. En el mismo se relata la vida durante el período colonial tardío y la vida de la familia Carvallo con sus nexos en España, Francia e Inglaterra. Los personajes ficticios se alternan con otros que forman parte de la historia de Venezuela entre los que destaca Francisco de Miranda y sus relaciones en Europa.

Roberto, María Antonia, sus hijos, vecinos en los valles y en Caracas, copan la primera parte de la saga cuyo título es La Dinastía y cubre el lapso 1750-1810. Poseen una próspera hacienda, Altagracia, en la que se introducen gradualmente prácticas e ideas procedentes de Francia e Inglaterra. Liberan a sus esclavos, se asocian a comerciantes locales y de las islas holandesas y, a través de María Antonia, poseen vínculos con parientes españoles y franceses. Por sus ideas liberales son mal vistos por las autoridades peninsulares y también por los criollos más conservadores. Aunque no participan en la conspiración de La Guaira, Roberto y su hijo terminan encarcelados brevemente y luego el segundo deberá abandonar Venezuela con destino a Inglaterra. Allí conocerá a Francisco de Miranda, Mier y Terán, O'Higgins y otros próceres de la independencia de las colonias españolas en América.

El segundo volumen cubre los años de la guerra de independencia que, en Venezuela, fue particularmente sangrienta. María Antonia y la hacienda, Altagracia, son refugio y punto de retorno de los combatientes. Carlos Augusto, hijo mayor de Roberto Carvallo, ocupa la posición central en la trama.

Aunque se trata de una novela, el autor ha hecho un esfuerzo por ajustar eventos y personajes a la realidad histórica. Sin duda ésta última se encuentra matizada por una

1

interpretación personal de la misma que espero no resulte demasiado aventurada a los ojos e intelecto de nuestros principales historiadores.

Una palabra de advertencia al lector, y espero que la misma no sea interpretada como una técnica de mercadeo, y esa es que para poder entender el contenido de la segunda y tercera parte de la saga, es menester haber leído la primera y así sucesivamente.

1

La casaca rota

Francisco acompañado por Melchor y dos peones de confianza comenzaron a desenterrar los bultos que contenían los rifles y la pólvora. El fornido mulato no podía disimular su alegría y se imaginaba conduciendo a sus hombres a través de las montañas de la costa o en plena batalla en los irregulares valles de Aragua. Había ocultado el armamento procedente de Curazao tal como Carlos Augusto y Roberto Carvallo le habían indicado a fines de 1809. Recordaba con precisión todos los detalles de la negociación con Van Linden y las horas de angustia cuando remaron en silencio hasta el barco, anclado a tres millas de la costa y sin luces, para descargar los 100 fusiles y los barrilitos de pólvora. Por largos meses pensó que el armamento tendría igual destino que los atados que habían sembrado en el camino de Maracay a Ocumare, en espera de la frustrada invasión del general Miranda. Dos veces recibió instrucciones de desenterrar los bultos y alistar a los peones de la hacienda e igual número de veces tuvo que volver a ocultarlos.

El Gobernador y Capitán General se embarcó hacia España sin que se derramara más sangre ese 19 de abril, que la del supuesto Conde Dotti, vigorosamente golpeado por Pedro Navarro que comenzó por los puños, pasando luego por la parte plana del machete y culminó con una buena dosis de puntapiés, peculiar modo de lavar honor y nombre. No satisfecho con haber comido y dormido a expensas de Navarro durante meses, Marcelo Dotti terminó embarazando a la poco agraciada hija del peninsular. No habían salido de la iglesia de La Candelaria donde se realizaron los esponsales, cuando Navarro recibió la noticia que Dotti no era ni hijo de

Conde, ni genovés, sino corso y con un largo historial de picardías similares en Puerto Rico y La Habana.

Pero ahora la situación se mostraba diferente, al menos así se lo había manifestado su padre la semana anterior. Cumaná, Barcelona, Margarita, Barinas, Guayana, Mérida y Trujillo, cada una a su manera, habían seguido los pasos de Caracas, pero Coro y Maracaibo no lo habían hecho. Carlos Augusto llegó al atardecer cuando ya las armas habían sido sacadas de los fardos y los peones las limpiaban con lienzos y aceite. Lucía un vistoso uniforme de Teniente, lo único que había conseguido en los almacenes vecinos a la Cárcel Real, aunque ante la oferta de levantar al menos 100 hombres, el Marqués del Toro lo había investido con el grado de Capitán.

-*'Francisco, da la orden para que los hombres se pongan frente a la casa en línea y con su armamento antes que se haga de noche. A partir de este momento tú eres el Teniente Francisco Álvarez y Manuel Vicente y Melchor son sargentos. Como ya acordamos vamos a usar las reglas del ejército español tal como las aprendí en África y espero que todos los soldados ya las conozcan.'*

-*'Es seguida Capitán Carvallo'.* Contestó Francisco sin poder ocultar una sonrisa.

-*'¿De qué te estás riendo?'.* Preguntó Carlos Augusto con seriedad.

-*'Bueno, es que es difícil pasar de una cosa a la otra. Me acordé cuando su merced era niño y caminábamos explorando las calles de Caracas.'* Carlos Augusto sonrió a su vez y colocando la mano sobre el hombro de Francisco le dijo en voz baja:

-*'Francisco si de veras vamos a la guerra hay que olvidar amistades y relaciones de familia. En África aprendí que disciplina y jerarquía son indispensables para sobrevivir.'*

-*'Entiendo y así los he entrenado, pero de vez en cuando me verás sonreír y eso nada tendrá que ver con las órdenes o la disciplina.'* Respondió Francisco.

Al anochecer había 25 hombres frente a la casa. Tres blancos, 14 mulatos y ocho negros libertos. Vestidos con sus mejores ropas, estaban alineados y cada uno tenía un rifle al hombro y un machete en la cintura. Dominaban los pantalones blancos, pero también los había de otros colores.

4

Las camisas sólo tenían en común el ser amplias en la cintura, pero los colores eran tan diversos como la edad de las mismas. 'Blanco amarillento' pensó Carlos Augusto, no era el más militar de los colores que recordaba.

Los recuerdos de la Academia en Madrid y la estadía en África se habían diluido bastante, pero había conservado unos manuales y poseía un par de libros sobre el arte de la guerra. En la mañana se trasladaron a Ocumare en el peñero, allí los esperaban otros 20 hombres, la mayoría sin ningún tipo de entrenamiento militar. Sobre la marcha hacia Maracay y luego en *Altagracia* irían aprendiendo. Al día siguiente Carlos Augusto y Francisco tuvieron su primera experiencia difícil ya que los hombres de Ocumare comenzaron a protestar el que se les hubiese dado como primera asignación el cargar bultos con rifles, pólvora y comida, mientras que los procedentes de *La Esperanza* viajaban más ligeros y armados. Carlos Augusto ordenó a la columna detenerse, reunió a los hombres de Ocumare y les explicó la situación.

-'*Aún no están listos para llevar las armas. Irán aprendiendo en el camino y luego en la hacienda Altagracia terminará la enseñanza. Pero deben irse acostumbrando a cargar bultos, arrear burros y eventualmente montar caballos, halar carretas y hacer muchas otras cosas rudas. El ejército no es un domingo en la playa y tampoco una rochela. Aquí vamos a tener disciplina y el que la rompa o desobedezca será severamente castigado. ¿Está claro? Espero que sí y no quiero oír más rezongar, ni cuchicheos, ni nada.*'

-'*¿Y si alguien se quiere regresar a Ocumare?*'. Preguntó uno de los mulatos que hasta el día anterior se dedicaba a vender licor de contrabando.

-'*¡Se va en el acto! Y si lo vemos luego en otro bando, pues será el primer muerto, así quién se quiera ir, pues que se levante y lo haga en éste momento*'.

-'*Pero Capitán, es que ya está oscuro*'. Respondió el mismo hombre.

-'*No importa, a recoger sus vainas y se va de inmediato. No voy a dormir con traidores o maricones a mi alrededor*'. Dijo Carlos Augusto apuntando el índice hacia el mulato.

-'*Capitán, pero yo no me quiero ir. Sólo preguntaba*'.

-'*Su nombre soldado*'

-'*Eleazar Pinto, ¡a sus órdenes!*'

-'*Estará de guardia toda la noche. Se sube a ese árbol y se sienta allí, en la rama gruesa y si ve algún movimiento da la voz de alarma. Si le oigo una pendejada más, ¡lo pongo de guardia, pero sentado en una bayoneta!*'.

Francisco sonrió mientras observaba la espigada figura de Carlos Augusto. El tono de la voz y el rostro alterado por los intermitentes destellos de los últimos rayos de luz que se filtraban en la densa vegetación, eran impresionantes. Los hombres que estaban de algún modo disfrutando las ocurrencias de Pinto, percibieron lo mismo que Francisco y guardaron silencio. Pinto caminó hacia el árbol, se trepó con agilidad y tomó la posición ordenada por Carlos Augusto. En la noche del tercer día llegaron a *Altagracia* donde los esperaban 50 hombres más. La mitad eran peones de la hacienda y los restantes, un heterogéneo grupo procedente de La Victoria y de tres haciendas vecinas. Apenas cuatro de ellos tenían alguna instrucción militar, eran los de mayor edad y habían pertenecido en algún momento a las milicias de pardos de los valles de Aragua. Otros, muy pocos, tenían alguna experiencia con armas por haber actuado como guardias en las haciendas, pero ninguno había visto nunca un rifle Baker. Los potreros de *Altagracia*, las suaves colinas y el río con sus grandes rocas graníticas fueron el escenario en el cual el centenar de hombres aprendieron las cosas más básicas. No había pólvora para malgastar, así que las prácticas de tiro fueron sólo simulacros hasta el último día en que Carlos Augusto ordenó fabricar una figura con gamelote seco y le pegó un papel con un círculo a la altura del pecho. Fijó la figura a una fuerte vara de madera y contó 120 pasos. Se detuvo y le indicó a Francisco dónde debía hacer el hueco y sembrar el tronco que previamente habían cortado.

-'*Un buen tirador debería poner nueve de cada diez plomos dentro del círculo. Cada hombre va a disparar sólo una vez desde aquí*'. Dijo mostrando el tronco. '*Ahora quiero que todos miren con mucho cuidado*'.

Carlos Augusto tomó su rifle, lo cargó y se arrodilló colocando el cañón sobre el tronco. Apretó el gatillo y una proporción elevada de los soldados escuchó por primera vez en su vida una detonación. El plomo dejó una pequeña marca dentro del círculo. Luego dispararon Francisco, sus dos hijos, Melchor y los cuatro antiguos milicianos. Sólo Melchor logró colocar la bala dentro del círculo, pero la mayoría de los restantes perforaron el papel, lo que no estaba nada mal como comienzo.

-'Vean el papel. Usamos nueve plomos y bastante pólvora, de haber sido una batalla de verdad, el enemigo tendría dos muertos y siete heridos. Pero cuando la vaina es en serio, el enemigo no está clavado en una estaca como el monigote, estará corriendo, agachado, detrás de un árbol y tendrá también un arma. Ustedes podrán estar apoyados en un tronco o en una piedra, pero también tendrán que disparar caminando, o desde el suelo. Así que se meten en la cabeza dos cosas. Primero que tienen que evitar que les den un plomazo y segundo que tienen que detenerse, apuntar con un poquito de calma y no fallar.'

Los hombres fueron tomando posición y disparando, uno a uno. Cada diez disparos Francisco caminaba hasta el monigote y tomaba nota. Pinto fue el último en disparar y antes de colocar la rodilla en el suelo se dio cuenta que Carlos Augusto lo observaba. Apuntó rápidamente, se levantó, sacó el pecho, colocó el rifle en el hombro e hizo un saludo militar con toda formalidad. La bala había entrado en el centro del círculo.

-'Vio capitán, es verdad que hablo muchas pendejadas, pero tengo buena puntería'.

-'Pinto, si sigues hablando te cambio por el monigote.' Dijo Carlos Augusto y los hombres rieron.

Carlos Augusto regresó a Caracas el 12 de octubre y al día siguiente llegó la noticia que Trujillo apoyaba la posición de la Junta de Caracas. Mariana y los niños celebraron el retorno del ahora flamante Capitán Carvallo con una deliciosa cena a cambio de contar todos los detalles de las tres semanas de ausencia. Los pequeños, en particular Eduardo y Carlos, disfrutaron en silencio el relato. Eduardo dejando en libertad su imaginación construía la escena en la medida en que su padre iba recorriendo los eventos. Carlos, atento, transformaba palabras en imágenes. Matías, Guillermo y Rosa pronto se aburrieron y tras un intercambio de miradas, se levantaron y se fueron a jugar al patio.

El cansancio del día no fue obstáculo para hacer el amor. Se separaron lentamente en ese claroscuro cuando en Mariana la pasión era sustituida por oleadas de afecto y Carlos Augusto se debatía entre el sueño o simplemente miraba en silencio el rostro de su esposa.

-'*Mi cielo, tengo algo que contarte*'

-'*¿Importante?*'

-'*Muy importante*'

-'*¿Me gustará?*'

-'*Yo espero que sí*'

-'*¿Entonces?*'

-'*Mejor mañana*'

-'*¡Cómo que mañana! ¿Acaso quieres que no duerma hoy?*

-'*Eso no está mal, si no duermes, hacemos el amor otra vez*'

Carlos Augusto se volteó, la inmovilizó con su cuerpo y comenzó a darle cosquillas en los costados.

-'*Ya, no sigas...está bien, me rindo Capitán y ya te lo cuento*'. Balbuceó Mariana entre risas.

-'*Ahora te alejas, te quedas quieto y guardas silencio. ¿De acuerdo?*'.

-'*De acuerdo*'

-'*Estoy embarazada*'

Apenas escuchó las seis campanadas Carlos Augusto se levantó. No eran todavía las siete cuando entró en casa de sus padres y tras abrazos y besos, tuvo que contar de nuevo la historia de las últimas tres semanas mientras María Antonia lo conminaba a desayunar por segunda vez.

-'*Pero madre, nada de eso es muy importante. Lo único que en este momento me anima, es que su merced va a ser abuela una vez más.*'

-'*¿Mariana?*'

-'*¿Y quien más va a ser?*'

-'*Bueno, contigo nunca se sabe....*'.

-'¡Madre, no diga eso!'

-'¡Mil felicidades mi amor! Dijo Mariana con una amplia sonrisa que precedió al abrazo que los confundió a los tres.

-'Ajá, te confundí ¿no es cierto?'

-'Sí, mucho, pensé que estabas hablando en serio. Me olvidé cómo te gusta hacer que los hombres parezcan medio idiotas'.

-'No es que parecen hijo mío, la mayoría son. Naturalmente con excepción de los de mi familia, pero dime ¿para cuando lo espera?'

-'Apenas lleva dos meses, yo ni siquiera me di cuenta anoche'

-'No te preocupes que no le pasará nada a pesar de lo que pasó en la noche'. Dijo María Antonia y Roberto no pudo detener la risa ante el ingenioso juego de palabras.

-'¡Madre, va su merced a seguir!'. Dijo Carlos Augusto ruborizándose ante la evidente referencia a lo ocurrido en su habitación.

-'Tranquilo hijo, si a nuestra edad no podemos hablar de esas cosas y hacerlas divertidas, ¿cuándo será?'. Además, toma dos consejos de tus padres. Uno, no dejes de hacerle nunca el amor a Mariana y dos, ahora que está embarazada, deben hacerlo con más amor, frecuencia y delicadeza'.

-'Pero, madre, ¿qué es lo que pasa hoy en esta casa?'

-'Nada y mucho Carlos Augusto. Estamos compartiendo tu felicidad. Dijo Roberto y agregó con picardía. 'Y a lo mejor tu señora madre me está haciendo algún tipo de insinuación, requiebro o invitación...'.

-'Roberto, ¡cómo se te ocurre decir esas cosas delante de tus hijos!'. Exclamó María Antonia.

-'Es que es muy feo decirlas por detrás'.

Cuando terminaron de reírse y sólo quedaba en el fondo de las tazas uno que otro granito de café, Roberto y Carlos Augusto se levantaron. Caminaron sin prisa hasta la casa del Marqués del Toro y en la puerta se encontraron con un Ribas indignado.

-'Me expulsaron de la ciudad. ¿Pueden creerlo? ¿A mí, expulsado por esos cretinos? ¿Acaso no fui el que más hizo para que estén en la Junta y en el Ayuntamiento?'.

-'Calma Don José, ¿por qué lo están desterrando?'

-'*Dicen que por los papeles que escribí, porque soy violento y porque me odian los españoles. O me voy antes de las doce, o me mandan arrestar*'.

-'*¿Tendrá Heredia algo que ver con esto?*'. Preguntó Carlos Augusto haciendo referencia al nuevo Regente enviado desde La Habana.

Abrieron la puerta y los tres entraron sin interrumpir la conversación.

-'*No creo, el hombre tiene las mejores intenciones, todo lo que hace es tratar que no haya guerra*'.

Entraron al salón donde los esperaba el Marqués e intercambiaron saludos.

-'*José Félix, lo veo muy agitado. Cálmese, ya sé de su expulsión y eso será por unos días. No juzgue mal a quienes tratan de mantener la paz, más adelante los necesitaremos también y la verdad es que su merced se pasó con los pasquines poco faltó para que los más violentos iniciaran una degollina*'. Dijo el Marqués tratando de imponer su autoridad.

-'*Pero vamos a lo nuestro. No hay conciliación con la gente de Coro, ni con Miyares. Si esperamos que se organicen y lleguen tropas de otro sitio, nos van a colgar de los árboles. Así que no hay otra solución que avanzar con las tropas hacia Coro. ¿Está lista su gente?*'

-'*Sí, en la medida de lo que son y han hecho hasta ahora, no está mal*'. Contestó Carlos Augusto.

-'*Y Don Roberto, ¿la gente de Los Teques, San Antonio y Carrizal?*'

-'*Creo que igual. Se les dio lo elemental y uno de cada ocho tiene un rifle nuevo, hay también una docena de mosquetes viejos, pero que aún funcionan y diez pistolas. Todos tienen o sables o machetes*'.

Carlos Augusto se sorprendió al escuchar a su padre. No sabía que estaba participando en la preparación de milicias.

-'*¿Cuántos son?*'.

-'*Como doscientos, y algo más si todos se alistan*'.

Bien, entonces tenemos más de dos mil sumando a los de Valencia y Maracay. Nunca se había visto una tropa de ese tamaño en las provincias. Saldremos pasado mañana.

-'Don José Félix ¿viene con nosotros?'.

Ribas lo miró con las cejas tan contraídas que le ocultaban parcialmente los ojos.

-'No sé, les avisaré. Ahora me voy, antes que esos cabrones me encierren'.

Cuando llegaron a Carora, Carlos Augusto se sentía decepcionado. Sus hombres y otros grupos se habían portado bien marchando con disciplina, organizando los campamentos y siguiendo las órdenes sin ninguna desviación. Pero otros tenientes y capitanes estaban dirigiendo una tropa tan desaliñada como indisciplinada. Cada vez que se detenían no faltaba quien conociera algún poblado y en particular la venta de aguardiente. En las mañanas era posible distinguir a los beodos de la víspera por los lienzos mojados que se ataban en la frente para reducir la jaqueca. La imponente masa humana causó una gran impresión en cada uno de los poblados y entre Carora y Coro enfrentaron a las primeras tropas. Más que batallas, escaramuzas aisladas en la cual llevaron la mejor parte. Melchor, que le había metido una bala en un pié a un enemigo y Pinto comentaban:

-'Capitán, se lo juro, le di en el culo. El hombre se agarró la nalga y gritaba como berraco capado. No lo tumbé porque estaba como a doscientas cincuenta varas y a esa distancia esta vaina no pega tan duro.'

-'Es cierto, los dos acertaron, yo los vi. Dijo Francisco. 'Pero no se me pongan presumidos porque esos carajos corrieron como venados.'

Siguieron avanzando hacia Coro y las noticias que llegaban eran alentadoras. El Marqués tenía ya casi tres mil hombres y en la ciudad los defensores no pasaban de seiscientos con fusiles y doscientos de a caballo. También contaban con unos mil, la mayoría indios, con arcos y flechas. Casi estaba Coro a la vista cuando el Marqués, que sus razones tendría, ordenó la retirada y en gran desorden retrocedieron, tanto que algunos grupos fueron rodeados y capturados. Carlos Augusto organizó la retirada de los suyos, poco menos de trescientos, con meticulosidad a pesar de la profunda frustración. Su primer impulso fue hablar con otros oficiales y destituir al Marqués en el sitio, pero lo pensó mejor y disciplinadamente organizó su retirada.

-'*¿Qué le pasó al Marqués?*' Preguntó Francisco agotado por el esfuerzo por mantener el orden y la moral de sus sargentos.

-'*No lo sé con certeza, pero en el curso del día, una palabra aquí y otra allá, me dicen que simplemente no quería una matanza entre hermanos. Pensándolo bien Francisco, la mayoría del otro bando no son españoles, son americanos o indios, como nosotros*'.

El ejército se disolvió como se había formado. Poco a poco los hombres tomaron camino a sus hogares. Más de la mitad se quedaron en Valencia y un tercio en Maracay. Allí Carlos Augusto envió a Francisco con los hombres de Ocumare y de *La Esperanza*, descansó en *Altagracia* y marchó hacia la cordillera donde licenció a los procedentes de Los Teques y San Antonio. Entró en Caracas el 10 de diciembre con los últimos cuatro hombres. Roberto, María Antonia y Mariana estaban en su casa esperándolo. Lleno de polvo, la casaca con una manga desgarrada en un espinar y de negro humor, lanzó el sable a una esquina del salón y recostó el rifle al lado de la puerta.

-'*Bien, ya estoy aquí y no sé que ha sido peor, si la plata que perdimos o la vergüenza que dejamos atrás*'.

Los Carvallo no eran los únicos frustrados. La Junta de Caracas navegaba en aguas agitadas y sin brújula. Para unos era demasiado conservadora, para otros representaba una amenaza. Ninguna luz llegaba de España donde la Junta Suprema, la defensora de los derechos del depuesto rey, vivía sus últimas horas. Se comenzaba a hablar de la "Confederación de Venezuela", pero no había precisión en torno a la idea. Las Juntas de las restantes ciudades, casi todas basadas en los antiguos cabildos, imitaban en algo a la de Caracas, pero conservaban su autonomía y todas, de un modo u otro, seguían manifestando su obediencia al rey y rechazando a los invasores franceses.

-'*Carlos Augusto, escucha lo que dice la última proclama*'. Dijo Roberto con el papel en la mano. '*Te leeré sólo un párrafo*'.

"...permanecerán fieles a su augusto soberano". -'*Es decir al vago de Fernando VII y su corte de parásitos*'. Comentó Roberto después de leer menos de una línea y prosiguió: "...prontas a reconocerle en un gobierno legítimo y decididas a sellar con la sangre del último de sus habitantes el juramento..."-'*Y no sé quien le dio autoridad a la Junta para estar ofreciendo la sangre de los americanos para defender al rey*'. Agregó Roberto y concluyó: '*Finalmente, después de mucha retórica altisonante, pasan a convocar a un Congreso. Creo que, dentro de todo lo que me disgusta de la Junta, esa puede ser una buena idea. Los tiempos no están como para que un grupito esté tomando decisiones que afectan a todas las provincias.*'

-'*¿Un Congreso?*'. Preguntó María Antonia.

-'*Sí, se nombrarían diputados que representarán ciudades y provincias con poder para decidir las cosas más importantes.*'

Carlos Augusto cansado les manifestó que se iba a bañar, a vestirse antes de la cena y sin duda a pensar que decirles a los niños sobre el desastre de su primera campaña militar.

-'*Bien, ve pero regresa pronto ya que tengo otras cosas que contarte y además debemos asistir a una reunión importante después de la cena.*'

Carlos Augusto abandonó la sala y se dirigió hacia la habitación de los niños. Eduardo, Carlos y Guillermo participaban en algún juego que interrumpieron al ver a su padre. Se levantaron con entusiasmo y de pronto se vio con uno en sus brazos, el otro cabalgando sobre sus hombros y el tercero aferrado a una pierna. Se dejó caer en una de las camas.

-'*Padre veo que regresó bien, está sin heridas. ¿Fue el enemigo que le rompió la casaca?*'. Preguntó Eduardo.

-'*No, fueron las espinas de un arbusto*'.

-'*Cuéntanos qué pasó en la guerra*'. Demandó Carlos.

-'*Sí, Padre, cuéntanos cómo derrotaron a los enemigos, seguro que mataste a muchos*'. Agregó Eduardo.

-'*Luego hijos, luego les contaré. Pero no hubo ninguna gran batalla. Ahora me voy a bañar y cambiarme, luego tengo que salir*' con el abuelo, pero les prometo que mañana les relato lo que ocurrió, pero no se estén haciendo ilusiones porque no fue gran cosa.'

Cenaron y Roberto no cesó de hablar poniendo a Carlos Augusto al día con los acontecimientos. Los niños habían cenado antes de modo que eran sólo cuatro en la mesa.

-'Bolívar regresó de Londres el 5 y tu amigo Miranda desembarcó esta mañana en La Guaira. El viaje a Inglaterra fue un éxito, ayer Bolívar reunió un grupo en su casa y nos explicó lo que ya le había informado a la Junta. Luis López Méndez y Andrés Bello se quedaron en Londres, porque tanto apoyo se logró con el Ministro de Estado Wellesley que restaron asuntos que tratar.'

-¡Miranda está en Caracas! Exclamó Carlos Augusto. 'Entonces todo va a cambiar. ¿Pero cómo ocurrió eso? La Junta hasta donde recuerdo no quería nada con el General y como todavía andan baboseando a Fernando VII, a lo mejor lo arrestan.'

-'Ese riesgo existe... Muchos siguen pensando en Miranda como un traidor a la corona y creo que nadie ha derogado ni la orden de arresto, ni la recompensa para quien lo logre. Pero como la Junta fue ambigua en las instrucciones que le dieron a Bolívar, López Méndez y Bello. Simón se las arregló para facilitar su regreso. La verdad es que los ingleses ven a Miranda como su aliado y están muy contentos después que la Junta le rebajó el arancel a las mercancías inglesas en una cuarta parte.' Continuó Roberto.

-'Bolívar me dijo antes de viajar a Londres que haría cualquier cosa para lograr la independencia.' Señaló Carlos Augusto entre un bocado y otro.

-'Así lo creo, en los últimos meses el joven Simón ha venido sacando las garras y no sé si por azar o con un propósito, se las ha arreglado para no firmar declaraciones, alejarse cuando algo no le gusta y ahora ni siquiera estará en el Congreso. Creo que está convencido que al final vamos a tener guerra y no quiere mezclarse en nada que luego sea un obstáculo.'

-'Bueno, en eso somos iguales, padre. Nosotros pensamos lo mismo y hemos actuado de igual forma. Si hubiésemos firmado aquella declaración armada por el Marqués de Casa Léon y por Ribas, estaríamos haciendo el ridículo. En todo caso mañana mismo voy a ver a Miranda'. Dijo Carlos Augusto con entusiasmo.

Caminaron juntos hacia la Universidad y de allí a la siguiente esquina donde en la vieja casona se reunía la Sociedad Patriótica. Roberto, Carlos Augusto, Alonso y Lorenzo habían asistido, sin mucha regularidad, a reuniones en la casa de la Sociedad. En la puerta se encontraron con Francisco Espejo que llegaba en la dirección opuesta. Cada vez que Roberto se encontraba con Espejo no podía menos que recordar los días que habían pasado en la Cárcel Real y el papel de Espejo como fiscal de la Audiencia. Pero la gente cambia, pensó Roberto. Allí estaba Andrés Bello, otro fiel funcionario del gobierno español, ahora representando a la Junta en Londres. Había una inusitada cantidad de gente esperando por el comienzo de la reunión, no sólo estaban los hermanos Montilla, Muñoz Tébar y Vicente Salias, el francés Leleux, sino que esa noche también se encontraban Soublette, Miguel Peña, los tres hermanos Toro, Simón Bolívar y, recién llegado de La Guaira, el general Francisco de Miranda flanqueado por los hermanos Ribas, Pedro Salias y Ramón García. Roberto se movió hacia el rincón donde ya habían encontrado acomodo su sobrino Lorenzo y su yerno Alonso Cortés que desde que había descubierto que el Canónigo Cortés de Madariaga era su pariente lejano, eran vistos juntos con frecuencia.

La sesión de la Sociedad Patriótica duró hasta la madrugada. *'Muchos discursos y pocas decisiones'*. Comentó Roberto en voz baja mientras Montilla repasaba citas de Rousseau.

-*'Me estoy desplomando de sueño, me voy a dormir'*. Dijo Carlos Augusto en voz baja despidiéndose del resto de la familia. Comenzó a caminar hacia la puerta con sigilo para no interrumpir al orador cuando de pronto se dio cuenta con alegría que el general Miranda estaba haciendo lo mismo. Coincidieron en el zaguán y se dieron un fuerte abrazo.

-*'Don Carlos Augusto Carvallo, mi querido amigo, ¡qué gran satisfacción es verlo de nuevo!'* Exclamó Miranda.

-*'Lo mismo digo General. Nada me causaría más placer que hablar con su merced, tengo muchas cosas que contarle. ¿Dónde se ha hospedado?'*.

-'Pues no lo va a creer, nada menos que en la casa de los Bolívar. El mundo gira y gira mi buen amigo, ¿quién iba a pensar que el hijo del tendero, despreciado por los Bolívar, Toro, Ponte y hasta por su tío Lorenzo, iba terminar durmiendo con ellos?'. Dijo con ironía.

Llegaron a la esquina y se cruzaron con Rengel que venía acompañado por sus hijos, Diego y Albertina. Los hombres se saludaron con cortesía y siguieron caminando. Rengel miró a Carlos Augusto con una mezcla de frialdad y temor, pero éste le prestó más atención a la niña, que con la misma edad de Rosa, tenía un rostro atractivo y una simpática sonrisa. Diego había crecido mucho y ya era casi un hombre.

-'General, ¿sabe que en algún lugar del camino de Maracay a Ocumare todavía deben estar enterrados los pertrechos que mi padre y yo llevamos cuando su merced iba a invadir? Pasamos buenos tiempos en Londres y Nueva York, ¿no es cierto?'.

-'Debe haber pertrechos enterrados en muchos sitios y posiblemente mucha gente que me odia por tantos fracasos. Confío que su merced no será uno de ellos.' Contestó Miranda.

-'No General, ¿cómo lo iba odiar si estábamos compartiendo las mismas ideas? El sentimiento fue de frustración, uno que con certeza su merced ha sufrido en no pocas ocasiones'. Señaló Carlos Augusto colocando su mano en el brazo de Miranda.

-'Bien, es grato saber que me quedan amigos. Supe de su merced a través de Bolívar, me pareció que no eran muy amigos, pero el Coronel le tiene mucho respeto.'

-'Y yo a él. Su merced y Bolívar tienen algo en común, yo lo llamo determinación, voluntad si desea y en todo caso creo que pueden contar conmigo. Hoy regresé de esa desgraciada campaña que emprendimos hacia Coro y de vuelta pensé que eso no hubiera ocurrido si el general Miranda hubiese estado al mando.' Cuando concluyó la frase pensó que quizás estaba glorificando en demasía y que Miranda podía pensar que él era un adulador más.

-'Gracias Don Carlos, tendré muy en cuenta a su merced. Mañana la Junta me otorgará el grado de Teniente General, debería ser más bien General, pero eso ya vendrá. Su nombre está también en la minuta de mañana, lo van a ascender a Teniente Coronel o a Coronel, no recuerdo muy bien, así que permítame felicitarlo.'

Llegaron al punto en el cual debían caminar en direcciones opuestas y se despidieron. Mariana esperaba soñolienta y recostada. Una vela casi totalmente consumida iluminaba muy tenuemente la habitación. Se desvistió en silencio y Mariana abrió los ojos para cerrarlos casi de inmediato. La presencia de Carlos Augusto la llevó de la somnolencia al sueño profundo que a veces induce la seguridad.

Esa noche soñó con el camino de Ocumare y dos veces se despertó sobresaltado, la primera con la imagen de Francisco con el machete en la mano cortándole el cuello al sargento Pacheco y la sangre del mismo bañándole el rostro. La segunda, era aún más perturbadora: Jennifer desnuda tendida al lado del cadáver de Pereyra, en la biblioteca de la casa en Londres, Miranda y Mercedes observándolos y él, sentado en una silla llorando. Con sombras de esa extraña escena en la mente se despertó bastante aturdido, a media mañana y con una borrosa sensación de culpa. Los fantasmas del pasado, pensó, mientras hacía un gesto con la mano como si de ese modo fuese posible ahuyentarlos.

2

La noche de Altagracia

Caracas, 1811

Federico Andrés del Valle visitaba con poca frecuencia a Elvira. Incluso después de la muerte de Sebastián que sin duda había sido un amable padrastro, acudía rara vez a casa de su madre. Se había refugiado en lo que quedó de la hacienda paterna y no pocos habían sido los conflictos que había tenido con su tío que cada vez que venía de España se empeñaba en darle consejos. Detestaba a sus tíos, a uno por impertinente, al otro por sus limitaciones. Tampoco había logrado establecer una relación adecuada con los hijos de Sebastián y Elvira, aún siendo ambos menores que él, los vio siempre como competidores del único afecto que había tenido en la vida. Aún más lejana era su relación con María Luisa, su hermana menor, que había decidido ubicar en el fondo del cofre de sus recuerdos el odio de un padre que nunca conoció. Para ella, Sebastián había sido padre y amigo, Elvira, una víctima de Federico. Cuando Sebastián murió y la famosa carta en la cual admitía haberle dado muerte a su padre se hizo conocida, María Luisa absorbió la nueva información con racionalidad, pero Federico Andrés llegó a la conclusión que Roberto había convencido de algún modo a Sebastián para inculparse y de ese modo librarse por fin de treinta años de sospechas.

Sus visitas a Caracas eran ocasionales. Después de la venta de la gran casa familiar, había adquirido una modesta vivienda en el extremo Oeste de la ciudad, en el borde del camino que conducía a Catia. El interior de la casucha era un misterio para sus vecinos, ninguno había logrado franquear la puerta que daba a un estrecho y umbroso zaguán. Ni siquiera Serafina González, que siempre con algún dulce en las manos se ingeniaba para hacer largas visitas mientras vendía sus productos. Sólo una vez logró venderle a Federico Andrés unas melcochas, pero de nada le valieron las insinuaciones para que la invitara a pasar. La infranqueable reserva se transformó gradualmente en mito gracias a una frase de la frustrada Serafina.

-'No sé que oculta ese hombre, a lo mejor le rinde culto a Satanás y no quiere que nadie vea su maldito altar'.

Federico creía tener un solo amigo y ese era el doctor Díaz, para algunos el médico de más prestigio después del gran éxito de la campaña de vacunación y por años la cabeza visible del Capitán General en materia de salud. En Caracas, omisión hecha del contacto de Federico con los vendedores de comida en sus visitas a la ciudad, sólo había sido visto en público con el famoso doctor.

En los valles la gente recordaba los desmanes y la vida turbulenta de su padre. Así, cuando llegó, todos pensaron que sería un nuevo dolor de la cabeza, pero ocurrió lo contrario. Apenas contrató a cinco hombres, dos de ellos casados y parecía vivir muy modestamente. Entre los contratados se encontraba Hermenegildo Peña, un hombre de mediana edad, formalmente casado y con cuatro hijos que, aunque Federico nunca lo trató como tal, era de hecho el mayordomo o capataz de la hacienda.

-'Es todo lo contrario de su padre'. Comentó Hermenegildo a modo de respuesta en la bodega de Facundo Martínez. 'Casi no habla, trabaja duro en el campo con nosotros, no se le conoce mujer y no se me mete con las nuestras.'

-'¿Pero es cierto que habla solo?'. Preguntó Martínez apoyando su voluminoso vientre en el mostrador.

-'Sí, pero nadie sabe que dice. A veces viene del campo en el caballo y uno ve que está hablando, pero cuando se acerca, cierra el pico. Varias veces he escuchado ruido en la casa y le pego la oreja a la pared, apenas oigo un murmullo, pero no se entiende nada'.

-'Hace otras vainas raras'. Agregó Graciano, un viejo liberto que también trabajaba en la pequeña hacienda. 'Una é que *naiden entra en la casa. Él hace su comía, así como limpia su casa y hasta lava ropa'.*

-*'¿Y no se casará nunca?'* Preguntó el vendedor, siempre ansioso de obtener información y luego compartirlo con sus clientas.

-*'Tu pareces bruto, ¿cómo se va casá si no ve nunca a una mujé?'* Respondió Graciano.

-*'Bruto eres tú, a lo mejor al hombre no le gustan las mujeres, sino los negros y por eso es que te tiene allá.'*

-*No seas mal hablado, tampoco se mete con los hombres, bueno hasta donde uno sabe.* Intervino Juan de Jesús. *'Además, crees que si le gustaran los hombres ¿escogería a Graciano que es más feo que patada de burro en las bolas?'*

-*'Pá'mi que le gustan los tenderos'. Aseveró Graciano tomando venganza. ¿Quién sabe que pasa allá atrá cuando viene Don Fedelico a comprá?'.*

El tendero tomó un plátano que estaba sobre el mostrador y se lo lanzó a Graciano. El negro lo agarró con agilidad en el aire y caminando con rapidez, casi corriendo, le gritó desde la puerta:

-*'Don Facundo, gracias por el plátano. Otra vez me tira un poco de carne salá que me está haciendo falta'.*

Facundo se movió hacia el borde como si fuera a perseguirlo y Graciano corrió calle arriba mientras Hermenegildo se reía.

-*'Juan de Jesús, un día voy a matar a ese negro de mierda que anda contigo.'*

-*'N' jo, Facundo, si a ti te gusta lu mamadera de gallo. Mira dame un traguito del aguardiente que tienes escondido y tomate uno conmigo. Además Graciano no anda conmigo, lo que pasa es que Hermenegildo lo trae y a veces hablamos.'*

-*'¿Y tu vas a pagar?'*

-*'Sí hombre, pago yo, pero no abuses gran carajo'.*

Federico entró en La Victoria y se dirigió a la bodega de Facundo con la certeza de encontrar allí a Hermenegildo.Ató el caballo en el poste que para ese propósito había clavado el tendero a un lado de la puerta y entró en el negocio.

-'*Don Federico qué sorpresa. Algo bueno ha de ocurrir si su merced nos visita.*'

Federico lo miró sin responder, luego hizo un gesto de asentimiento con la cabeza y tomó a Hermenegildo del brazo orientándolo hacia la calle. Caminó con él unos pasos hasta asegurarse que quedaba fuera de la vista y del oído del tendero.

-'*Hermenegildo voy camino a Caracas, me detuve para avisarte y para que regreses al terminar las compras.*

-'*Sí Don Federico ya iba de regreso. Busco a Graciano que está a la vuelta y nos vamos*'.

-'*Bueno, ya sabes, mucho cuidado...*'. Dijo Federico repitiendo la misma fórmula que usaba cada vez que viajaba. Hermenegildo nunca había podido averiguar que temía Federico ya que a fin de cuentas nunca ocurría nada importante en la finca. Dos veces le había preguntado de qué debía tener cuidado y en ambas oportunidades la respuesta había sido la misma: '*Eso lo sabemos mi padre y yo*'. Hermenegildo estimó prudente no preguntar más.

Díaz era uno de los que más criticaron a Emparan por su blandura y hasta se alegró cuando lo metieron en el castillete de San Carlos junto al Intendente Basadre mientras llegaba el barco que los habría de conducir a España. Aunque había nacido en Caracas, se sentía español y la corona era su adoración. Cuando lo nombraron miembro del Tribunal de Apelaciones, sintió que se había hecho justicia a pesar que sustituir al Marqués de Casa León no era nada fácil. El Marqués siempre se las arreglaba para quedar bien con todo el mundo, mientras que José Bernabé Díaz estaba consciente que esa no era precisamente su mayor virtud. Federico Andrés tocó la puerta de Díaz como hacía en algunas de sus visitas a Caracas. Una de las sirvientas le abrió y lo invitó a pasar a la sala mientras le avisaba al doctor. La sala tenía un mueble de buen tamaño donde Díaz guardaba sus libros y Federico tomó uno sobre cirugía y lo ojeó, lo devolvió a su sitio y los sustituyó por otro, en francés, que era una suerte de catálogo de enfermedades y tratamientos. Era un volumen pequeño y lo ocultó entre la cintura y la espalda, de donde extrajo otro y lo colocó en el estante. Había hecho eso varias veces en los últimos dos años y aparentemente el médico o no miraba sus libros con frecuencia, o suponía que Federico los devolvería. Se sentó y al apoyar la espalda en el sillón forrado de terciopelo rojo, sintió que el libro le molestaba.

-'Don Federico, tiempo sin verlo por aquí. Tenga buenos días su merced'.

-'Tenga buenos días Don José'

-¿Cómo ha estado su salud?'. Preguntó el médico.

-'Del cuerpo, bueno. De la cabeza, pues igual...'

- '¿Sigues viendo a tu padre'?'

-'Sí, todos los días'

-'¿Y hablas con él?'

-'Todos los días'

-'¿Y te responde?''

-'Sí'

-'Pero ya os dije que esa es una alucinación'

-'Sí, será alucinación, como su merced dice, pero lo veo y él me ve a mí. Eso nos hace felices a los dos. '

-'¿Alguien más lo ve o habla con él?'

-'Nadie, el no quiere que lo vean. Sólo yo'.

-'Don Federico ya le dije que eso es una enfermedad. ¿Se tomó el jarabe?

-'Sí, se acabó'

El médico se levantó y salió de la habitación. Poco después regresó con tres frascos de color ámbar.

-'Tomate dos cucharadas antes de cenar en lugar de una y otra a medio día. Te van ayudar a dormir bien. Duerme una siesta a medio día y prepara todos los días una jarra de infusión de valeriana'

-'Sí, gracias, Don José'. Respondió Federico colocando los frascos del costoso paregórico en una bolsa de cuero.

José no sabía que otra cosa darle a Federico. El opio del paregórico lo mantenía al menos tranquilo y aunque era conocido su efecto alucinógeno, también era un sedante fuerte, pero tenía que ir aumentando la dosis y eso tenía un límite. Recordaba que Paracelso lo recomendaba, pero Avicena lo había abolido. Del mal de Federico había tenido la oportunidad de hablar con algunos colegas en España, pero no sólo no tenían cura, sino que lo alertaron sobre el peligro que representaban los que tenían esa forma de demencia. Casos parecidos terminaban a veces en suicidio y otras en la pérdida total de la racionalidad.

-'Bien Don Federico y dígame, que le parece todo lo que está ocurriendo en estos días. ¿No le parece una desgracia?'.

-'Mi padre dice que hay que matarlos a todos'.

-'¿A quienes Federico?'

-'A los de la Sociedad Patriótica, a los Carvallo, los Toro, los hermanos Ribas, a todos'.

-'¿Y cómo sabe tu padre quienes están en esa Sociedad?'

-'Yo se lo cuento. Las peores son las mujeres. Ellas son quienes los alientan contra el rey'

-'No lo creo Federico'.No hay muchas mujeres metidas en esto de la independencia. Casi todas se quedan en sus casas y atienden los asuntos del hogar.'

-'Disimulan, pero son las peores. Ellas odian al rey'.

-'¿Pero por qué piensas eso Federico?'

-'Porque el rey es un hombre y ellas odian a los hombres'.

Díaz pensó que Federico estaba peor y que el paregórico no estaba sirviendo de mucho. Había probado darle dosis crecientes y observar, en su misma casa, el comportamiento. Federico después de tomar el opiato guardaba silencio y miraba hacia el techo murmurando cosas ininteligibles. Pero al menos mirando al techo y obnubilado, con lento abrir y cerrar de ojos, y algún gesto lento con la mano izquierda, parecía apacible.

-'Bien Don Federico, tome las cucharadas que le dije. Pero ya me queda muy poco, así que mejor sólo se las toma dos veces a la semana.'

Federico se despidió y salió hacia la intensa luz de la calle para encontrarse casi de frente con un ruidoso grupo que cantaban una suerte de himno que no reconoció. Caminaban hacia el lugar en que se reunía el Congreso. Federico sintió que la angustia le subía del estómago hacia el pecho para terminar en la garganta y su corazón se aceleró. Se devolvió y tocó de nuevo la puerta justo cuando la pequeña manifestación pasó frente a él. Reconoció a varios, entre ellos a sus dos medios hermanos, Sebastián y Alfonso, que marchaban en un alegre grupo con Carlos Augusto Carvallo y el hijo de Lorenzo, que ya ni siquiera recordaba como se llamaba. Pero el mayor impacto lo recibió al descubrir que dos mujeres, perdida la decencia y el recato – pensó– caminaban con los hombres. Díaz abrió la puerta y al lado de Federico observó las espaldas de los caminantes.

-'*Mal anda el país, Federico. Allí van algunos de la Sociedad Patriótica y ahora, hasta mujeres llevan de refuerzo'.*

-'*Es horroroso. Son criminales.'*

-'*Deberían ser exterminados como a los perros realengos'.* Agregó Díaz. '*En Madrid se lo dije a Casa León que siempre anda coqueteando con unos y con otros. Ahora se fue a esconder en su finca.'*

-'*Pero, ¿qué, qué... podemos hacer? Dicen que ya la mayoría de los hacendados y buen número de comerciantes está con los independentistas'.* Dijo Federico con un temblor en la barbilla.

-'*Ya verá su merced. Daré aviso cuando sea prudente, pero debe estar preparado. Valencia no está con ellos, ni Coro, ni Maracaibo. En Los Teques tenemos un grupo y otro aquí. Hay soldados españoles y estamos almacenando armas. Ni no ceden, actuaremos. Don Federico, si tiene armas en la hacienda, pues búsquelas que las guardamos aquí. Si no me encuentra, hable con los González de Linares. Ahora, tómese un buen sorbo de paregórico y vaya a descansar.'*

Díaz acompañó de nuevo a Federico hasta la puerta y c se aseguró que tomaba el camino hacia el Oeste. Luego cerró cuidadosamente y entró de nuevo. Se felicitó por la idea de pedirle a Federico que trajera sus armas, así era menos probable que el hombre se pegara un tiro.

-'*Don José'.* Dijo el hombre que necesitaba urgentemente un baño y quitarse o arreglarse la desordenada barba. '*Ese carrizo está completamente loco, ¿cómo se le ocurre a su merced darle mi nombre o involucrarlo en esto?'.*

-'*Los locos, como todos saben, pueden ser muy útiles en tiempo de guerra. ¿Cuántos gobernantes no han basado su poder en resentidos y en la amplia gama de perturbados que pueblan este planeta? Lo que hay que hacer es saber manejarlos.'* Contestó Díaz con suficiencia y González de Linares pensó por instante que el médico no sólo tenía bastante de resentido y quizás también un poco de orate.

Mariana estaba feliz caminando junto a Carlos Augusto y con Altagracia a su izquierda. Alonso no los había acompañado gracias a un fuerte ataque de gota que le había inflamado el talón y el dedo gordo del pié. Su cuñado lo había puesto a rigurosa dieta, sólo agua y frutas, así que el intenso dolor estaba acompañado por frecuentes viajes al cuarto del mingitorio. Se ubicarían en la puerta del Congreso que había decidido recibir una comisión de la Sociedad, cuya última reunión le había recordado a Roberto los conflictos entre jacobinos y girondinos en París, pero al final aunque había al menos dos partidos, se impusieron Miranda y Bolívar. Que el primero sabía usar la palabra ya lo sabía, pero Bolívar fue para Roberto, y buena parte de los presentes, una sorpresa. Nadie lo sabía tan vehemente y aunque no era tan florido como Roscio, sin duda causó impacto.

-'Carlos Augusto, me parece bien lo que estamos haciendo, pero hay algo que me perturba mucho'. Dijo Roberto en voz baja.

-'¿Qué?'

-'A veces pienso en la provincia como en la hacienda y no veo quién se está ocupando del dinero. Mendoza y los demás del ejecutivo no tienen experiencia. Yo no hubiera expulsado al Intendente, porque estamos hablando mucho y muy bonito, pero me pregunto ¿con qué van a pagarles a las tropas y a los funcionarios si nadie está recolectando impuestos?

-'Es posible que Mendoza ya haya pensado en eso y a lo mejor es que no lo sabemos. Entre los diputados hay muchos que saben administrar bien sus haciendas.'

-'Haciendas es una cosa, una provincia completa es otra.' Contestó Roberto y siguieron caminando. 'Los mayores, como el Conde de Tovar, me han relatado el enorme esfuerzo que hizo la corona en los últimos treinta años del siglo pasado para ponerle orden a los impuestos y no veo que se esté haciendo algo al respecto.

-'Padre, ¿teme su merced que nos pase como en Francia durante la revolución?'

-'*Algo así, es más fácil acabar con un gobierno y sus instituciones que construir uno nuevo*'.

-¿*Qué están cuchicheando ustedes?* Preguntó Mariana, pero antes de recibir respuesta sintió que Altagracia se apoyaba fuertemente en su brazo y pensó que había tropezado. Volteó para mirarla y notó que estaba muy pálida.

-'*Esperen, Altagracia no se siente bien*'. Dijo Mariana a dos hombres en voz baja mientras de detenía y la orientaba hacia la sombra del quicio de una casa. Altagracia, con ayuda de Mariana dobló las rodillas y se sentó en el escalón de la entrada. Un hilo de sudor descendía de la frente hasta el puente de la nariz.

-'*Aquí vive Julián Ortuño, voy a pedirle agua*'. Dijo Carlos Augusto.

-'*Acabamos de pasar la casa del doctor Díaz, voy a buscarlo.*'

-'*No padre, a Díaz no, es mala gente. Yo voy a buscar a mi hermano y usted pídale agua a Julián o a su esposa. Mejor aún, pídale permiso para pasar y recuéstela hasta que regresemos.*

Carlos Augusto corrió hacia la casa de Juan Lorenzo y por fortuna lo encontró y acompañado de su cuñada Rosalía en pocos minutos estaban de regreso. Altagracia estaba recostada en un diván en la sala de los Ortuño, la palidez era notoria y tenía un ligero temblor en uno de los brazos. Julián había enviado a su único sirviente a casa de Roberto para llamar a María Antonia. Juan Lorenzo la examinó y sacó un alfiler del maletín donde llevaba siempre instrumentos y medicinas. El temblor en el brazo, luego en una pierna, la inconsciencia total y el labio ligeramente colgante le hizo pensar lo peor, pinchó el brazo derecho y luego el izquierdo, luego con el canto de la mano probó en el borde inferior de la rodilla y la pierna izquierda no respondió. María Antonia entró con la señora Ortuño y Juan Lorenzo volteó hacia su madre. María Antonia percibió una expresión de impotencia en el rostro de su hijo y se arrodilló junto a Altagracia dejando escapar convulsos sollozos de desesperación.

Alonso, como pudo, llegó cojeando a la casa de los Ortuño y tras atravesar el zaguán entró a la sala. Vio la espalda de María Antonia arrodillada frente al sofá y recorrió con la mirada el rostro de los presentes que guardaban silencio. Sólo se escuchaban los apagados sollozos de María Antonia.

-'*Por Dios, ¿qué ha pasado? Juan Lorenzo, ¿qué le pasa a Altagracia?*'. Preguntó con angustia.

-'*Es pronto para saberlo, debemos llevarla a su casa y acostarla.*'

-'*No, hay que llevarla a mi casa, yo la cuidaré mejor. ¿Te parece bien Alonso?*'. Dijo María Antonia secándose las lágrimas con la manga del vestido.

-'*Como usted diga Doña María Antonia, sí creo que eso sería lo mejor.*' Respondió Alonso aún confundido.

Ya anocheciendo improvisaron una angarilla y cubierta con una manta de lana trasladaron a Altagracia a la casa de sus padres. La ubicaron en su antigua habitación, la que compartió con María Isabel cuando ambas eran niñas y luego se reunieron en la sala. María Antonia pensó que nunca antes la familia se había reunido alrededor de Altagracia, quizás desde algún cumpleaños cuando era niña, su hija había pasado desapercibida durante buena parte de su vida. Siempre estaba y al mismo tiempo su actitud silenciosa hacía que la ignoraran. De pronto era el centro de atención de toda la familia, era la noche de Altagracia. La miraban en silencio como si esperaran un milagro y de pronto sus ojos se abrieron ligeramente. Casi todas las miradas se dirigieron hacia a Juan Lorenzo en espera de alguna explicación. Juan Lorenzo en silencio apuntó con el brazo hacia la puerta y con otro les indicó que debían salir de la habitación.

-'*Creo deberíamos buscar a otro médico. Es muy difícil ser objetivo cuando se trata de un ser querido o de un familiar.*' Dijo Juan Lorenzo en voz baja y luego continuó: '*Parece un ataque de apoplejía, no es común en personas de esa edad, pero a veces ocurre*'.

-'*Pero dime Juan Lorenzo, ¿es curable?*'. Preguntó Alonso con ansiedad.

-'*No puedo contestar esa pregunta. Ocurre y no sabemos muy bien por qué, ni tampoco hay una cura. Algunos se recuperan casi por completo, otros quedan con algunas formas de parálisis y a veces...*'

-'*¿Y a veces qué Juan Lorenzo?*'. Preguntó María Antonia y su hijo dejó caer los brazos a los lados en un gesto de impotencia.

-'*Madre, vamos a esperar y no puedo decir cuanto. En unas horas o días sabremos. Pero quisiera que otro médico la examinara. Podría ser Álamo o Tamaríz y también Díaz, aunque sé que no es santo de nuestra devoción, es un buen médico*'.

Roberto tomó la decisión y al día siguiente los tres médicos acudieron a la casa de los Carvallo a las diez de la mañana. Álamo y Tamaríz llegaron primero y a los pocos minutos acudió Díaz. Juan Lorenzo los acompañó al cuarto de la enferma y en silencio la examinaron, volvieron a auscultar sus reflejos y levantaron los párpados. Juan Lorenzo les explicó lo ocurrido. Luego pasaron a la habitación contigua que estaba vacía e intercambiaron puntos de vista por algunos minutos mientras el resto de la familia esperaba fuera. Tarde en la noche anterior se les había unido María Isabel después que Roberto enviara un sirviente al convento. Álamo y Díaz eran como agua y aceite, el primero uno de los más vehementes miembros de la Sociedad y Díaz se sentía enemigo acérrimo de la misma, pero ambos lograron dejar sus diferencias a un lado. Regresaron a la sala y Juan Lorenzo habló:

-'*Todos pensamos lo mismo, parece apoplejía. Dejarla en la cama y tratar que pase la comida en forma de sopa, nada que pueda ahogarla, mucho agua y esperar que su cuerpo reaccione. Alguien debe estar siempre con ella y moverla un poco de vez en cuando. Es malo que esté en la misma posición.*'

-'*Yo sé que hacer*'. Dijo María Isabel que pasaba muchas horas atendiendo los enfermos en el hospital. '*Sólo necesito que la superiora me dé permiso*'.

María Antonia estaba desolada. Las palabras de los médicos, incluyendo a su hijo, eran crípticas y al mismo tiempo poco alentadoras. Cuando estos se retiraron se secó una vez más las lágrimas y comenzó a dar instrucciones tomando el control de la situación. Caminó con María Isabel hasta en convento y en pocos minutos tenían la aprobación de la superiora. En los siguientes días toda la casa y la vida familiar giraron exclusivamente alrededor de Altagracia. Al cuarto día se presentó el doctor Díaz para sorpresa de todos, nadie esperaba que regresara sin ser llamado. Roberto lo recibió en la puerta y lo acompañó hasta la habitación donde yacía Altagracia en la amplia cama. Díaz la observó con cuidado, revisó de nuevo los reflejos y dirigiéndose a María Antonia preguntó:

-'Dona María Antonia, y perdone la impertinencia pero es importante, ¿está orinando?'

-'Casi nada doctor Díaz y es difícil que tome agua. Se la doy por gotitas'.

-'¿Cuándo le cambió los lienzos que recogen la orina la última vez?'.

-'Anoche. Hoy no porque no ha orinado'.

-'Gracias Doña María Antonia'. Contestó formal el médico. 'Ya debo irme'. Dijo mientras caminaba hacia la sala.

-'Doctor, por favor ¿dígame cómo está?'. Preguntó María Antonia angustiada.

-'No debo dar opinión. El doctor Carvallo es su médico.'

-¿Pero, entonces por qué vino?'. Preguntó ahora Roberto.

-'Porque Altagracia y Alonso siempre me han tratado bien y me siento obligado hacia ellos. Vine deseando verla mejor, pero no es así. Hablaré ahora con Juan Lorenzo en el Hospital y él decidirá.'

-'Doctor Díaz, muchas gracias, su excelencia es un caballero.' Dijo Roberto mientras le extendía la mano al médico. 'Otro no hubiera venido sin ser llamado'. Díaz supuso que Roberto se estaba refiriendo a las diferencias que existían entre ellos.

-'Don Roberto, mis obligaciones como amigo y médico están por encima de las diferencias de opinión sobre el futuro de la provincia. Alonso Cortés y su hija me han recibido en su casa y yo estoy moralmente obligado. Ojala pudiera hacer algo por ella.'

-'No, doctor Díaz, yo no estaba pensando en eso, sólo que a veces los médicos no vienen si no son llamados y me pareció gentil que su merced lo hiciera. En ningún momento he pensado en que estamos en bandos diferentes y me alegra saber que con respecto a Altagracia, estamos en el mismo. Más aún, en los últimos días nadie en ésta casa ha estado al tanto de lo que ocurre en la calle'. Roberto se sorprendió a sí mismo siendo tan afable con Díaz.

-'*Pues al margen de nuestras diferencias y sólo comentando los hechos, le diré que Miranda ha entrado en el Congreso como representante de El Pao, además lo han nombrado presidente de la Junta Patriótica y ese chileno, Cortés de Madariaga regresó de Santa Fe con un acuerdo entre Caracas y Cundinamarca. No es poco lo acontecido en los últimos días Don Roberto.'* Díaz obvió que en Bogotá los aires de independencia estaban soplando con intensidad y que habían aprobado una constitución. Se despidió y Roberto lo acompañó hasta la puerta.

Esa noche, acompañado por Lorenzo y Carlos Augusto asistieron a la sesión de la Sociedad Patriótica. Había más de doscientas personas y por amplio que fuese el salón, el calor era insoportable. Los discursos se sucedían y el tono de los mismos iba aumentando en la medida en que avanzaba la velada. Hablaron Roscio, Álamo y Cortés de Madariaga, luego lo hizo Miranda en un inútil esfuerzo por hacer que su palabra fuera la última. El debate giraba en torno a varios temas, el que más interés causaba en el nutrido grupo era la posición de varios diputados y cabildos que se negaban a reconocer la autoridad del Congreso de Caracas. Briceño hasta había propuesto ese mismo día que el Congreso sesionara en otra ciudad. El segundo, que gozaba de gran consenso, era la decisión que debía tomar en Congreso en los próximos días. Miranda había dado un discurso encendido esa tarde y empleó la palabra independencia varias veces. Los ánimos se caldearon y el presbítero Méndez trató de abofetear al General mientras el padre Maya, gritaba que independencia era igual que traición al juramento de defender los derechos de Fernando VII. La reunión terminó tarde y Bolívar fue el último en hablar, no sólo apoyando la posición de Miranda, sino manifestando que no debían existir dos congresos y que de inmediato se debía proclamar la independencia.

Fueron a casa de Roberto a media noche comentando, mientras caminaban, el encargo que la Sociedad le había dado al diputado Peña, nada menos que presentar el día siguiente ante el Congreso una proposición para la declaración de independencia. Al día siguiente la barra estaba llena de una multitud vociferante, Bolívar, con una espada a la cintura dejaba sentir su presencia. Peña presentó la resolución y solicitó el voto del Congreso, pero el triunvirato pidió un día para analizarla.

-'*No la van a aprobar, ahora vendrán con la misma historia y consideraciones sobre Napoleón, las coronas europeas o la opinión de los ingleses.*' Le dijo Carlos Augusto a Bolívar que estaba a su lado.

-'*Ya verá su merced que sí. Mañana será el día mi buen amigo, lo que ocurre es que el triunvirato ejecutivo tratará de mediar entre los partidos para lograr un acuerdo unánime o al menos mayoritario*'. Le contestó Bolívar en voz baja mientras colocaba la mano sobre la empuñadura del sable.

-'*Don Simón, algunos dicen que su merced viene con armas al Congreso para amedrentar a los vacilantes. Quizás debería dejar el sable en su casa*'.

-'*Que lo tomen como quieran, pero que decidan de una vez, como dije anoche, ¿acaso no bastan 300 años de espera? Vea como han logrado hacerle pensar a su merced que seguirán haciendo ejercicios de retórica hasta que aparezca en nuestras costas un francés a tomar posesión de la provincia.*' Respondió Bolívar en voz un poco más alta, lo suficiente para que lo escucharan los que estaban más cerca.

-'*¡Independencia!*'. Gritó uno a espaldas de Carlos Augusto que no pudo reconocer la voz.

-'*¡Muera Fernando VII!*'. Se escuchó otro grito y cuando se retiraban los tres integrantes del ejecutivo la algarabía era enorme.

Altagracia murió esa noche sin recobrar el conocimiento, se fue apagando a lo largo del día, la respiración era cada vez más lenta y la palidez del rostro fue desapareciendo para dar lugar a un tono cada vez más oscuro. Juan Lorenzo observó el tono violáceo de los dedos de los pies y se volteó hacia María Antonia y Alonso con lágrimas en los ojos mientras María Isabel rezaba de rodillas al otro lado de la cama.

-'*Madre, se está muriendo. Debemos prepararnos*'.

Casi todos eran miembros de la familia. Formaban un semicírculo alrededor de la fosa mientras el cura decía las últimas palabras. Un niño llegó corriendo y como pudo llegó hasta la primera fila y acercándose a Carlos Augusto le tocó el brazo. Carlos Augusto se inclinó y luego colocó una rodilla en el suelo para que su cabeza quedara al nivel de la boca del niño y este cuchicheó:

-'*Manda a decir Don Francisco que el Congreso decretó la independencia.*'

Carlos Augusto puso los brazos sobre los hombros de sus sobrinos. La niña hundió la cabeza en el pecho de su tío mientras Hernán sollozaba mirando hacia el suelo. Las flores fueron colocadas sobre el ataúd tan pronto el cura salpicó el agua bendita dando fin a su parte en la ceremonia. Escucharon a lo lejos el repique de las campanas de la catedral.

3

Inocencia

Carlos Augusto estaba al pie de la colina y podía ver al general Miranda observando el avance de los soldados. Cuan diferente era la realidad a los gritos de alborozo que llenaron Caracas después que el diputado Juan Antonio Rodríguez, presidente del Congreso, anunció desde la capilla de la universidad, la independencia. Más diferente era lo que en Londres o Nueva York había escuchado o discutido con Miranda, tiempos cuando se imaginaban a criollos y quizás parte de los peninsulares que habían vivido muchos años en Venezuela formando un poderoso ejército y derrotando a las tropas españolas.

En la colina sus hombres estaban disparando contra sus propios compatriotas. Los hombres siguieron avanzando y Carlos Augusto dio la orden para que el segundo grupo comenzara la persecución. En pocos minutos llegaron a lo alto y pudieron ver al enemigo replegándose hacia el centro de la ciudad. Miranda ordenó disparar los viejos cañones de pequeño calibre. Se desplomaron algunas paredes y los hombres corrieron colina abajo hacia la ciudad. Carlos Augusto estaba ahora al frente de sus soldados en el flanco izquierdo cuando de pronto desde el convento salió un grupo numeroso atacando a los soldados que estaban en el extremo derecho. Miranda ordenó a Bolívar concentrar el ataque entre el convento y el cuartel. Al anochecer todo había concluido y el General disfrutó su primera victoria.

Esa noche Miranda cenó con sus tres coroneles, suerte de celebración de la batalla. Escaramuza era el término que Carlos Augusto tenía en mente, pero guardó respetuoso silencio. Miranda había introducido todo el rigor y bastante de la parafernalia militar europea. Los oficiales sudaban a chorros cubiertos de las casacas demasiado gruesas para el trópico y la falta de agua en la ciudad estaba matizando la cena con densos olores corporales.

-'*Bien, ¿qué os a parecido? Creo que hemos tenido un importante triunfo y ahora nuestros soldados están mejor preparados para el inevitable enfrentamiento con los españoles*'. Señaló Miranda dejando en el aire una especie de invitación a opinar, pero los tres coroneles guardaron silencio.

-'*Vamos hablad, vuestra opinión es valiosa. Coronel Carvallo, hable usted*'. Insistió el General y Carlos Augusto no tuvo otra opción.

-'*Es difícil General. Tenemos todavía mucho desorden, muchos hombres o no entienden o no quieren entender las órdenes, pero de lado opuesto la situación no era mejor. No sé que hubiera pasado si en lugar de criollos y milicias de mulatos, hubiésemos tenido que enfrentar a soldados españoles como los que conocí en el Norte de África*'.

-'*Bien dicho coronel. Necesitamos más orden y disciplina. Los hombres no están bien entrenados, salvo algunos que pertenecían a las milicias.*

-'*Pero hay algo más General. Un problema de moral.*'

-'*¿Cómo de moral?*'. Preguntó Miranda.

-'*Sí, muchos se alistaron para luchar contra los españoles, no contra sus hermanos*'.

-'*Coronel, eso es política y no nos corresponde juzgar, pero entre los oficiales debe estar claro que si se divide el país los españoles nos van a destrozar.*'

-'*General, creo que la mayoría lo entiende, pero igual resulta en gran frustración*'. Respondió Carlos Augusto mientras sus colegas mantenían cauto silencio. Le temían a Miranda y les molestaba que estuviera al mando. Miranda se retiró tan pronto masticó el último bocado. Estaba agotado y no quería que sus oficiales lo percibieran. Carlos Augusto salió de la casa que habían seleccionado como Cuartel General acompañado por Bolívar, compartiendo la satisfacción de haber actuado bien. Se despidió y caminó entre sus tropas hasta encontrar a Francisco que pasaba un trozo de pan por el fondo de la marmita donde había preparado la cena. Francisco se levantó al verlo y lo saludó.

-'*Toma asiento Francisco y termina de comer que con ésta oscuridad nadie ve el protocolo.*'

-'*Gracias Don Carlos*'. Respondió Francisco y a Carlos Augusto se le antojó que tenía un aspecto intimidante. El uniforme de teniente con galones dorados, demasiado ceñido, combinado con el abundante y ensortijado pelo lleno de canas que también brillaban a la luz de la fogata. Los hombres habían seguido a Francisco sin vacilar cuando Carlos Augusto ordenó el contraataque y podía imaginarse el pánico de los valencianos cuando vieron al corpulento mulato cargándolos lanza en mano desde el alazán que a su vez tenía buen porte.

-'*Lo hiciste muy bien hoy. La verdad es que no hubiese querido estar frente a ti.*'

-'*Gracias Don Carlos*'.

-'*¡Coño, Francisco!*'. *Deja el "Don Carlos" a un lado que estamos solos*'.

-'*Bueno, es que con esta maldita casaca de carnaval que me dieron y que seguro pertenecía a un enano, sólo se me antoja decir gracias Don Carlos, gracias General Miranda*'. Contestó Francisco con ironía.

-'*¿Y por qué no te la quitas?*'. Preguntó Carlos Augusto que al recordar que el también estaba uniformado y tan acalorado como Francisco comenzó a desabotonarla.

Antes de partir hacia Valencia, Miranda lo había buscado y sin vacilación lo ascendió a coronel. No había muchos hombres en quien confiar y el General sentía que la relación previa en Londres y luego en Nueva York era una garantía. Aunque estaban separados por buen número de años, Miranda, parecía sentirse más cómodo con Carlos Augusto y sus 42 años, que con Bolívar y otros independentistas que no llegaban a los treinta y ya querían dominar la escena. El General se durmió satisfecho con su selección, Carlos Augusto había mantenido en orden sus tropas y su respuesta había sido rápida y precisa, no así otros que aparentemente habían olvidado lo elemental que deberían haber aprendido. Menos satisfacción le estaba causando la manera en que se estaban manejando ascensos, remuneraciones y las finanzas del nuevo gobierno. En los primeros días de agosto lo llamaron para opinar sobre emisión de billetes y de papeles, pero evadió la responsabilidad, tenía más experiencia endeudándose que pagando lo debido y el amargo recuerdo de las demandas, aún lo embargaba.

Carlos Augusto, Francisco y parte de su tropa se quedaron en *Altagracia* y el resto se dispersó en los valles. La hacienda se convirtió en un cuartel y Carlos Augusto tuvo que distribuir con habilidad la autoridad: Francisco al mando directo de los 120 hombres de armas y el mayordomo intentando hacer lo mismo sobre los peones que eran más de 30 y casi un centenar si se incluía a las familias. Lo más difícil fue separar las actividades de los soldados que a su vez eran trabajadores de la hacienda. La época de cosecha del maíz se aproximaba y el circular de tropas entre Caracas, Maracay y Valencia había aumentado tanto la demanda, como el precio de los plátanos, la carne y otros productos.

-'Francisco, desearía estar en Caracas con mi mujer y los hijos'.

-'Y yo en La Esperanza. Ya no tengo edad para andar en estas cosas. Cuando terminó la escaramuza del último día en Valencia, me dolían hasta los huesos'.

-'Pero Francisco te ves joven, por cierto nunca he sabido tu edad, apenas que ya eras un hombre crecido cuando yo era niño. Recuerdo cuando caminábamos por las calles de Caracas y me contabas algo de historia y quién vivía en cada casa.'

-'Cuando me vine a Caracas necesitaba papeles y fui a la parroquia donde me registraron. Averigüé que había nacido en septiembre del 50, así que tengo 61 años, que no son pocos. Tu padre debe andar también por allí o algo más. Nos pusimos viejos casi sin darnos cuenta....'. Dijo Francisco con una expresión de nostalgia.

Estaban sentados en el corredor adornado con las blancas columnas que había diseñado su abuelo después del incendio. Al día siguiente de la llegada y a la izquierda, cerca de la casa del mayordomo habían levantado un cobertizo para albergar a los soldados que no tenían familia en la hacienda. Alojarlos fue más simple que dotarlos con agua y otros servicios, pero Carlos Augusto ideó un acueducto con cañas de bambú y un canal de salida que terminaba en la pequeña laguna. Cien hombres podían hacer las cosas con rapidez. Para la tercera mañana ya estaba corriendo el agua en un anexo del cobertizo y Francisco dio la orden de bañarse cada mañana después de los ejercicios militares, o en la tarde cuando había faenas en el campo. Algunos hombres lo hicieron al comienzo a regañadientes, pero cuando llegó de La Victoria una dotación de jabón, hasta los menos habituados comenzaron a disfrutar del baño cotidiano.

-'*Papá es mayor, nació en el 45, pero aunque se queja de vez en cuando de los dientes y otros males, todavía está fuerte*'. Respondió Carlos Augusto

-'*¿Te acuerdas de la quebrada y el cuerpo?*

Carlos Augusto hizo una pausa al llegar el cadencioso sonido de un tambor desde el cobertizo, instantes después, se unieron maracas y las cuerdas de un cuatro.

-'*¿Cómo olvidarlo?*'. *Por meses tuve pesadillas, nunca había visto un muerto y para un niño de mi edad fue impresionante ver el cadáver. Además estaba casi seguro que habías sido tú o mi padre quién lo había matado, pero no me atrevía a preguntar ya que ambos lo negaban. Nunca me imaginé que había sido Sebastián.*'

-'*Pues mira, que ganas no me faltaron y creo que a tu padre tampoco. Federico del Valle era mala gente y Sebastián fue el brazo de Dios. Una noche tu padre cogió el caballo y el fusil y se fue donde Federico. Su mujer había llegado toda estropeada a Altagracia y pensamos que esa noche tu padre lo iba a matar, pero lo encontró borracho y apenas lo amenazó. Dicen que el hijo también está loco*'.

-'*La locura está sembrada en esa familia. Un hermano avaro y fanático, otro medio pendejo y Federico abusador, cruel y borracho. Dicen que el viejo se murió bebiendo*'. Dijo Carlos Augusto.

-'*Así fue, lo encontraron tirado cerca de la casa de putas que frecuentaba*'. Afirmó Francisco y continuó: '*Una vez me contó tu hermano Juan Lorenzo que a veces los hijos de los sifilíticos salen tarados y también supe que Federico estaba chancroso*'.

-'¿Y cómo supiste eso? Preguntó Carlos Augusto, casi adivinando la respuesta.

-'Acuérdate que yo vivía en Caracas y lo que no averiguaba directamente, a Rosa se lo contaban.' Dijo Francisco riéndose. 'No había mayor gusto entre los sirvientes que contar los chismes de cada casa, no te imaginas las cosas que sabíamos, algunas bien feas y además tu tío Lorenzo se conocía la vida de cada mantuano, la gente le tenía terror cuando abría la boca.'

La música seguía llegando desde el cobertizo. Silenciado el tambor, el ritmo de la costa fue substituido por la guitarra y el cuatro, acompañadas por las voces que entonaban una canción de las llanuras.

-'Bueno capitán Don Francisco, vamos a dormir. Estoy cansado'.

-¿Y de dónde salió eso de capitán?'

-'Pues porque te lo ganaste en Valencia'.Miranda lo aceptó tan pronto se lo propuse. Si no hubiera sido por nuestro grupo, a lo mejor los valencianos nos pelan, así que ahora eres capitán y la paga es como el doble.' Dijo Carlos Augusto mientras se levantaba.

-'La tropa que mandaba Bolívar también lo hizo bien, el que metió la pata fue el Coronel Cabello y le dieron duro.' Comentó Francisco.

Carlos Augusto regresó a Caracas a fines de septiembre y Francisco siguió hasta La Guaira para embarcarse hacia La Providencia con una licencia de dos semanas. Mariana lo recibió con una sonrisa especial, pero percibió también una expresión de angustia. Tomados de la cintura entraron en la casa donde los niños los abordaron. En el salón Eduardo pidió que relatara todos los detalles de la batalla y así lo hizo mientras los demás lo escuchaban con atención. Tan pronto terminó el relato Eduardo intervino:

-'Padre, ya sé que quiero hacer cuando crezca un poco más'. Dijo dejando en suspenso la respuesta, costumbre que, según Mariana, había heredado de Carlos Augusto.

'No le hagan caso, todas las semanas quiere ser algo diferente.' Dijo Carlos que con algo más de nueve años, un crítico implacable de su hermano mayor.

-'Guarda silencio niño, que estoy hablando con nuestro padre. Voy a ser militar y quiero que me mandes a la academia dónde su merced estuvo'. Continuó Eduardo con un tono muy formal.

-'Bien, si es eso lo que quieres tan pronto tengas edad y si la situación en España lo permite, entonces te enviaremos.'

-'Pero también puede ser en Francia ¿no es así?'. Preguntó Eduardo que, después de escuchar varias veces los relatos sobre Boisnard, se sentía más atraído hacia París.

-'Sí, creo que es así, pero habría que averiguar si te aceptan y en todo caso hay que esperar más de un año para que te reciban.' Carlos Augusto se levantó y le dio un beso en la frente a cada niño. Rosa la más callada de los cuatro lo tomó de la mano y le dijo:

-'Padre, no dejes que Eduardo sea militar. No quiero que lo maten.'

-'¿Por qué lo van a matar?'

-'Por que Mariana dice que va a haber guerra y en la guerra los primeros que se mueren son los soldados.'

-'No te preocupes mi cielo, para cuando Eduardo regrese de la academia, seguramente ya habrá paz.'

En la noche, ya solos en su habitación, Carlos Augusto y Mariana hicieron el amor apasionadamente, pero él percibió cierta diferencia. Mariana alternó momentos de entrega, con otros donde tomaba la iniciativa y al final ella guardó silencio.

-'Algo pasa mi amor'. Aseveró Carlos Augusto.

-'Sí, algo me pasa. Estoy embarazada y no sé si estoy feliz o triste.'

Carlos Augusto rió y la abrazó.-'Yo estoy feliz, ¿por qué te sientes de otra manera?'

-'Porque todos dicen que tendremos guerra y las mujeres vemos esas cosas de otra manera.'

Acompañado por Mariana fueron al día siguiente a visitar a los Bolívar para darles un pésame tardío por la muerte de su hermano Juan Vicente cuyo barco había naufragado al regresar de los Estados Unidos. Ya Carlos Augusto le había dado sus condolencias en Valencia, pero lo formal era la visita familiar y así lo hicieron.

-'Ambos hemos perdido seres queridos, su hermana Altagracia y yo a Juan Vicente. Mi hermano regresaba de una importante *misión'*. Dijo Bolívar y Carlos Augusto decidió no opinar sobre el difunto hermano, corrían en Caracas versiones contradictorias sobre lo que había hecho Juan Vicente en el Norte. Heredia, el conciliador Regente, había dicho que Juan Vicente había tratado de negociar un acuerdo con España para que no hubiera hostilidades y a cambio, igualdad de derechos para peninsulares y criollos.

-*'Nos entendimos bien en Valencia, Don Simón.'*

-*'Así fue Don Carlos, aunque debería decir Coronel Carvallo'*

-*'Y yo debo tratarlo de Coronel Bolívar, ¿no es así? Es lo correcto en tiempo de guerra, pero a veces no estoy seguro si en guerra estamos y a veces ni siquiera contra quien.'*

-*'Son días de confusión Coronel Carvallo, pero en poco tiempo cada uno tendrá que tomar su partido. Coro y Maracaibo están con España, son dos plazas realistas y más de uno en Caracas trata de arrimarse a quién estima ganador, así que hay españoles que apoyan la independencia y criollos que son más realistas que Miyares o Ceballos'*. Dijo Bolívar refiriéndose a los jefes militares de las ciudades de occidente.

-*'Nosotros ya tenemos partido, lo tenemos hace tiempo Coronel Bolívar.'*

-*'Así es mi querido amigo y creo que la guerra será larga. En España también hay confusión, Napoleón está abriendo demasiados frentes y pienso que a la larga será derrotado. Por otra parte en México está corriendo sangre y de España enviarán a más de 4000 hombres para evitar la independencia. Me pregunto cuantos a Venezuela'*.

Mariana escuchaba en silencio a los dos hombres, los relatos y lecturas eran suficientes para no desear una guerra. La independencia era una idea vaga, los niños y su esposo eran una realidad.

-*'¿No habrá una forma de evitar la guerra?'* Preguntó Mariana atreviéndose a intervenir y sin saber como reaccionaría Bolívar.

-*'Sólo una Doña Mariana, pero es casi imposible. No habría guerra si España decide aceptar la independencia y eso no va a ocurrir. Napoleón no lo aceptaría, ni tampoco Fernando VII, si estuviera en el trono. América es importante para España. Las tropas irán primero a México porque ese virreinato es el que más rentas le genera a la corona.'*

-'*¿Pero acaso la independencia es más importante que las vidas que se van a perder?'*. Dijo Mariana más formulando un juicio que haciendo una pregunta y Bolívar lo percibió.

-'*Las dos son importantes y a veces se pierden vidas por causas superiores y no hay duda que la independencia es una de ellas.'*

Bolívar hablaba con convicción, había madurado con rapidez, era un hombre diferente al de poco más de un año atrás. Después de los sucesos del 19 de abril Bolívar, Luis López Méndez y Andrés Bello viajaron a Londres donde fueron recibidos por Wellesley quién los trató en forma ambigua. Inglaterra estaba en guerra con Francia, pero no con la dividida España. Luego Bolívar había tenido largas conversaciones con Miranda y para muchos el retorno del General se debía en buena medida a su intervención. Las palabras de Bolívar le hicieron recordar a los dos españoles que habían muerto en el camino de Ocumare a manos de Francisco y en ellas encontró una explicación, y hasta un cierto alivio a los recuerdos que regresaban sin cesar. Tras el fracaso de la invasión de Miranda y la frustración del esfuerzo que habían hecho para colocar los pertrechos en la ruta que supuestamente iban a tomar las tropas del General, Carlos Augusto se sintió invadido por un sentimiento de culpabilidad, el mismo que lo acompañó después de Valencia. Había muerto gente y no estaba seguro si razones habían sido buenas.

De regreso y cerca del mediodía bordearon la plaza mayor, dieron vuelta en la esquina de la catedral y se toparon con Alonso rigurosamente vestido de negro. Carlos Augusto lo abrazó con cordialidad y Mariana lo besó en la mejilla. Alonso estaba muy deprimido desde la muerte de Altagracia y pasaba buena parte del día encerrado en la habitación o acompañando a los niños. Había descuidado bastante a sus clientes, pero Landaeta, a pesar de su avanzada edad, lo había cubierto para evitar que los perdiera.

-'*Alonso, me da placer verte de nuevo en la calle. Necesitas volver a tus clientes.'*

-'*Voy a la catedral, a rezar*'.

-'*Hermano, eso está bien, una plegaria nunca hace daño, pero no puedes pasar el resto de tu vida rezando.*'

-'*¿Alonso, por qué no vienes a almorzar con nosotros? Ven y desde la casa mandamos a decir en la tuya que no irás a comer.*' Dijo Mariana mientras lo tomaba del brazo y miraba a Carlos Augusto. Este entendió la señal y tomó a Alonso por el otro brazo. Casi sin darse cuenta Alonso iba ahora caminando en dirección opuesta a la catedral. Carlos Augusto reparó cuanto había envejecido en los últimos meses, casi diez años menor que su padre y casi parecían hermanos. Había perdido peso y las líneas del rostro se habían hecho profundas. Caminaron en silencio.

-'*El regidor Heredia me escribió*'. Dijo Alonso rompiendo el silencio.

-'*¿Y qué desea?*'. Preguntó rápidamente Carlos Augusto.

-'*Que haya paz. Creo que me escribió a mí y lo hizo también a otras personas que tienen su origen o relaciones en La Española*'.

-'*¿Le respondiste?*'. Preguntó Mariana intrigada. En Caracas era bien conocida la actitud conciliadora de Heredia.

-'*Sí, también le di la carta al Congreso. Me contó que pronto llegarán tropas españolas y que desearía que se pudiera parlamentar antes que corra más sangre.*'

Entraron en la casa y se sentaron en la sala mientras los llamaban a comer. La azafata de Mariana les ofreció de beber y Alonso primero se excusó, pero luego cambió de parecer y la joven y atildada sirvienta sirvió sendas copitas de jerez.

-'*Carlos Augusto, están ocurriendo cosas indebidas. Han ajusticiado, por órdenes de la Sociedad Patriótica a varias personas. Se les acusa de traidores y en juicio sumario, donde los reos no tienen mayor oportunidad, se les condena y luego los ejecutan.*'

-'*Estoy de acuerdo contigo. Los doce que habían sido capturados en julio, sin duda estaban propiciando una rebelión en los Teques contra el Congreso y la Sociedad Patriótica, pero otros han sido víctimas del odio. El Escalona es un bárbaro.*'

Comieron en silencio hasta que Mariana abrió una conversación sobre los hijos con el propósito de animar a Alonso y preparar la proposición que ambos querían hacerle desde la muerte de Altagracia. Tras varios minutos de trivialidades sobre los pequeños, finalmente Mariana pensó que el momento era propicio.

-'*Alonso, tenemos una idea, apenas una sugerencia y no lo tomes a mal. Carlos Augusto y yo estaríamos muy felices si estuvieran más cerca de nosotros. La casa es grande y hay espacio para todos. Además tu hija Altagracia se lleva muy bien con Rosa a pesar que las separan cuatro años y Hernán ha hecho buenas migas con Carlos y Guillermo.*'

Alonso los miró primero con asombro y luego con agradecimiento. Desde la muerte de Altagracia había estado confundido y sentía que se había alejado de sus hijos. Los juegos y frecuentes paseos eran las cosas que más los unían y él había abandonado ambos. Carlos Augusto y Mariana lo miraban esperando una respuesta y él vacilaba en darla.

-'*Gracias, muchas gracias, pero no sé, no estoy seguro si es bueno para todos estar bajo el mismo techo, no tengo duda que los niños se llevarán bien, pero yo...*'.

-'*Alonso, no es bajo el mismo techo. Feliciano, mi vecino, está vendiendo su casa, si compramos, estaríamos como reza el dicho, juntos pero no revueltos. La casa está bien y tiene buen tamaño, le abrimos una puerta al muro y así nos comunicamos. En estos tiempos tan turbulentos es bueno que siempre esté uno de los dos cerca de los niños.*'

Alonso asintió. Se dejó llevar a pesar que abandonar la casa que había compartido con Altagracia le causaba dolor, pero al mismo tiempo pensó que el cambio podría ayudarle a escapar de los recuerdos.

Después de la navidad Alonso y sus hijos ocuparon la nueva casa. Mariana logró convencerlo para que vendiera o regalara muchos muebles y objetos para poder construir un nuevo ambiente. Con María Antonia compraron enseres e hicieron arreglos ante un Alonso pasivo que sólo exigió preservar algunos objetos que tenían significado especial. Los niños estaban entusiasmados y el cambio era una aventura, una vez con garantías que el morrocoy y los tres loros también se mudarían. El día del traslado los siete niños corrían sin cesar, jugando a las escondidas y pasando a través

45

del nuevo portón que comunicaba las dos casas. Matías, Guillermo y Rosa estaban tan unidos entre sí, como Eduardo, Carlos, Hernán y Altagracia. Hasta comienzos de febrero la vida regresó a las rutinas de antaño y la nueva vida familiar. Roberto y María Antonia los visitaban con frecuencia, así como Lorenzo y Jacqueline. Terminaron integrando los dos patios traseros para darle cabida al ejército de niños a veces más numeroso con los primos de la Fuente y ocasionalmente los Casas y algún vecino. El embarazo de Mariana era ya obvio y a veces se refugiaba en su habitación, agotada tras horas jugando con los niños.

-*'La inocencia es la única forma de alcanzar la felicidad'*. Dijo Roberto cuando Guillermo cruzó la sala seguido por Matías, interrumpiendo la conversación.

-*'Pero una república no puede ser tan inocente como una bandada de párvulos'*. Agregó Alonso retornando a la conversación que no era otra que la situación que vivía el país.

-*'A mí me parece una estupidez ubicar la capital de la Confederación en Valencia. Entiendo lo de la geografía, pero por encima de ella están las tradiciones y no creo que esa decisión va a elevar la moral de las tropas'*. Dijo Carlos Augusto que ya tenía varios días molesto por el silencio de Miranda. Había tropas españolas en abierta rebeldía en Barinas, cerca de Barcelona y en Guayana. Bolívar había sido comisionado a Puerto Cabello, así como otros coroneles, pero a él, para felicidad de Mariana que no dejaba de manifestarlo, lo habían ignorado.

-*'Pero lo más grave es colocar el poder político de la Confederación en el camino por donde van a venir los españoles. Todos saben que Caracas puede ser defendida con más facilidad, pero es triste reconocer que la mayoría cree que trasladando la capital a Valencia van a lograr más adeptos.'* Señaló Roberto con convicción.

-*'¿Cómo saber por dónde van a venir los españoles?'*. Preguntó Lorenzo con cierta angustia, en buena medida gracias a Jacqueline tenía semanas presionando para que se fueran una temporada a París mientras se aclaraba el panorama en Venezuela.

-'No hay que ser un genio militar para saberlo. Ya desembarcó Rodríguez de Arias en Coro y uno de sus Capitanes, con más de doscientos hombres salió hacia Siquisique para darle ayuda al indio Juan de los Reyes que está alzado, nosotros deberíamos haber atacado Coro hace meses, pero parece que nadie toma decisiones en Caracas.' Dijo Carlos Augusto que llevaba semanas manifestando su inconformidad.

-'Corre el rumor que esclavos y libertos de Curiepe también están alzados, me lo contaron Miguel y Nicanor de la Fuente que regresaron hace unos días de Barlovento, así como Carlos Machado que también tiene unas haciendas por ese rumbo. Si hubieran hecho lo que nosotros hicimos hace años, tendríamos a indios, mestizos, mulatos y negros apoyando la independencia y no tan divididos como los criollos.' Sentenció Roberto que últimamente no perdía la oportunidad de mostrar los buenos resultados de *Altagracia* y *La Providencia* donde no había esclavos. Lorenzo, que tenía una posición radical con el tema de los esclavos, lo apoyó de inmediato.

-'Tiene toda la razón tío Roberto. Si el Congreso aboliera totalmente la esclavitud y le diera los mismos derechos a todos, la Confederación de Venezuela pasaría a ser una realidad y no un simple trozo de papel.'

-'No lo dudo Lorenzo, pero ¿quién convence a la mitad de los venezolanos ricos que es mejor negocio no tener esclavos?'

Carlos Augusto intentó hablar con Miranda al día siguiente, tan sólo para enterarse que el General se había trasladado a Maracay. Los miembros del Congreso ya estaban haciendo su equipaje y notoriamente divididos, ahora hasta por razones de conveniencia doméstica. En el Ayuntamiento se enteró, que Rodríguez de Arias de Siquisique iba camino a Carora sin encontrar mayor resistencia y con un creciente número de hombres. Cuando regresó a su casa ya había tomado una decisión y a pesar de las protestas de Mariana al día siguiente mandó a llamar a Francisco mientras preparaba los caballos para trasladarse a *Altagracia*.

4

Jueves Santo

Caracas, 1812

Carlos Augusto, acompañado por Lorenzo y Juan, regresó a Caracas al iniciarse la semana santa. No había sido demasiado difícil convencerlos de la utilidad de tener entrenamiento militar y en eso habían pasado dos semanas. Con Francisco reagruparon su pequeño ejército y cuando decidió pasar los días santos en Caracas, dejó al mulato al mando de 103 hombres con una razonable preparación, sino perfecta, al menos mejor organizada que la mayoría. Domingo Monteverde había tomado Carora y se movía con libertad en el centro del país. Las arcas de la joven república estaban vacías y las divisiones internas iban en aumento. Mariana había dado a luz el primer día de marzo y por fortuna Carlos Augusto había regresado de *Altagracia* dos días antes del parto. El mismo ocurrió sin dificultades y la sonrosada niña recibió el poco usual nombre de Camila, imposición del orondo padre que lo recordaba como bastante popular en Francia.

Apenas habían transcurrido unos minutos después de las cuatro de la tarde cuando sintieron el rumor y luego la trepidación del suelo. Carlos Augusto estaba sentado en una de las sillas de cuero y Mariana amamantaba a Camila en un sofá. Los niños jugaban en el patio. Se levantaron cuando piso y muebles comenzaron a moverse y crujían el techo y las paredes. Guillermo, gritando y en pánico entró en la sala tropezando con Carlos Augusto y Mariana que corrían hacia fuera cuando comenzó a derrumbarse la pared. El alto librero comenzó a desplomarse mientras trozos de madera, tierra y adoquines caían del techo. Carlos Augusto trató de tomar a

Guillermo pero en ese momento el mueble se inclinó y los libros cayeron como una cascada encima del niño. El pesado mueble regresó a su posición original, pero el resto de la pared colapsó y el librero cayó sobre Guillermo que yacía en el suelo parcialmente cubierto por libros. El resto de los niños y Mariana, que sujetaba firmemente a Camila contra su pecho, estaban en el patio, Alonso corrió igualmente en esa dirección mientras veía parte de la cocina desplomarse. De la calle llegaban gritos y ruidos de paredes y techos, crujidos y golpes sordos en concierto con el rugido que venía de las entrañas de la tierra. A dos campanadas se limitó el alerta que un monaguillo intentó desde la catedral antes que la torre comenzara a caer.

Carlos Augusto colocó ambas manos sobre el borde del librero y comenzó a levantarlo cuando parte de una viga del techo se desprendió y pivotando sobre el extremo que aún estaba apoyado en la pared, lo golpeó en la cabeza. Mariana gritó pidiendo ayuda y Alonso, cubierto de polvo entró en la sala. Mariana trataba inútilmente de levantar un extremo del mueble que estaba sobre Guillermo con una sola mano, sujetando a Camila con el otro. Un brazo y una pierna sobresalían y Alonso al verlos supo que hacer. Tomó el largo trozo de madera que había golpeado a Carlos Augusto, lo introdujo en el espacio donde estaba el cuerpo del niño y apoyándolo en el hombro logró levantar el mueble lo suficiente para que Mariana lograra sacar al niño y llevarlo hacia el patio. Alonso dejó a un lado el madero, se agachó y colocando los brazos debajo de las axilas arrastró el pesado cuerpo de Carlos Augusto, mientras Mariana, arrodillada en el piso junto a Guillermo contaba los niños y los sirvientes que de un modo otro habían llegado al amplio patio.

-'Alonso, faltan Hernán y Carlos, los vi. cerca de la cocina. Falta también Aurora'.

Dijo con angustia y Alonso caminó entre los escombros hacia la cocina. La puerta estaba bloqueada por los restos de la pared del pasillo que iba desde el zaguán hasta el fondo de la casa. Trepó sobre ellos y empujó con fuerza la puerta que cedió. La cocina estaba intacta y los dos niños con la sirvienta estaban aún debajo del robusto mesón.

-'*Vamos, rápido salgan de allí y corran al patio*'. Ordenó Alonso. Aurora no podía levantarse por el temblor de las piernas y Alonso tuvo que ayudarla mientras Hernán y Carlos trepaban sobre los restos. Regresaron al patio, allí Mariana vertía agua sobre el rostro de Guillermo que temblando, pero con los ojos abiertos, se quejaba. Carlos Augusto tenía un corte profundo en la cabeza que sangraba y estaba inconsciente.

-'*Alonso, por favor, busca a Juan Lorenzo y dile que Carlos Augusto y Guillermo están heridos.*'

Alonso corrió hacia la calle encontrando un espectáculo impresionante. Varias casas se habían desplomado totalmente, otras mostraban parte de su interior al haber perdido la fachada. Había mujeres llorando y hombres tratando de sacar cuerpos debajo de los escombros. Corrió calle abajo hacia donde estaban las casas de Roberto y Juan Lorenzo, apenas separadas por una manzana. Con alegría vio que la casa de los Carvallo no estaba demasiado afectada, aunque era difícil abrir el portón, prensado un extremo y fracturado el otro por la inclinación de una de las columnas. A puntapiés logró abrir la puerta menor encajada en el portón. Roberto y María Antonia estaban a pocos pasos de él rodeados de la aterrorizada, pero ilesa servidumbre. Un hombre pasó presuroso frente a ellos cargando una sábana llena de cosas que sin duda había robado.

-'*Carlos Augusto y Guillermo están heridos, voy a buscar a Juan Lorenzo. Los demás están bien.*' Dijo y siguió corriendo hacia la casa del médico. Dos de las cuatro casas del resto de la cuadra estaban totalmente destruidas. La casa de Juan Lorenzo tenía severos daños al frente y a los lados, patios y jardines formando patrones poco familiares. Juan Lorenzo estaba en la mitad de la calle atendiendo a un hombre que sangraba con intensidad. Rosalía lo ayudaba mientras su hija Manuela lo observaba acompañada por uno de los sirvientes. Algunas casas estaban siendo saqueadas en medio de la confusión.

-'*Juan Lorenzo, tu hermano y Guillermito están heridos. Tus padres están bien.*' Anunció Alonso sin aliento y con la voz entrecortada.

-'*Ya voy, Rosalía termina de apretar este torniquete, pero no aprietes demasiado, sólo hasta que veas que no sale más sangre*'.

Llegaron corriendo a la casa de Carlos Augusto y encontraron a Mariana que trataba de lavar la herida, mientras Eduardo, ya repuesto, cargaba en sus brazos a Camila. Juan Lorenzo se inclinó sobre su hermano e hizo lo necesario para mantener la herida limpia, tras auscultar el pecho y asegurarse que respiraba con regularidad. Cosió los labios de la herida y la desinfectó con el aguardiente blanco que encontró en la alacena. Con la ayuda de Alonso, Mariana y Eduardo lo levantaron para acostarlo en la cama del dormitorio principal que estaba intacto.

Roberto decidió buscar a Alfonso y sin preguntar tomó uno de los caballos que estaban en la caballeriza de Alfredo Valladolid, un liberto que mantenía los caballos de los residentes de la zona. Allí encontró a Diego Rengel que también buscaba un caballo y se saludaron brevemente. A pelo cabalgó hacia el Sur cruzando la Plaza Mayor y pasando a un lado de la universidad casi indistinguible por los daños sufridos. Alfonso vivía cerca de la nueva casa de los Bolívar, en los límites de la ciudad. Antes de llegar a la casa los vio caminando por la mitad de la calle, Alfonso llevaba en brazos a su hijo menor y a su lado caminaba Alfonso José y Elisa. Estaban, como la mayoría de las personas que había visto caminando en el trayecto lleno de polvo y pudo ver que Víctor tenía varios cortes en el rostro y en una de las piernas.

-'*Padre ¿cómo están todos?*'. Preguntó Alfonso.

-'*Carlos Augusto y Guillermo tienen heridas, los demás están buenos. ¿Qué tiene Víctor?*'.

-'*Se cayó en el piso entre los vidrios y platos rotos. Tiene varias cortadas, pero ninguna es profunda. Alfonso y Elisa tienen algunos golpes, pero como ves estamos caminando.*'

-'*Vengan a mi casa que está bien y luego veremos a los demás*'.

Roberto tomó a Víctor y lo colocó entre sus brazos. Una vez que los dejó en su casa recorrió la ciudad haciendo un recuento de familiares y amigos. Lorenzo y Jacqueline estaban ilesos, así como Luisa, Pablo y su numerosa prole. A instancias de Luisa cabalgó hasta la casa de Fernando, que vivía cerca de la iglesia de La Candelaria, pero no pudo ni siquiera reconocer la casa entre las ruinas de la manzana, sólo había estado una vez allí y no estaba seguro dónde buscar. Regresó a buscar a Luisa y con María Antonia caminaron de nuevo hacia la casa de Fernando. Con dificultad Luisa logró identificar lo que quedaba de ella. Roberto dejó a ambas mujeres en la calle y se aventuró entre los escombros. Encontró los cuerpos de Fernando y su esposa, mas no el de Ramón, el hijo menor que debía estar con ellos.

Regresaron a casa de Carlos Augusto deambulando entre las ruinas y a veces desorientados por la pérdida de fachadas o casas completas. Había mucha gente todavía aterrorizada, heridos que requerían atención y personas que buscaban familiares o amigos entre las ruinas. Carlos Augusto recobró el conocimiento al anochecer y Mariana le dio agua y un brebaje que le había dejado Juan Lorenzo antes de salir hacia el hospital donde sus servicios eran requeridos. Alonso, Roberto y Lorenzo dedicaron varias horas esa noche para lograr sacar los cuerpos de Fernando y Agustina de las ruinas, en la madrugada encontraron también el cadáver de Ramón. Con ayuda de los sirvientes de las respectivas casas envolvieron los cuerpos en sábanas y los trasladaron a la casa de Roberto donde se improvisó esa noche el velorio.

Carlos Augusto, Mariana y los niños se mudaron a la casa de Alonso que estaba en mejores condiciones. Carlos Augusto permaneció tres días en cama, el primero de ellos aturdido y semi-inconsciente. Guillermo le hacía compañía con su pierna entablillada en otra cama. Los muertos habían sido miles y no inferior el número de heridos. Toda la ciudad, los cementerios, hospitales y mercados estaban sumidos en el caos. En la noche se habían escuchado disparos y gritos, los soldados tratando de mantener orden mientras intrusos entraban en las ruinas buscando objetos de valor.

En los días siguientes supieron que la destrucción en La Guaira y Maiquetía había sido aún más severa que en

Caracas y no pocos los daños sufridos en Barquisimeto, Valencia, Maracay y hasta en la lejana Mérida. Con el tiempo supieron que el enorme sismo había sido sentido en Cartagena y en Santa Fe.

-'¿Qué me cuentas Roberto? ¿Qué sabes?' Preguntó María Antonia.

-'Es terrible María Antonia. Los Ibarra perdieron un hijo y los Punceles a dos sobrinos, amén del daño a sus casas. Los Aristeguieta perdieron un hermano y también murieron dos primos de Pancho Morales con sus hijos; en casa de los Landaeta también están de luto, hay un Tovar desaparecido, la casa de los Paz Castillo perdió la fachada, me encontré a los Paúl deambulando frente a los restos de la casa, casi cada familia conocida tiene algún muerto o desaparecido.'

Mientras los sobrevivientes trataban de poner algo de orden en sus vidas, el terremoto era empleado con los más diversos fines. Juan Lorenzo escuchó en el hospital que el doctor Anzola se había arrodillado pidiéndole perdón a Dios por haber profanado la semana santa del año anterior, el doctor Díaz, furibundo realista se había encontrado con Bolívar cerca de la plaza de San Jacinto y le había escuchado decir que si la naturaleza se oponía, lucharían contra ella, pero la mayor indignación entre los españoles la causó Rafael de León, el mayordomo de los hospitales que dio gracias porque Dios había destruido todo lo edificado por los españoles.

No faltaron sacerdotes que señalaron al terremoto como castigo de Dios por la rebelión frente a la corona, pero otros que habían abrazado la causa republicana manifestaban que era sacrilegio recostar sobre Dios la responsabilidad de los actos de la naturaleza. Roberto a la mañana siguiente y al saber que las iglesias de La Trinidad, La Pastora, Santo Domingo, La Merced y San Mauricio estaban destrozadas, acudió ante su viejo amigo el arzobispo Narciso Coll y Prat para que instruyera a sacerdotes y feligreses sobre el papel divino y los fenómenos de la naturaleza. Luego del Cabildo surgió una presión similar y finalmente el Arzobispo, una semana después, redactó una pastoral tratando de deslindar los actos divinos, los morales y los políticos.

Carlos Augusto, en contra de la opinión de Juan Lorenzo, se marchó diez días después a *Altagracia* a pesar que los dolores de cabeza iban y venían. De *Altagracia*, con sus cien hombres y con otros cincuenta que logró reclutar en los siguientes días, se dirigió a Maracay donde Miranda había fijado su cuartel. Cuando llegó, a fines de abril, el General ya había recibido poderes sin límite para salvar al nuevo gobierno después que el Marqués del Toro declinó aceptar la responsabilidad. Con la cabeza aún parcialmente cubierta con un vendaje Carlos Augusto se presentó uniformado ante el General.

-'*Bien Coronel Carvallo, veo que aún muestra las averías del terremoto. Mi sentido pésame, supe que perdió a uno de sus tíos, pero me alegró saber que el resto de su familia está bien.*'

-'*Gracias General, vine con ciento cincuenta y dos hombres y estamos a su disposición.*'

-'*Los vamos a necesitar, pero su merced tendrá que mandar sobre un grupo mayor. Tengo pocos oficiales en quienes confiar, por cierto acaba de llegar de Caracas el Teniente Diego Rengel, me gustaría que lo incorporara a su tropa.*'

Carlos Augusto se sintió incómodo. Sí él era uno de los pocos en los cuales podía confiar el General ¿por qué lo había ignorado por meses?

-'*Organice a sus hombres y espere mis órdenes, Coronel. Pronto debemos entrar en combate, como sabe Monteverde ha venido avanzando, pero hay mucha confusión entre los españoles. Si me permite, tanta como la que hay en nuestro lado. Parece que el tal Monteverde ha actuado sin seguir órdenes de sus superiores.*'

Carlos Augusto asintió esperando que el General dijera algo más sobre sus planes, pero lo despidió sin una palabra. Caminó hacia el sitio donde sus tropas habían acampado pensando en que decirles para mejorar el ánimo de los hombres. Corrían rumores, entre ellos la creciente animadversión hacia Miranda por parte de muchos criollos. Designado dictador por el triunvirato ejecutivo, muchos temían que el General se hiciera con el poder, pero Carlos

Augusto no tuvo esa impresión, por el contrario encontró a Miranda cansado y vacilante, a menos que tuviera planes que no quería compartir. Francisco lo esperaba ansioso y Carlos Augusto supo al verlo que no le podía mentir.

-'*Francisco hay que mantener la gente en orden y buenas condiciones. Es posible que nos asignen más tropas, pero todavía no tenemos una misión*'.

-'*¿Sin una misión mientras Monteverde avanza sin oposición?'. ¿Qué le pasa a ese hombre?*'.

-'*No sé Francisco, pero en pocos días lo vamos a averiguar, mientras tanto hay que mantener ocupados a los hombres. Que limpien y engrasen los rifles, afilen los machetes y laven la ropa, inventa lo que sea, pero que estén ocupados. Por cierto el General me ha pedido que le encuentre ocupación a Dieguito Rengel. Escuché que se graduó en buena posición en la Academia Militar, tan sólo espero que sea diferente al padre.*'

Monteverde había avanzado con celeridad. Barquisimeto y Araure se habían rendido y las tropas del capitán español habían cometido toda clase de atropellos, robos y hasta se hablaba de algunas violaciones. Luego retrocedió de nuevo hacia Araure, pero la entrega de Montalvo, el jefe de la caballería de San Carlos, le permitió de nuevo avanzar. Miranda llamó a sus oficiales el 2 de mayo cuando parecía inminente la entrada de Monteverde a Valencia. Los hombres se sentaron en la rústica mesa del comedor de la casa que utilizaba el General como vivienda. Un ánimo gris dominaba la reunión.

-'*Monteverde se está agotando. Cada vez está más lejos de Coro y no puede contar con Puerto Cabello que está en nuestras manos. Tengo información que se están acabando los cartuchos y tiene poca comida, así que nuestra estrategia es dejar que avance algo más antes de atacar. ¿Alguna pregunta?*'.

El grupo guardó silencio. Había cierta lógica en la estrategia que planteaba el General, pero también había algunos vacíos y Carlos Augusto se atrevió a preguntar.

-'*¿Puedo hacerle una pregunta General?*'

-'*Si coronel Carvallo, puede preguntar.*'

-'¿Por qué no atacamos a Monteverde de inmediato, antes que llegue a Valencia?

-'Ya es tarde, pero el coronel Ustáriz ya tiene órdenes de atacar la plaza tan pronto Monteverde la tome'.

-'Pero General, designar a Valencia como capital y luego entregársela a Monteverde nos va a causar mucho daño moral. Pero si lo derrotamos en Valencia usando todas nuestras tropas es muy posible que el país se una con firmeza.' Insistió Carlos Augusto con la aprobación de varios oficiales.

-'No Coronel, no voy a arriesgar toda la tropa en una batalla. Haremos de Maracay la capital y aquí nos defenderemos, mientras Ustáriz lo ataca en Valencia. Si no hay más preguntas, entonces se pueden retirar.'

Al día siguiente Monteverde tomó Valencia y la joven república comenzó a desmoronarse. Casa León, encargado por el gobierno de las finanzas, le informó a Miranda que las arcas estaban vacías y el descontento de los soldados era creciente. Mayo fue un mes largo y los jefes hacían lo imposible por elevar la moral de las tropas, pero sin recursos esa era una tarea difícil que se tornó peor cuando Ustáriz regresó derrotado de Valencia.

-'Carlos Augusto, se nos fueron 20 hombres anoche. Lo mismo le ha pasado a otros. Diego Rengel desapareció.' Le dijo Francisco con preocupación.

-'Busca un hombre de confianza para enviarlo a Caracas. Voy a escribirle a Alonso para que me envíe dinero. Lleva diez hombres a Altagracia y trae la comida que puedas. Vamos a tratar de mantener a nuestros hombres unidos hasta que se inicie la batalla.' Ordenó Carlos Augusto dándole a sus palabras el mayor optimismo posible, pero realmente no sabía de cual batalla estaba hablando. Miranda seguía siendo un misterio para muchos de sus oficiales. Monteverde estaba a un día de camino de Maracay y buen número de sus pobladores había comenzado a abandonar la ciudad. El General los llamó a la mañana siguiente. Las tropas de Monteverde habían tomado posición en las colinas del Norte. Si en los consejos anteriores dominaba la apatía, ahora en éste se sumaba el temor.

-'*Señores, vamos a retroceder hacia La Victoria y allí enfrentaremos a Monteverde en caso que siga avanzando. Sabemos que tiene problemas severos de abastecimiento. Eso es todo, retiren a sus hombres en orden y mantengan la disciplina a toda costa.*' Dijo el General sin pedir opinión a sus oficiales. Frustrados comenzaron a levantarse, pero Carlos Augusto decidió dar su opinión.

-'*General, con todo respeto, creo que deberíamos atacar en este momento. Si nos retiramos vamos a tener más desertores y en La Victoria estaremos en desventaja. Si Monteverde carece de municiones, éste es el momento de derrotarlo.*'

Miranda miró a Carlos Augusto con una expresión de disgusto. Lo que proponía Carvallo tenía sentido y Miranda le había dado consideración, pero había optado por dar la batalla en La Victoria y no podía ceder ante sus oficiales.

-'*Coronel, ya hemos decidido dar la batalla en La Victoria.*'

-'*¿Y en La Victoria nos va a decir que es mejor darla en Caracas?*'

-'*Coronel, guarde silencio, su merced está en el límite de la insolencia y la insubordinación. ¡Acate mis órdenes de inmediato!*'.

-'*Sí General, así lo haré*'. Respondió Carlos Augusto con resignación.

Carlos Augusto y Francisco estaban en terreno conocido. Cada colina era familiar, sabían donde estaban los cursos de agua y donde era más útil un caballo que un hombre a pie. Sobre la parte Norte de La Victoria destacaban las montañas de la cordillera que se degradaban en suaves colinas que formaban un arco hacia el Oeste. Otras dos elevaciones bordeaban el camino que hacia el Sur tantas veces habían recorrido para llegar a la hacienda. Miranda aceptó la sugerencia de Carlos Augusto para formar varios grupos emboscados en la vegetación de las colinas, mientras la caballería atacaba a través de las partes bajas donde dominaban los cañaverales. Carlos Augusto y Francisco dividieron su tropa, setenta hombres, en diez grupos. A las once de la mañana el flanco izquierdo de Monteverde fue observado marchando con lentitud hacia el Norte de la ciudad.

-'*Francisco corre la voz, no atacaremos hasta que la vanguardia llegue al último grupo. Yo estaré allí y con los espejos, de colina en colina, enviáremos la señal. No importa que la gente de Monteverde vea los reflejos porque no sabrán su significado. Cuando vean la señal y el sol está bueno, entonces disparen sobre los españoles.*'

Carlos Augusto recibió otros cincuenta hombres en el último momento y los ocultó en el punto más cercano a la ciudad. Treinta de ellos tenían rifles o viejos mosquetes. Un joven teniente había venido con los hombres y Carlos Augusto lo instruyó:

-'*Teniente Méndez, cuando dé la orden, los hombres que tenemos ocultos comenzarán a disparar. Cinco primero y luego cinco después mientras los primeros cargan de nuevo sus rifles. Aquí haremos algo similar, tenemos cuarenta armas. Ordene los hombres en dos grupos de veinte y prepárese para cinco descargas por grupo, no pierdan los cartuchos. Después de la quinta ronda, atacaremos con lanzas, machetes y bayonetas. ¿Está claro?*'.

-'*Sí Coronel y además estaré mirando todo el tiempo por si acaso su merced cambia las ordenes*'. Respondió Méndez y Carlos Augusto reparó que el joven era inteligente.

A las dos de la tarde el sol caía a plomo sobre la columna que avanzaba lentamente. Hacia el Este se estaban formando pesadas nubes oscuras que presagiaban lluvia al atardecer. La cabeza de la columna apareció entre las dos colinas y Carlos Augusto ordenó silencio. Los hombres se ocultaron entre los árboles y tomaron posición. Entre la copa de un erguido bucare un joven soldado esperaba las instrucciones de Carlos Augusto para enviar la señal. La columna comenzó a pasar debajo de ellos, a menos de 50 pasos largos estimó Carlos Augusto levantando la mano y de inmediato el destello del espejo se filtró entre las hojas, bajó la mano y la primera descarga causó tantas bajas como disparos. Los soldados de Monteverde trataron de buscar refugio entre las piedras y la vegetación cuando la nueva descarga cayó sobre ellos. Algunos corrieron hacia el Oeste generando bastante desorden entre los que venían llegando. A lo lejos comenzaron a escuchar los disparos de los restantes grupos. Los soldados abandonaron en camino se refugiaron hacia el

Sur cuando Carlos Augusto dio la orden de atacar entrando en el combate cuerpo a cuerpo. El oficial que estaba al frente de la columna, herido en una pierna dio la orden de retirarse hacia el Sur desde el suelo suponiendo que las tropas que lo atacaban eran mayores en número. Carlos Augusto se detuvo a su lado y le quitó el sable y la pistola antes de ordenar a sus hombres subir a la siguiente colina, apenas un promontorio rodeado de vegetación casi en el borde del poblado, y cargar de nuevo sus armas. La escaramuza había durado menos de dos minutos, once españoles estaban heridos o muertos en el camino y no había ocurrido ninguna baja entre los republicanos.

Monteverde se retiró al atardecer mientras las tropas de Miranda celebraban la victoria. Reagrupados en el poblado la mayoría de los oficiales esperaba que el General ordenara perseguir a Monteverde durante la noche o al amanecer, pero Miranda decidió lo contrario. Sabía que Monteverde tenía ahora que decidir atrapado entre dos plazas fuertes, Puerto Cabello al mando de Bolívar y sus reanimadas fuerzas en La Victoria. Esa noche llamó a Carlos Augusto pensando en la conveniencia de ablandar al díscolo Coronel antes de convocar al día siguiente a su Estado Mayor.

-*'Coronel Carvallo, deseo felicitarlo por su estrategia de hoy. Los soldados que hizo huir cayeron entre dos fuerzas y con la caballería los hicimos retroceder. Desearía que me explicara hizo para que tan pocos hombres parecieran tantos.'*

Carlos Augusto, halagado, le relató en detalle como había dividido sus tropas en diez grupos y la rotación en el uso de los rifles. Al final los españoles no tenían la menor idea desde donde les iban a disparar y algunos oficiales pensaron que toda la banda de colinas al Norte de la columna estaba llena de tropas. Cuando concluyó el relato pensó que era tiempo de insistir.

-*'General, vamos a perseguirlos mañana y no tengo dudas que los haremos huir hasta la costa o de regreso de donde vinieron.'*

-*'No Coronel, creo que no entiende. Monteverde ahora tiene menos parque y hombres. Vamos a esperar que se siga agotando y en unos días lo atacaremos desde Puerto Cabello y desde La Victoria.'*

Al día siguiente Miranda reunió a su Estado Mayor y los oficiales lo vieron rejuvenecido. Habló por más de media hora con energía, se refirió a la necesidad de la ley marcial y libertad para todos los esclavos que se unieran al ejército. Apenas concluida su entusiasta perorata entró un mensajero y le entregó una nota. Su rostro se ensombreció mientras la leía: cuatro días atrás había caído la plaza de Puerto Cabello y Bolívar le demandaba acudir en su ayuda. A partir de ese momento todo pareció desmoronarse. Miranda comenzó a mencionar la palabra capitulación y un oficial le escuchó que con la nueva Constitución de España, la más liberal y moderna que había tenido el país, ya no era necesaria una guerra. Carlos Augusto trató dos veces de hablar con el General, pero éste no lo recibió y el diez de julio supo que Miranda estaba convocando una Junta con Casa León, Roscio y Espejo cuyo propósito no podía ser otro que la rendición. Esa noche redactó una nota para Miranda informándole que ubicaría sus hombres en Altagracia hasta que recibiera nuevas órdenes.

Carlos Augusto, Francisco y Pedro Méndez estaban sentados en el corredor de la casa tomando café en silencio. De pronto Carlos Augusto, profundamente afectado, habló:

-*'Tengo las imágenes de Londres y Nueva York en la mente y hago un esfuerzo por entender que ha ocurrido con el General. Él era el paladín, nuestro héroe y el modelo que tratábamos de seguir o imitar, ahora es un hombre cansado, sin soluciones que proponer y además piensa que desde Cádiz le van a tender la mano, o que los ingleses van a intervenir. Parece que ya no es el hombre que llegó a tener mando sobre 70 mil soldados en Francia.'*

-*'Yo creo que se asustó cuando supo que los negros de Capaya iban camino a Caracas o cuando supo de los desmanes de Monteverde. Quizás no toleró cargar con tantos muertos.'* Dijo Francisco.

-*'Yo creo que no nos entiende, escuché a oficiales decir que una cosa era lo que ellos decían y otra la que el General entendía.'* Se atrevió a decir Pedro estimulado por Francisco. *'¿Qué vamos a hacer Coronel?''*.

-*'Pues esperar'. Si yo fuera el General y tuviera sus poderes haría otra cosa. Pero ni soy General, ni tengo poder, así que nos quedamos aquí unos días hasta saber que ocurre. Francisco, esconde bien la mayor parte de las armas, 20 hombres con rifles y que todos tengan lanzas o machetes. Si Miranda capitula, no tengo ninguna intención de entregarles el armamento a los españoles. Méndez, ¿de dónde es usted?*

-*'Nací en La Grita, pero mis padres son de Trujillo.'* Contestó el joven teniente.

-Y dígame, ¿cómo llegó a servir con Miranda?'.

-*'Mis padres me enviaron a España a la academia militar. Allí me gradué el año ocho y al regresar me asignaron a La Guaira. Después de la semana santa del año diez me alisté en el bando republicano gracias a Ribas.'*

-*'¿Por qué Ribas?'.* Preguntó Francisco intrigado.

-*'Me gustó lo que decía, algo había leído en España y de regreso conocí en el barco que iba a La Habana a varios independentistas. Me convencieron que no debemos ser colonia sino nación independiente.'*

Carlos Augusto decidió regresar a Caracas por unos días. Francisco había traído algo de dinero y necesitaba sacar cuentas con Alonso y su padre, pero más que eso sentía que era necesario poner a sus padres y a Mariana en una situación segura. Salió muy temprano acompañado por dos de sus antiguos peones, ahora transformados en soldados, enviándole a Miranda una breve nota participándole su ausencia. Buena parte de la ciudad seguía en ruinas, poco podía hacer el Ayuntamiento sin recursos, no había trabajo y los pobres no encontraban como reconstruir sus viviendas. Algunas familias habían desaparecido casi totalmente y José Félix Ribas, designado gobernador de la ciudad, había creado un clima poco adecuado. Un elevado número de españoles estaba en la cárcel y el gobernador veía en cada peninsular un enemigo. Pablo había sido brevemente encarcelado, pero las gestiones de Roberto y Alonso tuvieron éxito y en pocas horas ya estaba en la calle. En la ciudad comenzaba a faltar comida y más de una familia importante le estaba dando seria consideración a cambiarse de bando. De las afueras de la ciudad hasta su casa encontró suficientes conocidos para tomar una decisión y esa noche, en casa de sus padres, se realizó una especie de consejo de familia.

-'*Creo que lo más conveniente es que las mujeres y los niños se vayan a Francia, allá los Boisnard los cuidarán bien.*' Dijo Carlos Augusto cuando todos se habían reunido en la sala.

-'*Yo no me quiero ir*'. Contestó María Antonia al instante.

-'*Es prudente y no nos faltan recursos*'. Señaló Roberto.

-'*Debemos pensar en los niños, primero el terremoto y ahora Monteverde, y quién sabe que cosas más. Yo sé que costaría mucho sacarlos a todos, pero no sólo está Francia, podría ser Curazao o Trinidad, por lo que he escuchado no le faltan a la familia contactos en las islas*'. Dijo Mariana sorprendiéndolos con su razonamiento.

La conversación se prolongó por un par de horas más, pero Mariana había sentado la pauta. Luego Surgió la posibilidad de La Esperanza. Al final Jacqueline optó como era de esperar por París, mientras que los demás consideraron conveniente enviar a los niños a Curazao. En los días siguientes organizaron el éxodo y el 29 de julio, la víspera de la llegada de Miranda a La Guaira, María Antonia, Pablo, Mariana y Luisa acompañadas por un tropel de niños partieron hacia Curazao. Por otra parte Juan Lorenzo, Alonso y Roberto se trasladaron a La Esperanza en el peculiar peñero, que de ser necesario, podía ir caboteando hasta llegar a la isla. Carlos Augusto y Lorenzo permanecieron en Caracas hasta que todos partieron.

-'*Carlos Augusto, entregaron a Miranda. Lo encerraron en La Guaira, el General ha terminado odiado por criollos y españoles.*'

-'*Sí Lorenzo, lo supe esta mañana. Pero hay más, corre el rumor que Monteverde no va a respetar los términos de la capitulación y además se niega a reconocer autoridad en Miyares o en Cevallos. Además Bolívar, Ribas, Tejera y otros están gestionando pasaportes para salir de Venezuela. Nosotros no hemos sido los únicos en proteger a las familias, media Caracas se ha ido y estoy seguro que cuando Monteverde entre en la ciudad, hará presos o ejecutará a todos los que considere traidores.'*

-'¿Entonces qué hacemos?'.

-'Lorenzo, es momento en que cada uno debe decidir por sí mismo. Yo me voy a Altagracia y desde allí observaré que ocurre, pero si es necesario coger el monte, pues lo haré. Tengo por lo menos cincuenta hombres de absoluta confianza y armas para todos.'

Monteverde entró en Caracas sin disparar un fusil. La gente miraba desde las ventanas al capitán español con temor. Quero, el gobernador que Miranda había designado en lugar de Ribas, casi abraza a Monteverde y no menos efusivo se mostró el Marqués de Casa León. Pero Quero y el Marqués no fueron los únicos, un número elevado de pobladores, temerosos de la sublevación de los negros de Barlovento y tras meses de privaciones en la semidestruida ciudad, recibieron con cierta esperanza a Monteverde

A fines de agosto Carlos Augusto y Lorenzo se trasladaron a *Altagracia* y un mes después ambos, al frente de cuarenta y dos hombres, se dirigieron hacia Maracay, lejos del camino principal, subieron y bajaron las colinas del pie de monte de la cordillera hasta que encontraron el camino a Ocumare y se adentraron en la espesura del bosque. Diez días después llegaron los soldados españoles a la hacienda buscando al Coronel Carvallo y después de una minuciosa búsqueda, el teniente a cargo aceptó la versión del mayordomo: 'Todos se fueron de Venezuela por un tiempo.' Aunque el teniente registró *Altagracia* entre los bienes que podrían ser confiscados, después que su circunstancial guía, Federico del Valle, le mostrara el gran valor de la propiedad, otras ideas pasaron por su mente.

5

La neblina

Carlos Augusto y Francisco establecieron el campamento en una pequeña planicie rodeada de profundas gargantas, cerca de un generoso y fresco cauce que descendía desde lo alto de la montaña. La pequeña zona fue meticulosamente deforestada dejando en pie a los árboles de mayor porte. Abrieron tres minúsculos senderos que quedaban casi totalmente desapercibidos entre la densa vegetación, uno daba hacia el punto más elevado del camino que unía a Maracay con Ocumare, justo antes del empinado descenso. El segundo los comunicaba al río que los arrullaba de noche con el regular murmullo de sus aguas golpeando contra las rocas. El tercero ascendía a través de delgadas cornisas hacia la cumbre de la montaña. Al tercer día comenzaron a sufrir los rigores del clima, una llovizna fría y pertinaz acompañada por la densa neblina que descendía de lo alto hacia las cuatro o cinco de la tarde. Era difícil mantener las pequeñas fogatas donde cocinaban y la humedad penetraba los recipientes donde almacenaban la comida. El lodo se adhería a las botas y aquellos que no las tenían se tendían cerca de las hogueras para calentar los húmedos y ateridos pies. Al cuarto día Francisco con dos hombres descendió la montaña y recorrió sigilosamente el valle hasta llegar a *Altagracia*. Durante todo un día seleccionó los pertrechos requeridos para mejorar las condiciones de los hombres que esperaban en la montaña. Además envió al mayordomo a comprar vituallas y calzado a La Victoria, acto que poco llamó la atención dada las frecuentes adquisiciones que efectuaba la hacienda en la ciudad. Pero los comercios de La Victoria no estaban bien dotados y al final del día, Francisco hizo un balance de sus compras y concluyó que lo obtenido no era suficiente. De regreso a la hacienda observó que Monteverde había dejado una pequeña guarnición, unos treinta hombres, en la ciudad, parte en el Ayuntamiento y parte dispersos en las mejores casas de la ciudad.

Esa noche regresó a La Victoria con cinco hombres. En forma sigilosa entró en varias casas y en el depósito de la guarnición. No eran las once cuando había concluido la faena sin ruidos. A las seis el teniente ordenó, como todas las mañanas, el toque de corneta para la formación de la dispersa guarnición. Faltaban ocho soldados y el teniente furioso los mandó a buscar. El sargento regresó pocos minutos después a la plaza donde se pasaba la lista matutina.

-*'Teniente, le informo que encontré a los ocho soldados, en tres casas distintas, todos amordazados, atados de pies y manos y tal como Dios los trajo al mundo. Además saquearon el almacén y se llevaron comida, botas, municiones y creo que unos cinco rifles y buena parte de la pólvora.'*

-*'Maldición, nos han robado. Sólo eso nos faltaba. Sargento, tome cinco hombres y revise casa por casa.'*

La búsqueda terminó a media tarde y no arrojó ningún resultado. El teniente envió varios grupos a caballo para revisar las vecindades del pueblo y al anochecer regresaron sin haber encontrado ninguna pista. Francisco con una recua de mulas estaba ya a nueve horas de camino cerca del sendero que llevaba a Choroní. En los bultos portaba catorce pares de botas, quince paquetes con comida, tres barriles de pólvora, seis rifles y dos viejos mosquetes, amén de tres lanzas y doce machetes. En *Altagracia* había localizado unas viejas lonas enceradas y en el almacén de la guarnición, tres toldos de campaña que por viejos, no dejarían de ser útiles. Durmieron protegidos por la vegetación cerca del río Limón, al Norte de Maracay y llegaron al campamento a media tarde cuando la niebla comenzaba a descender.

-*'Coronel Carvallo, el capitán Francisco y sus hombres se presentan, sin bajas y habiendo cumplido la misión.'* Saludó militarmente con la cuerda de la primera mula aún en la mano izquierda y una sonrisa que dejaba ver sus aún intactos y grandes dientes. Carlos Augusto y sus hombres observaron con sorpresa las once mulas y el elevado número de bultos que traía Francisco. Comenzaron a descargar el valioso cargamento y Carlos Augusto intrigado preguntó:

-'¿Y todo esto lo encontraste en Altagracia?, no sabía que esas cosas estuvieran allí'.

-'No Coronel, le causamos a Monteverde su segunda derrota en La Victoria, pero creo que aún no se ha enterado.' Contestó Francisco y sus hombres se reían.

-'¿Derrota? ¿Acaso entraron en combate? Preguntó de nuevo Carlos Augusto.

-'Bueno Coronel, no exactamente. Los cogimos durmiendo y dejamos a varios atados y en pelotas. Luego vaciamos el almacén, ahora hay botas para todos, pólvora, comida para un mes, algo de ropa más abrigada y otras cosas como podrá ver el Coronel.'

A partir de esa noche, aún con muchas incomodidades, la vida en el campamento se hizo más llevadera. Cosieron las viejas telas enceradas y con troncos construyeron una suerte de cobertizo que los protegería de la lluvia. Todos los hombres, menos uno que tenía pies descomunales y se había fabricado unas alborgas de cuerda, tenían ahora un calzado adecuado. Carlos Augusto ordenó a su pequeño ejército, designó cabos, organizó períodos de licencia donde no más de dos hombres podían estar ausentes al mismo tiempo para que pudieran visitar a sus familias. Dos esclavos negros, que habían estado previamente en rochelas de la montaña donde se habían refugiado después de escapar de sus amos, resultaron hábiles cazadores y notables vigías. Para octubre constituían una fuerza bien organizada y dotada con todo lo necesario.

Mantenía una disciplina estricta, pero Carlos Augusto y mejor aún Francisco, conocían la idiosincrasia de los hombres. Las restricciones al aguardiente eran de dos pequeñas raciones al día y la vestimenta era diversa. Un soldado cargaba en la cabeza una calandria de dos picos que quién sabe dónde había conseguido, otro un capacete de armadura que debía tener al menos cincuenta años. Otro se las había ingeniado para conseguir dos cañiceras de metal que le protegían del tobillo a la rodilla. El juego de cartas estaba permitido, más no las apuestas con dinero. Manuel Fernández resultó un eximio cazador preparando añagazas que cada día rendían dos o tres aves de algún porte, en particular guacharacas atraídas por trozos de plátano o cambur. A veces se aventuraban a las tierras más bajas y con arco y flecha lograban cazar algún venado o las lapas que se movían con gran habilidad entre la vegetación. En el río rara vez veían algún pececillo, pero descendiendo por otra quebrada que bajaba hacia la costa, encontraron cangrejos y unos curiosos camarones de largas pinzas. Francisco descendió una tarde cuidadosamente hasta Ocumare y al amparo de la noche, se hizo con cuatro gallinas que resultaron razonables ponedoras. Lo más difícil de la vida en la montaña era la humedad. Casi todos los días, al atardecer, quedaban envueltos en la neblina y las finas partículas de agua los rodeaban mientras la temperatura descendía. Los hongos atacaban por igual ropas, maderas y piel. Los rayos de sol que se filtraban a través del dosel del denso bosque no eran suficientes para mantener secos hombres y pertrechos y al pungente olor de la descomposición de las hojas, agradable al comienzo, pronto se sumaba la hediondez de los sabañones que atacaban piel y uñas. Algunos hombres usaban su ración diaria de aguardiente para aliviar el escozor de los pies.

En noviembre Carlos Augusto y Francisco se sintieron confiados en que Pedro Méndez podía mantener unido y disciplinado al grupo, ahora con el apoyo de un Melchor ufano con su formal grado de sargento. Viajar desde los altos de Ocumare hasta *La Esperanza* no era tarea fácil, aquí y allá Francisco conocía algunas trochas abiertas por los escasos habitantes de la montaña, pero buena parte de la ruta había que abrirla con machetes en las zonas bajas, u orientarse con la brújula en las altas donde el dosel del bosque ocultaba las montañas o cañadas que pudiesen servir de puntos de orientación. Les llevó cuatro días llegar hasta la costa y otro trepando pequeñas penínsulas rocosas y descendiendo a las minúsculas playas de blanca arena. Cuando entraron a *La*

Esperanza llovieron los abrazos y hasta las lágrimas. Los dos hijos de Francisco esperaban ansiosos noticias del padre para unirse a la tropa. Rosa vivía horas interminables de angustia al no saber de su esposo.

Roberto abrazó emocionado a su hijo y le dijo:

-*'Te tengo una sorpresa, ven a la casa'.*

Franquearon la puerta principal y recorriendo el estrecho pasillo llegaron a la habitación principal. María Antonia dormía profundamente bajo un tenue tul que la protegía de los feroces mosquitos.

-*'¿Está enferma?'.* Preguntó Carlos Augusto en voz baja.

-*'Un poco, pero era sólo un resfriado, ya está buena'.*

Carlos Augusto se aproximó y arrodillándose junto a la cama le dio un beso en la mejilla.

-*'Madre, estoy aquí, dame la bendición'.*

María Antonia abrió los ojos y se incorporó con rapidez tomando a su hijo por los hombros y luego abrazándolo con intensidad.-*'Mi cielo, Carlos, ¿estás bien? ¿Qué haces aquí? ¡Cuánto me alegra verte!'.*

-*'Más a mí y me hago la misma pregunta, ¿por qué no está su merced en Curazao? ¿Cómo están Mariana y los niños?*

-*'Vamos a la sala para que Carlos tome algo, debe estar sediento y cansado. Ya Rosa se esta ocupando de Francisco. Tenemos mucho que contar.'* Dijo Roberto.

Los dos hombres salieron y guardaron silencio hasta que María Antonia, después de acicalarse brevemente, los alcanzó.

-*'Nosotros estamos bien. Nada importante que contar salvo que Francisco una noche le limpió las alacenas y almacenes a los realistas en La Victoria, pero por favor, cuéntenme que ha ocurrido en Caracas y cómo están en Curazao, y madre, dígame ¿cómo llegó aquí y por qué no está con los demás en la isla?'*

-*'Mi querido hijo.'* Dijo María Antonia abrazando a Carlos Augusto.,*' Que bueno verte de nuevo'. No sabes cuanta falta nos haces. De Curazao te cuento que todos están buenos, de salud y espíritu. El gobernador Hodgson no es el hombre más adorable que he conocido, pero tampoco nos trata mal. A Bolívar, Ribas y a los hermanos Montilla y Carabaño no los ha tratado muy bien, pero tampoco ha sido hostil, también anda por allá el buscapleitos de Antonio Nicolás Briceño y muchos otros.'*

-'¿Pero cómo llegaste aquí?'.

-'Ya te contará Roberto, pero mejoraron el peñero y pegaditos de la costa es posible ir de La Esperanza a Curazao sin demasiados problemas'.

Tras tomar un reconfortante baño en el río, Carlos Augusto y Francisco, regresaron a la casa no sin antes caminar hasta el pequeño embarcadero y darle un vistazo al peñero. El pequeño barco lucía ahora una cabina de mayores dimensiones y un mástil de respetable porte. El casco había sido reforzado con tablones nuevos y de la cabina se podía extender una suerte de techo mediante dos varas que se podían recoger o extender de acuerdo a las necesidades. Ya de vuelta a la casa se sentaron todos a cenar, turno de Roberto para ponerlos al día con los sucesos de Caracas.

-'Pues bien, el Monteverde es amargo como la hiel, hábil y zamarro. Se las ha arreglado para tener el control de muchas cosas y por ello tiene discrepancias con el regente. Heredia es buen hombre, apegado como el que más a la ley. Hace lo posible por evitar tanto los abusos como la guerra. Lo único bueno de Monteverde es que no ha ordenado ninguna ejecución, pero hay más de 700 encarcelados. Heredia sostiene que eso es una violación de los acuerdos de capitulación y de la tradición de la corona, pero Monteverde aduce cualquier cosa. Un día dice que fueron los criollos los que violaron el acuerdo y no entregaron las armas, al siguiente que están conspirando. Miranda sigue preso y dicen que lo van a enviar a Puerto Rico, lo que también es una violación de la capitulación y hasta hay gente en España que aboga por él.' Roberto hizo una pausa para tomar un bocado y continuó:*-'En Caracas la gente está más que dividida. Españoles que se portaron como criollos, ahora han regresado al redil. Otros como el Marqués de Casa León, babosea con ambos lados y dicen que también se enriquece. Monteverde trató que tener alejado a Heredia, pero éste se impuso y un buen día llamó a Don Carlos Machado, el guardián del Sello Real y éste se lo entregó, aunque Monteverde sostiene que el guardián andaba en alguna conspiración. Don Carlos es un hombre*

tranquilo, pero más de una vez lo vimos en las reuniones de la Sociedad...'

-*'Termina de comer, mi amor y luego sigues, que se te enfría el pescado.'* Lo interrumpió María Antonia. Roberto siguió la sugerencia y por unos minutos sólo se escuchó el ruido de los cubiertos chocando con la loza y a lo lejos el regular sonido de las olas rompiendo contra las rocas. Roberto se limpió la boca con una rústica servilleta y continuó:

-*'Dicen que Bolívar se iba a alistar en el ejército inglés que está peleando contra los franceses en España, pero María Antonia habló con Ribas hace una semana y le dijeron que se van a Cartagena, donde por cierto las cosas no están mejores que en Venezuela. Cartagena está en guerra con Santa Marta que es realista y las noticias que llegan de México y Perú muestran lo mismo, un desorden. Los cabildos y gobernantes de cada provincia hacen lo que les viene en gana y nadie ha logrado formar un gobierno capaz de sustituir lo que España construyó por siglos'.*

-*'¿Saben algo sobre nosotros?'.* Preguntó Carlos Augusto

-*'No sé, pero deben sospechar que en varios sitios hay gente armada esperando otra oportunidad. Lo cierto es que vienen más tropas de España y Napoleón está en problemas, así que entre Juntas, guerrillas y nueva constitución, Fernando VII está fortaleciendo su posición, aunque muchos saben que no está de acuerdo con la Constitución de Cádiz que es muy liberal. Lo que sí es cierto y me avisaron, es que Federico del Valle se apareció en Altagracia con un teniente y los escucharon hablar de confiscar la hacienda. Pero el hijo mayor de Sebastián habló con Heredia y éste le aseguró que tal cosa sería contra la ley, pero ésta no le importa mucho a Monteverde y sus secuaces Zuazola y Cervériz.'*

Carlos Augusto y Francisco durmieron en una cama por primera vez en varias semanas y si bien el blando lecho fue bienvenido, no así el calor. Se habían acostumbrado a las noches frescas y húmedas del bosque. El calor los despertó poco después del amanecer y tomando café con su padre, Carlos Augusto tomó una decisión.

-*'Padre, desearía ir a Curazao. ¿Es prudente?'.*

-*'Hay que andar con cuidado, navegamos sólo de noche y escondemos el peñero en alguna pequeña bahía o detrás de rocas durante el día. Regresa con tu madre, siento que no estamos seguros.'*

-*'¿Será posible navegar mañana? No quiero estar mucho tiempo alejado de mis hombres.'.* Preguntó Carlos Augusto.

-*'Hablemos con tu madre primero y luego con el marinero.'* Decidió Roberto animado por la decisión de su hijo. Era una buena excusa para enviar a María Antonia de regreso.

Ir y regresar de Curazao les llevó casi diez días. Hubo noches con viento que tensaba la vela y otras en que tuvieron que usar remos o buscar, arte en el cual Timoteo el marinero, era bastante hábil, las corrientes. Los mayores obstáculos estaban en las cercanías de Puerto Cabello y luego en la de Coro donde los españoles habían concentrado bergantines y goletas vigilando celosamente el mar. Navegaron frente a ambos de noche y haciendo un arco lo más lejos de la costa que fue posible, sin abandonar el rumbo hacia el Oeste. Estaban vestidos como los pescadores y a bordo iban nasas que periódicamente lanzaban al mar. El reencuentro con Mariana, los hijos y el resto de la familia fue tan alegre como breve. Bolívar y sus acompañantes habían partido hacia Cartagena, cosa que Carlos Augusto, aún con sentimientos encontrados hacia Bolívar después de la entrega de Miranda, agradeció. La Casa Van Linden, ahora administrada por Bernard, uno de los sobrinos después del retiro del viejo amigo, seguía funcionando, correo y fuente de recursos gracias a las relaciones con Madrigal en Madrid y Boisnard en París. Ver a Rijks y a Florence, que habían construido una agradable casa en el Norte de la isla, menos protegida del viento y el oleaje, pero más fresca y acogedora que el curioso piso que por años tuvieron sobre el negocio, fue un verdadero placer. Carlos Augusto sólo estuvo dos noches en Curazao y la nueva despedida fue difícil para todos.

Regresaron lentamente, aprovechaban algunas corrientes, pero iban en contra de los alisios, pero Timoteo, ahora sin María Antonia, corrió el riesgo de alejarse de la costa y luego mantener un rumbo Sureste que le permitía aprovechar a ratos el viento y así navegar tanto de día como de noche. Había librado Puerto Cabello cuando divisaron una goleta que se aproximaba y lanzaron las redes al mar para simular que pescaban. Cuando la goleta se aproximó a una distancia tal que podían ver las figuras sobre la baranda, comenzaron a recoger las redes y con sorpresa encontraron que la breve faena había sido exitosa. Una docena de peces de buena talla se agitaban entre la red. Carlos Augusto, inexperto en ese arte, seguía meticulosamente las instrucciones de Timoteo. La goleta se acercó lentamente y con habilidad se ubicó a babor del peñero. Desde la baranda alguien les gritó:

-*'Os compro los peces, los necesitamos'*.

Timoteo vaciló y Carlos Augusto en voz muy baja le dijo: *'Pregúntales que con qué pagan'*.

-*'¿Con qué pagan?'*. Gritó a su vez Timoteo.

-*'Pesos de los buenos, hombre de Dios. ¿Acaso no portamos la bandera del reino'?*

Timoteo contó los peces e hizo un rápido estimado de lo que valdrían en La Guaira o Puerto Cabello y les gritó de nuevo dando la cifra.

-*'Pongan los pesos en una canasta grande y allí les pongo los peces. Son diez grandes en total, yo me quedo con dos para la comida de los hijos.'*

-*'Cabrón desconfiado'*. Gritó el hombre de la goleta.

-*'Un poco, pero más valen pesos en la mano, que pájaros volando'*. Respondió Timoteo y ambos rieron.

Se efectuó el intercambio entre el encargado de la cocina y el almacén de la goleta mientras varios marineros observaban la operación. Ya con los peces a bordo, el español le preguntó:

-*'Buen peñero tenéis ¿Dónde fondeáis cabrón?*

-*'En casa de tu madre'*. Gritó Timoteo y los marineros celebraron la respuesta con carcajadas mientras el timonel con pericia alejaba lentamente la goleta del peñero.

-*'Coño, Timoteo, ¿cómo se te ocurre?.'* Protestó Carlos Augusto asustado y en voz baja.

-*'Él me dijo cabrón y yo le recordé su madre. Es lo normal entre canarios y criollos de la costa, sino le digo algo, hasta hubiesen sospechado. Otra cosa hubiera sido si un oficial me llama. Yo lo hubiera tratado de su excelencia y le hubiera cobrado el doble.'*

-'*Así que con las mentadas de madre baja el precio*'. Dijo Carlos Augusto ahora sonriendo al observar que la goleta extendía totalmente las velas y se alejaba con rapidez.

-'*Es que así uno sabe que es de los suyos. Hacia oriente es todavía peor, en algunos pueblos la gente se saluda* "Buenos días hijo e´puta" *y el otro contesta* "La que te parió". *Claro, eso sólo si son amigos.*'

-'*¿Y si uno se equivoca?*'.

-'*Pues Don Carlos, entonces no le mientan la madre, le sacan un cuchillo.*'

A media noche llegaron a la bahía de *La Esperanza* y Carlos Augusto pisó la arena dejando salir un suspiro de alivio. Dos días después tomaron el camino rumbo al campamento no sin antes darle a Timoteo un encargo que Carlos Augusto pensó que podría ser bien útil: buscar algún paraje solitario, desde el mar y próximo a Ocumare donde fuese posible esconder un bote pequeño, así podrían viajar más rápidamente desde el campamento hasta la hacienda y de allí, con el indispensable peñero, viajar a La Guaira o incluso a Curazao.

Monteverde se había hecho con el poder a pesar de su menor rango en comparación con los jefes realistas de Coro y Maracaibo. A fines de enero llegaron noticias de Bolívar y los Carabaño, que junto a al francés Labatud habían tenido éxito en varias batallas contra las tropas realistas en el Norte de la cuenca del río Magdalena. Ahora Cartagena y Santa Marta estaban en manos de los criollos, así como otra amplia zona bajo la presidencia de Camilo Torres más al Sur. También llegaron, por vías distintas, copias de cartas de Bolívar dirigidas al Congreso de la Nueva Granada.

Las noticias estimularon a Carlos Augusto quien decidió actuar. Al atardecer del 30 de enero descendieron la montaña cuarenta hombres bien armados. Al frente de la columna, dos de los soldados, desarmados y vestidos como la mayoría de los peones actuaban como alertas en caso de encontrar a alguien. Al caer la noche se encontraban cerca de los rápidos del río Limón al occidente de Maracay y de allí caminaron en silencio hacia el Este cruzando el largo brazo de la cordillera que dividía el poblado por su parte más baja a través de los cañaverales de una de las haciendas. Descansaron durante el día bien ocultos cerca de los manantiales y a las diez de la noche iniciaron la marcha a través de las dos haciendas que bordeaban el Norte de la ciudad. El primer puesto de guardia se encontraba en el irregular camino que iba hacia una de las tomas de agua. La información había sido adecuada, los guardias eran apenas cuatro, dos aburridos soldados haciendo rondas entre el camino y la precaria construcción que los albergaba y otros dos profundamente dormidos. Los cuatro fueron sometidos sin dificultad y despojados de lo que era valioso para el minúsculo ejército: armas, municiones y botas. Dos horas después estaban ocultos entre la vegetación del parque aledaño al cuartel.

La guarnición de Maracay contaba con unos doscientos hombres y otros tantos estaban dispuestos en otras zonas de la ciudad. Carlos Augusto no había planeado una confrontación frontal, sino un breve ataque por sorpresa y una inmediata retirada por la misma ruta que habían empleado para llegar. Como en el caso del primer puesto de guardia, la información era buena. Frente al gran portón del cuartel había cuatro hombres de guardia y arriba, en la fachada que daba al Este, otros cuatro hacían rondas alrededor de una rústica caseta que se elevaba unas tres varas sobre el borde del alto paredón de piedras y argamasa. Ocho hombres, con Melchor a la cabeza comenzaron a trepar la pared en silencio y cuando llegaron al borde, Francisco con otros ocho atacaron a los guardias de la puerta. Tres de ellos fueron silenciados sin dificultad, pero el cuarto logró librarse del brazo de Francisco y cuando intentó gritar, uno de los soldados lo apuñaló. Sobre el parapeto la situación fue distinta.

Uno de los soldados vio la cabeza de Melchor sobresalir sobre el muro y lo apuntó con el rifle, pero detrás de él surgieron dos de los trepadores y uno casi lo decapitó con su machete, pero antes de caer el soldado apretó el gatillo y sonó el primer disparo. Los restantes vigías corrieron hacia su compañero dejando a Melchor y a los tres hombres que lo acompañaban a sus espaldas. Otros cuatro disparos se escucharon y el muro del Este quedó en manos de los hombres de Carlos Augusto, mientras que los que habían tomado posición abajo, abrían el portón dejando que el grueso del grupo entrara al patio de armas del cuartel. A medio vestir, pero con las armas en la mano comenzaron a salir los soldados realistas de los dormitorios, mientras que los vigías de los otros puntos del muro disparaban a ciegas hacia donde suponían que estaban Melchor y sus hombres.

Carlos Augusto ordenó a los treinta hombres en tres filas que disparaban en secuencia contra las puertas, ventanas u hombres que salían a través de ellas. Apenas tres rondas por fila, nueve minutos, mientras Melchor y sus siete compañeros descendían rápidamente el muro y tomaban posición entre los árboles. Cuando los vigías llegaron donde se encontraban sus compañeros tendidos, recibieron una descarga desde el parque. Dos se desplomaron heridos y los restantes seis se ocultaron mientras se retiraban los treinta que habían incursionado en el patio. Corrieron entre los árboles del parque, lo cruzaron rápidamente y dos manzanas más arriba tomaron el camino hacia la montaña. Hacia las tres de la mañana reiniciaban el ascenso hacia Ocumare mientras las tropas de la guarnición subían por Las Delicias hacia el camino de Choroní donde la lógica les indicaba que se habían ocultado los asaltantes.

Ya era pleno día cuando llegaron al campamento. Habían abandonado el camino en la madrugada para no dejar huellas en el fangoso suelo del camino y el ascenso entre la hojarasca y los grandes árboles había sido difícil, pero los hombres estaban animados por el éxito obtenido. Le habían causado 15 bajas al enemigo. Doce rifles, tres sables, cinco machetes y cuatro pares de botas se sumaban a seis bolsas de pólvora y algo de munición. Pero lo más importante había sido el mensaje, Monteverde y sus tropas no podían actuar con impunidad. La noticia de la escaramuza en Maracay se conoció tres días después en Caracas a pesar de los esfuerzos del comandante de la plaza por minimizar lo ocurrido, pero informándole a Monteverde que en las montañas del Norte de Maracay había un grupo de hombres bien armados. Durante la siguiente semana efectuó una meticulosa búsqueda en los alrededores de Las Delicias y el camino a Choroní, pero no encontraron rastros de los atacantes. Cuando estaban a punto de abandonar la búsqueda uno de los soldados encontró abundantes pisadas que iban hacia el cañaveral y se perdían en el mismo, las siguieron con facilidad en la parte más baja donde el suelo estaba húmedo, pero luego las mismas, en terrenos más secos, se fueron desvaneciendo. La búsqueda se concentró durante otra semana desde el brazo oriental de la cordillera hasta el pie de la misma, pero no encontraron ninguna otra huella. Ni el comandante, ni ninguno de sus oficiales pensaron que el nutrido grupo de atacantes pudiese haber cruzado hacia la parte occidental del brazo y mucho menos que hubiesen tomado el camino hacia Ocumare, pero de ser así, poca era la motivación para penetrar en la selva.

Entre febrero y marzo Carlos Augusto realizó otras dos incursiones. La primera contra la pequeña guarnición de Turmero a pocas leguas de Maracay, ataque que aumentó el riesgo debido a que al moverse en esa dirección, necesitaron dos noches de camino para regresar al campamento, pero que tuvo la virtud de dirigir la búsqueda de los realistas en el sentido opuesto de donde estaba ubicada su base de operaciones. La segunda fue en la dirección opuesta, al occidente de Maracay y tuvo como objetivo una pequeña guarnición ubicada a unas tres leguas camino a Valencia. Allí tuvieron su primera baja, Melchor recibió un balazo en el muslo, pero por fortuna ni el hueso, ni ninguna arteria importante fue tocada y la bala salió limpiamente del otro lado de la gruesa pierna del sargento. El grupo atacante tuvo que ser dividido, la mayoría regresó de inmediato hacia el camino de Ocumare, pero Melchor herido y tres de sus hombres se dirigieron directamente hacia la cordillera y permanecieron ocultos durante tres días antes de emprender el retorno. Entre una escaramuza y la otra habían ido hasta *La Esperanza* en tres oportunidades, y hasta la hacienda llegó una tarde Carlos Augusto acompañando a Melchor, con el objetivo de que se recuperara. Habían usado el pequeño bote oculto a dos leguas de Ocumare, cerca de la difícil trocha que iba hacia Chuao.

La Esperanza, 1813

-'*Tienes locos a los españoles, algunos piensan que estás en la cordillera, pero no tienen la menor idea de dónde. Otros suponen que se trata de gente que vive en Maracay y han hecho varias búsquedas casa por casa.'.* Comentó Roberto después de abrazar a su hijo. '*Además, no saben ni quienes son, ni tampoco el nombre de su comandante, algunos suponen que son negros cimarrones, pero Monteverde tiene la certeza que se trata de tropas más regulares y bien dirigidas.'*

-'*Padre, hemos sido cuidadosos y nos ha acompañado la suerte. Sólo un herido en tres combates, pero tengo la certeza de que no podremos mantenernos de este modo durante mucho tiempo.'*

-'*Tienes razón hijo, pero hay buenas noticias. Bolívar ha tenido varios éxitos en la Nueva Granada y que piensa entrar a Venezuela, el 28 de febrero atacó Cúcuta y la tomó. Además en oriente están ocurriendo ciertas cosas que obligarán a Monteverde a dividir sus hombres.'*

-'*¿Qué pasa en el oriente?'.* Preguntó Carlos Augusto.

-'*Monteverde mandó a Cérveriz a Cumaná y este, que parece ser más bestia que su jefe, hizo toda clase de desmanes. Hasta Heredia protestó porque es una nueva violación a los acuerdos de capitulación. Después que hizo unos cuantos presos, golpeó mujeres y niños, un tal Mariño se fue a Chacachacare con unos cuantos hombres y luego se le juntaron otros. El Mariño parece ser hombre de coraje y se apresta a desembarcar, mientras tanto el otro animal que acompaña a Monteverde le cortó las orejas a varios criollos.'*

-'*Padre, nunca pensé que la guerra podía haber tanto odio y crueldad. Me imaginaba el combate e incluso la muerte, pero no pensé nunca que mujeres y niños sufrirían.'*

-'*Puede ser peor Carlos Augusto. Las guerras siempre son así. No sólo mueren soldados, se desatan las furias y lo peor de nuestra naturaleza surge. Recuerda a Europa y los horrores de sus docenas de guerras, millones de víctimas inocentes, saqueos, violaciones, fuego, crueldad...'*

-'*¿Entonces nos equivocamos? A fin de cuentas vivíamos más o menos en paz.*' Reflexionó Carlos Augusto en voz alta y Roberto entendió que su hijo buscaba una respuesta, pero no se la estaba exigiendo a él.

-'*El tiempo lo dirá, aún es pronto. Hay hombres como Heredia que hacen lo posible por evitar más muertes, pero España no soltará fácilmente sus colonias. Demasiada gente vive bien en la península gracias a América y después de más de tres siglos, tienen sus razones para pensar que somos parte del imperio, así que además de dinero, se trata de orgullo y poder, esas tres cosas más tierras y religión, han animado casi todas las guerras. Si liberaran a los presos y a Miranda, quizás podría haber paz.*'

-'*Estoy cansado, debo dormir un poco*'. Admitió Carlos Augusto. '*Como siempre padre, tiene usted la razón*'.

Domingo Monteverde se veía a sí mismo como un hombre de acción, capaz de tomar decisiones. Sentado en el comedor de la casa que utilizaba como vivienda y comando, pensaba mientras garabateaba nombres y cifras en un sucio trozo de papel. A la derecha estaban los nombres de Cérveriz y Zuazola, a la izquierda la lista de sus experiencias del pasado. Trataba de recordar los detalles de Tolón, Trafalgar y San Vicente, pero las decisiones estratégicas en el mar habían sido tomadas por sus superiores. Mejores recuerdos tenía de Talavera y Ocaña, las dos batallas en tierra donde había participado. Allí había estado más cerca de los brigadieres y coroneles que tomaban las decisiones. Frases como "la mejor defensa es el ataque", "aprovechar las debilidades del enemigo", "actuar con rapidez y usar la sorpresa" se agolpaban en su mente. Se las había jugado frente a Miyares y no tenía forma de retroceder.

El teniente López de Alzada golpeó discretamente la puerta y se colocó en el quicio esperando la reacción de Monteverde.

-'*Adelante López, ¿qué deseáis?*'.

Monteverde apreciaba la inteligencia del joven oficial, pero al mismo tiempo lo veía como demasiado tierno y blando para las circunstancias. Pero había sido un buen estudiante en la academia y era un lector infatigable de libros sobre guerra. Sus opiniones eran con frecuencia acertadas y además tenía buenas relaciones en Madrid. Tenerlo cerca podía ser útil.

-'*Realmente nada en particular Capitán, sólo algunas preocupaciones*'.

-'*Pues hablad*'.

-'*¿Aunque se trate de mis superiores?*

-'*Mientras no se refiera a mí, no hay problema.*' Dijo Monteverde tratando de ser ingenioso, cosa que usualmente no le quedaba muy bien.

-'*Se trata de Cérveriz y Zuazola, en nuestro bando, pero de Ribas, Briceño y otros en el de los sublevados.*'

-'*¿Y que hay con ellos, Don Diego?*'.

-'*Pues que a la larga no nos van a ayudar.*' Se atrevió López que a veces percibía que su origen aristocrático le daba cierto espacio para hablar más de lo que prudente con su superior.

-'*Adelante, adelante...*'. Dijo Monteverde con impaciencia.

-'*Pues actuar con tanta fuerza y no poca crueldad lejos de ganarnos el apoyo de los criollos, está generando odios. Recordad a las tropas francesas en España, cuando comenzaron las violaciones y los ataques a las villas, los españoles nos unimos.*'

-'*¿Pretendéis que les enviemos flores cuando nos ataquen?*'.

-'*No, de ninguna manera. Pero eso de las orejas y otras atrocidades...*'

-'*De la Nueva Granada nos ha llegado la noticia que Antonio Nicolás Briceño le entregó un documento a Bolívar proponiéndole un proyecto que llama de "guerra a muerte", es decir si sois peninsular y te cogen, estáis muerto.*' Dijo Monteverde tratando de justificar los actos de sus subordinados.

-'*Pero esta es la casa de los criollos y Heredia tiene razón, existe una posibilidad de paz. Si somos hábiles, las cosas pueden regresar a lo que eran.*' Sentenció López con seguridad.

'-*No hay camino atrás Diego, atacaré Pamplona y con suerte terminaré como virrey de la Nueva Granada, si retrocedo entre Miyares y la gente de Coro, me ponen cadenas y me envían de vuelta a España.*'

Diego López pensó que ya no era conveniente insistir. Monteverde era valiente y tozudo, pero no muy inteligente.

Había tenido éxito desobedeciendo a los gobernadores de Coro y Maracaibo, y hasta en rebeldía frente a las órdenes superiores. Si tenía éxito, sería perdonado, si fracasaba, todos los dedos lo señalarían como el culpable. Quizás era tiempo de velar por sí mismo.

6

Flores y guirnaldas

Antonio Fernández, Marqués de Casa León, Intendente del Ejército y Real Hacienda revisaba la lista y reconocía entre ellos a muchos que lo habían agasajado en sus casas y no pocos que habían compartido su mesa. Tenía vivas en su pensamiento las imágenes del 21 de noviembre cuando, presidida por Domingo Monteverde, pero actuando el brigadier Fierro, el oficial de mayor graduación como vocero, se juró la Constitución de Cádiz. Había acompañado al arzobispo Coll y Prat, a José Domingo Díaz que había declamado unos sonetos que se le habían antojado exagerados y peor aún, había tenido que soportar el ridículo discurso de José Antonio Rojas, el rector del Seminario que había repetido como cincuenta veces las palabras Dios, Jesucristo y la Virgen, como si tuvieran algo que ver con lo que estaban viviendo. Siguió clasificando nombres en el borrador, luego le dictaría al escribano de la Junta de Proscripciones y le informaría personalmente a Monteverde el resultado.

Los ordenó en tres grupos. Aquellos que había abrazado la causa independentista con fervor y que en su opinión eran los más peligrosos. El nombre de Miranda encabezaba la lista y su recomendación era enviarlo a España, tenerlo cerca, aún en prisión, era un riesgo muy grande. La segunda lista contenía los nombres de los seguidores y colocó una marca junto al nombre de los que él consideraba más peligrosos. La tercera estaba formada por los que habían seguido la causa independentista de modo menos ostentoso o que apenas eran sospechosos de apoyar o albergar en sus casas a los criollos alzados. Tachó algunos nombres, agregó otros y a primera hora de la mañana, cumplida la misión a su gusto y conveniencia, llamó al escribano para poner en limpio sus notas.

El escribano era un sacerdote de poca monta. Del curato de un pueblo cuyo nombre no recordaba, había llegado a Caracas siguiendo a Monteverde y bendiciendo armas y soldados. Lo único que sabía el marqués del viejo cura era que tenía buena letra, razonable ortografía y no concebía otra forma de gobierno que la de un rey Borbón.

-*'Bien Don Severino, escriba con letra clara y pregunte si tiene duda sobre los nombres. No quiero ver a un Tovar escrito con be de burro.*

-*'Entiendo señor marqués, preguntaré cuando haya duda'.*

-*'Comenzad. En la primera lista, los que fraguaron el crimen contra España el 5 de julio y que además desde el 19 de abril venían alzados contra Dios y la corona: Martín Tovar, José Ángel Álamo, Vicente Salias, Carlos Alva, José Francisco Ribas, Juan José y Luis Ribas, Francisco Salias, Juan Escalona, Félix Sosa...'*

Casa León iba agregando el "Don" o el "doctor" antes de cada nombre y a veces algunos comentarios.

-*'Después de Miguel Palacio, ponga que no tenía demasiado entusiasmo'.*

La segunda lista tenía 49 nombres y estaba encabezada por Francisco Espejo y seguían Manuel Miranda, José Paúl, Lino Gallardo, José Remigio Martín, Pedro Machado, José Antonio Muñoz Tébar, Carlos Soublette, Lino Clemente, los hermanos Basalo, los hermanos Montilla, Isidoro Méndez, Miguel Sanz y Vicente Ibarra.

-*'No se le ocurra olvidar a algunos de sus colegas que luego revisaré la lista. Ponga allí a Fray Santiago Salamanca, al Presbítero Juan José Oliva y a Fray Francisco Navarrete'.-'¿Ya los anotó?*

-*'Sí señor marqués, hay algunos prelados que han olvidado sus deberes...'.* Comentó el cura, pero Antonio lo interrumpió con cierta irritación. Lo menos que necesitaba era que el cura lo aconsejara.

-*'Bien, ahora vamos con los pardos y mulatos, esos son los peores. Tome nota: el moreno Ibarra, el moreno Camacho, Hilario Cardozo, el mulato Romana.'*

-'¿Los debo poner en orden alfabético? Preguntó el escribano.

-'No hace falta, la marca es lo importante. Mire, póngale una a Juan Antonio Rodríguez y no se olvide de Don Domingo Pelgrón y Don Narciso Blanco, los dos son peligrosos.' Ahora vamos con los restantes, que fueron menos exaltados, pero quién sabe. Escriba los nombres de Manuel Sarmiento, el Presbítero Santiago Zuloaga, Don Carlos Machado, Pedro Eduardo y Esteban Yánez'.

-'Todos con el Don o hay algún doctor'. Preguntó de nuevo el escribano.

-'Todos con el Don'. Contestó el marqués pensando en la conveniencia de no rebajar rangos.

-'Marqués, con su licencia, no veo los nombres de Bolívar, Briceño y otros que están en armas, y en los valles de Aragua hay otros...'.

-'Mire no está Bolívar, Briceño y otros porque todo el mundo sabe en que andan y en los valles de Aragua, tendría que hacer otra lista con casi todos los hacendados y un montón de pardos, por allí andan los Carvallo, los León – que no son parientes míos- y más de un pariente de los Tovar, Ibarra, Escalona y quién sabe cuantos más. Pero por ahora con éstos será suficiente.'

Casa León sintió que se estaba excediendo en explicaciones, pero quien sabe que le podría decir el cura a Monteverde. Además, no era tan bruto como para poner en la lista algunos asociados y otros, entre los que tendría que vivir cuando la guerra terminara. Además, si Bolívar entraba con las tropas desde Cúcuta, quién sabe en que terminaría todo este asunto. Despidió al escribano con cortesía.

Carlos Augusto dirigió otras dos incursiones, una a fines de marzo y la otra un mes después. Luego vendrían las copiosas lluvias que, sin duda harían difícil descender hacia los valles y regresar a su refugio en las montañas. La primera estuvo animada más por la venganza y el ejemplo que por una lógica militar. Rodearon una vez más la ciudad y acamparon durante el día en silencio en un bosquecillo entre dos haciendas. Dormían cuando una vaca seguida por un niño que la perseguía entró por un pequeño claro de la vegetación. El animal había abandonado el potrero y posiblemente en busca de sombra y agua penetró donde se escondían los veinte hombres. El niño los observó sorprendido y con miedo. Melchor se movió rápidamente y lo inmovilizó tapándole la boca, en la mano tenía su afilado machete.

-'Calma Melchor y tu, niño, no grites, no hagas ningún ruido y no te pasará nada.'

El niño asintió con los ojos, quizás lo único que podía mover atrapado entre los brazos de Melchor. Este aflojó un poco la presión y le quitó la mano de la boca.

-'¿Cómo te llamas?'. Preguntó Carlos Augusto.

-'Javier, su merced, para servirle'.

-'¿Sabes quienes somos?'.

-'¿Los de la montaña?'. Preguntó Javier a su vez. Carlos Augusto no respondió y de inmediato siguió interrogándolo.

-'¿Dónde vives?'

-'Aquí, en la hacienda, con mi madre'.

-'¿Cuantos años tienes?'.

-'Creo que voy para trece, señor.'

-'Dime Javier, que sabes de los hombres de la montaña'.

-'Que son enemigos de los españoles y de han dado un par de pelas a los soldados.'

Algunos hombres rieron y Carlos Augusto les hizo un gesto para reducir el ruido.-'Y ti Javier, ¿te gustan los españoles?'.

-'Ni me van, ni me vienen. El dueño de la hacienda es medio español, creo, a veces ni pagan y ustedes ¿qué van a hacer? La guarnición está lejos.'

-'Lo importante Javier no es lo que vamos a hacer nosotros, lo que vale es lo que vas a hacer tú. Ya nos viste, veinte hombres armados, ahora, dime ¿qué vas a hacer?'.

-'Nadíta, nada. No soy pendejo y si su merced es el jefe de la montaña, yo me quedo callaíto, ni a mamá le cuento ná.'. Javier sonaba convincente y Melchor decidió presionarlo algo más. Apretó los brazos alrededor del niño y dijo:-'Coronel, mejor le corto la cabeza y lo enterramos por aquí. Este carajito es capaz de salir corriendo y decir que estamos aquí.'

El rostro del niño, aún tostado por el sol perdió color y haciendo un esfuerzo tartamudeó:-'No me maten, yo... yo quiero ser como sus mercedes. Hacen días le dije a mi mamá que... que me quería ir a la montaña.'

-'Si te suelto y dices en la hacienda que estamos aquí ¿qué crees que haríamos contigo?'. Preguntó Carlos Augusto.

-'¿Me matan? Pero este carajo me quiere matar ahorita...'

-'No Javier, no te mataría, eres un niño y no eres nuestro enemigo. Si te suelto y dices en la hacienda que estamos aquí, llamarían a los soldados y habría muertos de bando y bando. Esos muertos serían tuyos.'

-'No yo no quiero que hayan muertos.'

-'Bien, entonces escucha'. Continuó Carlos Augusto 'Tu patrón es un traidor, primero dice que quiere la independencia y después se pasa a los españoles, está en su casa en Maracay y nosotros le vamos a quemar la casa de la hacienda y nos vamos a llevar comida, ropa y otras cosas que necesitamos. Eso es todo, no habrá muertos.'

-'¿Ni siquiera al mayordomo? A ese cabrón deberían por lo menos caparlo. Bueno, eso es lo que dice mi tía. No más antier le dio veinte fuetazos a Fernando sólo porque se le perdió un becerro por dos días, y eso que luego lo encontró, a mí también...'

-'Baja la voz Javier y no digas malas palabras'. Le interrumpió Carlos Augusto casi susurrando. 'Veremos que hacer con el mayordomo, ahora nos cuentas dónde duermen los peones y el mayordomo y aquí mismo con éste palito nos muestras todo.'

Javier hizo con habilidad un dibujo mostrando las viviendas e identificando a los que dormían en cada una de ellas. El niño creía que sólo había cuatro armas de fuego, una en la casa principal en un armario, la otra la tenía en mayordomo en su casa y dos en manos de los vigilantes que Casa León había contratado en Maracay.

-'Bien Javier, ahora arrea la vaca hacia el potrero y sigue haciendo lo que te mandaron. Ni una palabra, ni siquiera a tu madre. ¿Está claro?'.

-'Sí Coronel'. Dijo el niño y con la varita que traía en la mano golpeó a la vaca en las ancas orientándola hacia la salida del bosquecillo. Lo vieron alejarse hacia el potrero cercado más cercano y Melchor, preocupado, preguntó.

-'Don Carlos, perdón, Coronel, ¿y si el niño habla?'.

-'*No hablará*'. Contestó Carlos Augusto con convicción.

Poco después de las nueve caminaron por el lecho del pequeño cauce al amparo de la galería que formaban los árboles que lo rodeaban. El río pasaba muy cerca de las casas que ocupaban el mayordomo y los dos vigilantes. Uno dormía y el otro caminaba entre las casas. Carlos Augusto le hizo una seña a Santiago, conocido por su habilidad para moverse sin ruido y éste se deslizó en silencio entre la amarillenta paja hasta quedar muy cerca del vigilante. Se irguió y dando tres rápidos pasos le tapó la boca con una mano mientras que con la otra le descargó con fuerza el mango del machete en la cabeza. Santiago lo depositó en el suelo y lo ató con rapidez, luego le metió un trapo en la boca. El grupo salió de la vegetación y se distribuyeron en orden. Melchor con dos hombres a la casa del mayordomo, Santiago con otros dos a la vivienda de los vigilantes y el resto hacia la casa principal. En pocos minutos habían sometido al mayordomo y al vigilante mientras revisaban la casa en busca de armas, ropa y comida. Los peones comenzaron a asomarse con precaución y Melchor les ordenó salir y sentarse en el patio en silencio. Santiago amarró fuertemente al mayordomo y le metió un trapo en la boca. Tomó el cabo de la cuerda y ató al hombre con el pecho contra un frondoso cují que estaba frente a la casa. El mayordomo se quejó al sentir las espinas. Carlos Augusto tomó el fuete corto con siete cueros que había encontrado en la casa del mayordomo y le hizo una seña a Manuel Alcántara. El rollizo canario se acercó y Carlos Augusto le entregó el fuete.

-'*Dale veinte, pero bien dados. Diez en las nalgas*'. Dada la orden se volteó hacia los peones que lo miraban con atención. A la luz de las dos lámparas pudo observar más rostros satisfechos que atemorizados. Javier no estaba entre el grupo. Alcántara le administró los veinte fuetazos al mayordomo después de bajarle los pantalones, mientras Carlos Augusto le indicaba a Melchor y a Santiago que procedieran a quemar la casa y un cobertizo donde guardan una importante cantidad de maíz. No había transcurrido un cuarto de hora cuando caminaban de nuevo por el cauce a un paso rápido hacia el

Norte. En las sombras Melchor se aproximó a Carlos Augusto sujetando por el pelo a Javier.

-'¿Qué coño estás haciendo aquí?'.'. Le preguntó Carlos Augusto con aspereza.

-'Pues Coronel, me estoy juyendo con su merced p' al monte.' Contestó con una sonrisa.

-'Ves Melchor, que si se podía confiar. Creo que hasta demasiado, éste es de los que les das la mano y te cogen el brazo'. Dijo Carlos Augusto colocando la mano en el hombro del niño mientras seguían la marcha.

-'El maíz que quemaron no era para nosotros. Era para los soldados realistas.' Informó Javier mientras caminaba en la oscuridad junto a Carlos Augusto.

Después de conocida la lista de Casa León, Roberto le envió una carta a Carlos Augusto señalándole que quizás la familia podía regresar de Curazao pronto. Pero también le informaba que Bolívar y Briceño estaban avanzando en los Andes y Monteverde, lejos de actuar con la prudencia que Heredia recomendaba, seguía haciendo presos a todos los que le parecían sospechosos. Roberto también le contaba sobre varias denuncias que habían sido motivadas por viejas rencillas y no por la existencia de ideas o acciones contrarias a la metrópolis. Carlos Augusto comentó la carta con Francisco.

-'¿Qué piensas Francisco? ¿Quisiera saber que crees que ocurrirá?

Estaban solos, habían caminado en la mañana hasta uno de los puntos más elevados desde donde era posible ver el mar. Hacían esos paseos con cierta frecuencia, en las mañanas cuando el riesgo de lluvia era menor y el sol había disipado la neblina. De un gigantesco árbol cuyas raíces sobresalían sobre el suelo, caían frutos mordidos y hojas tiernas. Tres o cuatro monos aulladores saltaban inquietos de rama en rama buscando alimento. Jugaban con frecuencia a adivinar la fuente de los ruidos del bosque y antes de mirar hacia arriba Francisco contestó:

-'A los araguatos poco les preocupa si ganan los realistas o hay independencia'.

-'¿Sólo a los araguatos?' Preguntó Carlos Augusto.

-'No, es que a veces cuando miro a los monos también pienso en los pobres. Cuando conseguir algo de comida es lo más importante, poco se piensa en otras cosas. Eso de la independencia es para los que tienen algo que perder o algo que ganar, o los que son leídos y han viajado.'

-'Pero aquí nos acompañan gentes pobres, la mayoría nunca ha visto un libro o ha viajado.' Argumentó Carlos Augusto.

-'La mayoría no entiende nada. Ven su conveniencia o la amistad. Pero algunos igual podrían estar con Monteverde. Por ejemplo, Melchor es un buen líder entre los negros y hasta algunos mulatos lo siguen sin dudar. Pero imagínese que de pronto Monteverde ofrece la libertad de los esclavos. ¿A quién crees que van a apoyar, a los mantuanos que no pueden vivir sin esclavos, o a quien les ofrezca la libertad?' Contestó Francisco con un tono de certeza que le causó impresión a Carlos Augusto.

-'Creo que tienes razón Francisco. La idea de libertad que podemos tener nosotros es diferente a la de un esclavo.'

-'¡Cuidado Carlos Augusto!, no me metas a mí en tu grupo. Mi idea de libertad también puede ser diferente a la de un rico hacendado. Estamos juntos en esto por una vieja amistad y porque tu familia siempre nos trató bien, pero piensa en un mulato que no tiene tierras ni oficio, ¿cómo se comportaría si un Monteverde le diera tierras y los mismos derechos que a un blanco?

-'Pues no sé... pero los que deseamos la independencia creemos en los derechos y las cosas que escribió Rousseau. Nos gustaría tener una constitución como la de los Estados Unidos que habla de la igualdad de los hombres.' Replicó Carlos Augusto con cierta vacilación.

-'Carlos, sólo te voy a decir unas cosas de la sabiduría de la gente. La primera es que del dicho al hecho hay un trecho, la segunda es que más vale pájaro en mano que ciento volando y la tercera, que muchos mulatos recordamos bien, es que la mayoría de las familias que le escribieron al rey protestando por aquel edicto de gracias al sacar, son las que ahora se rasgan las vestiduras con la independencia. Pero hay algo más, esos señores que ustedes tanto citan, el Rousseau y el otro, y sus ideas tan bonitas... pues allá, ¿quién sabe? Pero aquí eso de república y democracia, pues no cala mucho. Aquí sólo vale el interés de cada uno.'

- *Tienes razón. Mi padre me ha contado sobre eso y hasta los disgustos que tuvo cuando él decidió no tener más esclavos en Altagracia. La carta a Carlos III la firmaron las cabezas de las familias más importantes indignados por los derechos que el rey le estaba dando a los pardos. Pero debes admitir que han cambiado, los más ricos no piensan ahora igual que hace diez o veinte años.'*

Los araguatos abandonaron el árbol y saltaron al siguiente y luego a otro mientras los dos hombres hablaban.

-*'Algunos, otros simplemente andan buscando el apoyo de los pardos. Pero al final hay que pensar que mucha gente es igual que un araguato. Mira se les acabaron las frutas en ese árbol y saltaron a otro. En unas semanas, cuando hayan madurado las frutas del primero, regresarán. Mira a Casa León, además de camaleón es araguato'.* Ambos se rieron, la metáfora era pertinente.

-*'Los independentistas debemos acabar con la esclavitud y sin duda las tierras deberían ser asignadas también a los pardos. Al menos eso pensamos mi padre y yo así como mucha otra gente.'*

-*'En Estados Unidos los hombres nacen iguales, dice su constitución, pero siguen teniendo esclavos.'* Replicó Francisco.

-*'Pues allá ellos, pero aquí yo voy a luchar por esas cosas.'* Contestó Carlos Augusto con convicción.

-*'Cuidado patrón, cuidado. No vaya a ser que terminemos con tres partidos, los españoles, los independentistas y los pendejos'* Señaló Francisco con ironía.

-*'Coño Francisco, estamos solos. Deja eso de patrón.'* Pero las palabras de Francisco habían hecho mella. Carlos Augusto se encontraba incómodo y sin duda Francisco había empleado el término 'patrón' para hacerlo sentirse mal y derrotar sus argumentos. Esa noche Carlos Augusto le escribió una larga carta a su padre. El tema de la misma giraba en torno a la conversación que había tenido con Francisco y la necesidad de luchar por una Constitución que garantizara la igualdad de todas las personas, pero cuando la terminó sintió que la carta no tenía la fuerza con la que había deseado expresar su argumento.

El marqués de Casa León estaba muy preocupado. Las noticias del avance de las tropas independentistas volaban, Briceño había tomado La Grita el 13 de mayo, Bolívar en

Mérida el 30 y el 15 de junio, en Trujillo había hecho suya la propuesta de Briceño de una guerra a muerte. Las tropas realistas retrocedieron y Monteverde nombró a Manuel Fierro como gobernador interino de Caracas. Abandonó Barquisimeto, Araure y Guanare y se replegó hacia Valencia y Puerto Cabello. La misma mañana que encargó fletar un barco para escaparse, llegaron visitas a su casa y cuando terminó, sintió de nuevo una esperanza. Le han encargado, junto a Vicente Galguera, Marcos de Ribas, Francisco Iturbe y Felipe Paúl, que formar una comisión para hablar con Bolívar. Como comisionado siente que puede tener alguna inmunidad, además bien que se había cuidado de excluir algunos de aquella lista y luego, unos meses atrás, junto a Heredia había intercedido por otros. Pero ese asunto de la guerra a muerte lo tenía realmente angustiado.

La noticia que Monteverde había abandonado Valencia llegó pronto a las montañas. Desde que Bolívar había tomado Trujillo, Carlos Augusto y sus hombres habían comenzado a visitar con mayor frecuencia propiedades y familias en los valles. El grueso se mantenía en la cordillera, pero los permisos se ampliaban y con ellos la velocidad con que llegaban las noticias. Cuando Bolívar marchaba hacia La Victoria, 46 entusiastas montañeros se incorporaron a su ejército y Carlos Augusto recibió la ratificación de su grado de Coronel, así como Francisco el de Capitán y Melchor, no sin cierta argumentación por el color de su piel, el de teniente. No eran pocos los que resentían que un negro tuviera un rango militar tan elevado.

Cuando Casa León se bajó del caballo junto a los restantes comisionados, Carlos Augusto no pudo menos que sentir cierta satisfacción, tenía la certeza que Bolívar lo iba a poner en su lugar. Los comisionados llegaron empapados y las ropas mojadas no contribuían mucho a mejorar el decaído ánimo con el que habían salido de Caracas. La posición negociadora no podía ser peor y el rostro de los cinco hombres lo reflejaba. Un capitán les ofreció ropas secas y un reconfortante café antes de entrar en el salón donde se llevarían a cabo las conversaciones. Traían un texto con la propuesta y cuando se sentaron en las duras sillas de cuero que rodeaba la rústica mesa rectangular, los esperaban cuatro coroneles. Bolívar entró unos minutos más tarde y con un aire distante los saludó.

-*'General Bolívar'*. Dijo Fray Marcos Ribas. *'El marqués de Casa León os hará entrega de la proposición.'*

-*'Por favor, vamos a dejar lo de marqués a un lado. Podéis mencionarme como Don Antonio Fernández, así será mejor.* Agregó Casa León enviando un mensaje de republicanismo.

-*'Sí, aquí y ahora es sólo Antonio Fernández, pero cuando le demos la espalda, será otra vez el marqués de Casa León.'.* Masculló Carlos Augusto con un tono bastante irónico.

-*'Coronel, vamos a lo importante y veamos cual es la proposición que viene desde Caracas'*. Dijo Bolívar y Carlos Augusto sintió que había una reprimenda en las palabras del joven General. Casa León le extendió a Bolívar el papel con las propuestas y éste las miró con atención.

-*'Don Antonio, debemos estudiar la proposición ¿no le importa esperar en la antesala mientras procedemos?'. Le preguntó Bolívar con un tono casi amable.*

Los cuatro hombres se retiraron en silencio. Dos horas después la respuesta había sido redactada en la forma más ambigua posible, en particular lo concerniente al acatamiento de la Constitución de España, pero con énfasis en la necesidad de constituir el gobierno más justo. Sobre el segundo punto que era la reconciliación de las partes, la respuesta era escueta y afirmativa. La tercera era similar y se otorgaba garantía de entrega de pasaporte a todo el que deseara abandonar Venezuela y en la cuarta se establecía la forma en que se haría la entrega de las armas y las espadas de los oficiales españoles. Todo había sido realizado en forma civilizada y los emisarios regresaron a Caracas el día siguiente satisfechos.

La recepción en Caracas fue muy especial. Bolívar, sus oficiales y tropas marcharon por las calles entre vítores y alegría, el tañido de las campanas y el sonido de los cascos y botas sobre el empedrado eran una sinfonía a los ojos de los vencedores. Un grupo de jovencitas con largos vestidos blancos, flores en las manos y unas coronas que a falta de laureles habían sido hechas con ramas y hojas de alguna trepadora nativa, daban la bienvenida a los oficiales. La mirada de Bolívar se cruzó con la de una de ellas en y ambos esbozaron una ligera sonrisa. Josefina Machado se sonrojó y su joven corazón aceleró sus latidos. 'Simón Bolívar se fijó en ti'. Le diría poco después Clementina, su mejor amiga.

Carlos Augusto se dirigió a la casa de sus padres. Roberto había regresado esa misma mañana desde *La Esperanza* tras pernoctar, como era su costumbre, en La Guaira. Caracas sin las mujeres y los niños le resultaba extraña a ambos. Al día siguiente se les unieron Alonso Cortés, Juan Lorenzo y Alfonso. Juntos planificaron el retorno de las mujeres y los niños desde Curazao, a pesar que Carlos Augusto no compartía el optimismo de los demás.

-'*Bien, que regresen, pero debemos estar conscientes que esta rendición sólo es de Caracas, no de España y pienso que no van a aceptar la independencia. Esto es un remanso en un torrente que todavía no se ha secado.*'

-'*Pero Carlos Augusto, hasta Casa León se ha cambiado de bando, ayer Bolívar le encargó organizar las cuentas del nuevo gobierno. Yo pienso que habrá paz y reconciliación.*' Dijo Juan Lorenzo.

-'*Casa León no es la medida de nada. Ese es capaz de cambiar de bando con la misma frecuencia con que otros se cambian la camisa. Yo no entiendo a Bolívar, primero habla de guerra a muerte y luego de reconciliación, creo que se está confiando demasiado.*' Replicó Carlos Augusto mientras Roberto hacía un gesto de aprobación.

-'*Mientras no veamos un papel con la firma y el sello del rey, de Monteverde y de los demás, no debemos entregar armas, ni mandar a su casa a los hombres*'. Opinó Francisco de pié junto a la puerta.

-'*Francisco, por favor toma asiento aquí, con el resto de la familia.*' Dijo Roberto confirmando algo que era compartido por los demás y Francisco movió su impresionante humanidad hacia una silla vacía.

-'*Francisco me ha hecho ver cosas importantes en las últimas semanas. No sólo tenemos que vivir con la amenaza de los españoles, sino que necesitamos grandes cambios en nuestra forma de vivir. Sólo cuando los pardos, como Francisco y nosotros, se puedan sentar en la misma mesa y sin rencores, habrá paz en el país.'* Señaló Carlos Augusto recorriendo a sus parientes con la mirada.

Poco después del almuerzo el único sirviente que lo acompañaba le entregó un sobre lacrado a Roberto. No reconoció la sinuosa caligrafía y lo abrió con un cortapapeles en forma de espada, un regalo de los Boisnard. El mensaje era breve:

Don Roberto Carvallo

"Los sucesos de los últimos años me han hecho pensar en la necesidad de un encuentro. En mi poder se encuentran cartas y otros documentos. Algunos, bastante antiguos, contienen asuntos de gran importancia e interés para Vmd y su familia, que han sido guardados en secreto por demasiados años. Es mi deseo que los mencionados pasen a sus manos, pero es importante que esto sea efectuado en privado.

Por todo lo anterior y convencido que su merced es un caballero de gran calidad que no desearía que yo pase vergüenzas, le ruego que acuda solo y a las diez de la noche a las ruinas del antiguo Convento de las Carmelitas, el de Santa Rosalía.

Dios guarde a Vmd por muchos años,"

Roberto, intrigado, releyó la carta dos veces más. ¿Qué secretos de familia podrían estar en manos ajenas? ¿Algo relacionado a sus padres o a *Altagracia*? ¿Por qué una reunión privada en lo que quedaba del antiguo convento? La carta estaba bien escrita, quien fuera el epistolario, se trataba de alguien con educación. Roberto decidió acudir a la cita y poco antes de las diez, con un bastón en la diestra y una lámpara de aceite, caminó hacia el Sur de la ciudad.

El viejo convento había sido abandonado años atrás y el terremoto incrementó el deterioro. Buena parte de las paredes se habían desplomado y al mismo se podía entrar por varios sitios. Roberto recordó que la edificación había sido usada por las tropas del Gobernador Ricardos más de medio siglo atrás cuando las mismas fueron barridas por la epidemia de peste. Los habitantes de la ciudad aún recordaban las historias de aparecidos y la mala fama de las ruinas. Roberto encendió con ayuda de yesca y pedernal la pequeña lámpara de aceite que había llevado ante la certeza que la oscuridad en las ruinas era casi total a pesar que una luna casi llena que iluminaba la noche. Pasó por encima de unas piedras y casi perdió el equilibrio al tropezar con una viga de madera podrida que se encontraba en el piso. Recorrió un área amplia llena de escombros y levantó la lámpara. Había dos oquedades, donde debió haber puertas en el pasado y en voz baja llamó:

-'*Ya estoy aquí, soy Roberto Carvallo*'.

No hubo más respuesta que el rumor de la suave brisa nocturna que pasaba entre las ruinas. Roberto avanzó hacia la izquierda donde detrás de la viga que aún sostenía parte del marco donde debió estar la puerta. De allí partía un corredor y a la tenue luz de la lámpara pudo identificar el claustro al cual daban las puertas de las antiguas celdas de las carmelitas. Seis boquetes marcaban a lo que quedaba de las mismas, unos estrechos nichos donde las pobres mujeres seguramente mal dormían sobre lechos de paja penando por pecados jamás cometidos. Roberto caminó por el corredor parcialmente iluminado por la luz de la luna que se colaba por los agujeros del techo y volvió a llamar, ahora con voz más alta.-'*Aquí estoy, cerca de las celdas de las monjas*'.

Llegó al final del corto corredor y decidió regresar a la nave principal. Quizás quién lo esperaba estaba en el otro extremo. Caminó lentamente mirando hacia el piso para evitar tropezar con alguno de los restos y al dejar atrás la última celda escuchó el crujido de una madera, volteó la cabeza cuando el hombre se abalanzaba sobre él. En la oscuridad la luz de la lámpara incidió sobre la figura y pudo ver que algo brillaba y descendía hacia su pecho. Soltó la lámpara y se protegió con el brazo sintiendo el dolor cerca del codo, mientras que con el otro brazo empujaba hacia atrás el cuerpo del atacante. Este perdió momentáneamente el equilibrio y Roberto le lanzó un puntapié que debió tocar una zona blanda del hombre. La lámpara no se había roto, pero parte del aceite se derramaba y encendido, generaba algo más de luz. El atacante estaba vestido con ropas oscuras y el rostro se escondía debajo de un capuchón. Golpeó con la espalda la gruesa pared y tomó impulso de nuevo con el cuchillo en la mano levantada por encima del hombro. Roberto, jadeante y sangrando abundantemente, estaba mejor preparado. Con el brazo herido desvió la trayectoria del cuchillo y con el otro golpeó con fuerza la parte izquierda del rostro del encapuchado. Este tropezó con algún escombro y cayó en el corredor. Roberto le pisó la mano que portaba el cuchillo y lo golpeó en las costillas con sus botas antes de dejarse caer encima del agresor con las rodillas hacia delante. El encapuchado gimió ante el impacto. Roberto era un hombre grande y pesado, las rodillas habían caído, con todo el peso del cuerpo, en el abdomen y en las costillas del hombre que además de gemir dejó escapar el aire de los pulmones con el golpe. Roberto lo despojó del cuchillo y sentado sobre él le quito la capucha y lo golpeó con el puño entre la nariz y el pómulo. El hombre gimió de nuevo cuando Roberto le puso el antebrazo debajo de la mandíbula y el cuchillo pinchando ligeramente las costillas, pero con la mano libre tomó un trozo de madera y golpeó con fuerza a Roberto en la cabeza.

7

La puerta del infierno

Roberto, con la respiración entrecortada y agotado, logró tomarlo por el pelo haciendo que el hombre se colocara de rodillas. Estaba mareado por el golpe en la cabeza y su contrincante también era un hombre fuerte. Tendré que usar el cuchillo, pensó Roberto, cuando dos soldados, atraídos por los ruidos, dejaron la ronda en la calle, entraron en el convento. Uno llevaba una lámpara de mayor tamaño y el otro un rifle listo para disparar.

-'Los dos, de rodillas y pongan las manos en el suelo, dónde pueda verlas.'

Roberto hizo lo ordenado soltándole el pelo a su atacante, pero éste se volvió hacia el soldado con el trozo de madera en la mano mientras trataba de incorporarse. El soldado, sin vacilación, disparó. El encapuchado cayó de espaldas contra la pared.

Pasaban las once cuando un hombre golpeó con insistencia la aldaba de la puerta de la casa de Carlos Augusto. Francisco, vistiendo apenas unos calzones, abrió la puerta. Se trataba de Melesio Nieves, uno de sus hombres que desde La Victoria, se había unido a las tropas que avanzaron sobre Caracas y aún no había regresado a *La Esperanza*.

-'Capitán, busque al Coronel, que su padre ha sido herido.'

Carlos Augusto y Francisco llegaron, a medio vestir, a la puerta de la Cárcel Real. El soldado que hacía guardia los saludó formalmente y abrió la puerta. En el vestíbulo se encontraba Roberto acostado en una improvisada camilla y el doctor Álamo le estaba colocando una venda en el brazo. Un hilo de sangre coagulada bajaba desde la frente hasta una de las pobladas cejas. Carlos Augusto caminó rápidamente y se arrodilló junto al médico.

-'¿Qué ocurrió padre?'. Doctor Álamo, buenas noches. Gracias por atender a mi padre.'

-'Carlos Augusto, pues una estupidez de mi parte.' Contestó Roberto en voz baja.

-'Casi lo matan'. Dijo Álamo que ya terminaba de vendar en brazo y ahora separaba el pelo para observar la magnitud de la herida en la cabeza.

-'¿Y por qué está aquí? Preguntó Francisco dirigiéndose al teniente de guardia.

-'Capitán, dos soldados que hacían ronda lo encontraron y se les ocurrió traerlo a la Cárcel Real para que su jefe decidiera que hacer. Fue una buena idea ya que el doctor Álamo estaba cerca. Había otro hombre con su padre y estaban peleando.'

-'¿Quién es?'. Le preguntó Carlos Augusto a Roberto.

-'No sé hijo, tenía el rostro oculto bajo una capucha y me atacó dentro del convento, logré quitarle el cuchillo y lo tenía sujeto cuando llegaron los soldados, pero la verdad es que el porrazo que me dio en la cabeza me dejó mareado y de no ser por los hombres a lo mejor me desmayo....'.

-'El hombre está muerto. Trató de atacar a los soldados y uno de ellos le disparó en la cara. El cuerpo está en una celda. Sería conveniente que lo vieran en caso de que lo puedan reconocer.' Sugirió el teniente nervioso ante la presencia de un coronel y un capitán. Caminaron los tres hasta la primera celda y el teniente les mostró el cuerpo. La herida había deformado buena parte del rostro, pero Carlos Augusto reconoció de inmediato al hombre.

-'Es Federico del Valle, un loco lleno de rencores. Tenía años diciendo cosas sobre nosotros. Su único amigo era el doctor Díaz que huyó por La Guaira cuando supo que avanzábamos hacia Caracas. La gente decía que Díaz lo ayudaba dándole opio, sin su médico, a lo mejor perdió el control.' Dijo Carlos Augusto.

Regresaron al vestíbulo dónde el doctor Álamo terminaba de limpiar la herida en la cabeza y le colocaba otro vendaje.

-'Padre, es Federico del Valle, ¿pero cómo fue que lo atacó?'

Roberto metió la mano en uno de los bolsillos de la casaca que reposaba en la silla donde estaba sentado el médico y sacó la carta.

-'*Esta tarde recibí esta carta y estaba intrigado. Me citaban en el convento para entregarme unos documentos sobre un supuesto secreto y por idiota acudí sólo, tal como dice aquí. Nunca pensé en Federico. Por fortuna a tu viejo le queda algo de fuerza, sino me mata el muy...*'.

-'*Don Roberto, quieto que si se agita se le va a abrir la herida. Ahora se lo llevan a su casa y que se quede por lo menos tres días en cama y después iré a verlo. Mañana le cambian esos lienzos y le ponen unos bien limpios.*' Dijo Álamo levantándose mientras Carlos Augusto terminaba de leer la carta.

-'*Teniente, su merced es el encargado de las acciones de policía esta noche, ¿no es así?*'.

-'*Sí, Coronel Carvallo*'.

-'*Pues bien, aunque no tenemos todavía mucho gobierno o justicia, vamos a hacer las cosas como se debe. Levante un acta y tome testimonio a los dos soldados. Mañana hace lo mismo con mi padre y que también declare el doctor Álamo. En el acta debe poner también el contenido de la carta. ¿Le parece bien, teniente?*'.

-'*Sí Coronel Carvallo, es lo correcto.*'

Llevaron a Roberto en una silla de manos cerca de la media noche y Carlos Augusto decidió quedarse con su padre por el resto de la misma. Roberto se recuperó rápidamente y cuando regresaron de Curazao las mujeres y los niños, ya estaba aburrido por el confinamiento y ansioso por "hacer cualquier cosa útil."

-'*Pues ya vio padre, que Bolívar se convirtió a los pocos días en la máxima autoridad del nuevo gobierno. Designó a Antonio Muñoz Tébar en la secretaría de estado, a Tomás Montilla en la de guerra y a Rafael Mérida en la de justicia. También lo acompañan muy de cerca Cristóbal de Mendoza y José Félix Ribas.*' Aseguró Carlos Augusto que cada mañana visitaba a Roberto y solían tener largas conversaciones.

-'*Pero hay más, Carlos Augusto. Ayer en la tarde vino a verme Alonso y me contó que Pepita Machado no sólo se amancebó con*

Simón, sino que manda como si fuera otra secretaria de Estado. ¿Quién lo hubiera pensado? Tan modosita y tímida que se veía.'

-*'Sí, como que eso es cierto. También me han dicho que la hermana de Simón está furiosa por lo de Pepita, pero en todo esto hay mucha hipocresía, si lo hace otro a nadie le importa, pero si es una figura pública, entonces todos se meten en su vida privada. Si se quieren, pues que lo disfruten, a lo mejor terminan casándose.* Contestó Carlos Augusto y Roberto no pudo menos que arrepentirse por haber caído en el chisme del día.

Carlos Augusto y Francisco fueron a La Guaira a esperar a las mujeres y los niños. Lorenzo Martín los acompañó, pero para embarcarse hacia Francia donde se reuniría con Jacqueline y de paso resolver diversos asuntos de la familia en España. Trataría de obtener pasaporte y permiso de ingreso a la península desde París. Al día siguiente decidieron pedirle a Fray Santiago Salamanca que oficiara una misa familiar. Ocupaban casi un tercio de la pequeña capilla y Salamanca inició la misa:

-*'Itroibo ad altarem Dei'*. Comenzó Fray Santiago que entre otras cualidades, hablaba muy bien latín y le gustaba hacer gala de ese conocimiento.

-*'¿Padre, qué quiere decir eso que acaba de murmurar el cura?* Preguntó Eduardo.

-*'No sé mucho latín, pero tiene que ver con el altar de Dios'*. Contestó Carlos Augusto en voz baja.

La misa se desarrolló con lentitud y más adelante Fray Santiago, ahora en voz más alta, recitó la fórmula de rigor.

-*'Dominus vobiscum'*

-*'¿Padre y eso que quiere decir?* Volvió a preguntar Eduardo.

-*'Eso si lo sé, quiere decir el señor sea con vosotros'*.

-*'¿Y por qué no dicen la misa en español para que todos podamos entender?'*. Preguntó de nuevo Eduardo mientras Fray Santiago tomaba el cáliz y lo miraba con severidad. Carlos Augusto se puso el dedo en los labios indicándole a su hijo que debía guardar silencio. A su lado estaba Mariana con Camila en brazos. La misa terminó con la comunión y luego la familia se reunió en la casa de María Antonia y Roberto para tomar chocolate y galletas. Sentados en la sala disfrutaban de nuevo de las múltiples voces y de la algarabía de los niños. Fray Santiago tomó a Eduardo por un brazo cuando por tercera vez pasaba corriendo por la sala perseguido por Guillermo.

-'*Alto jovencito, tenemos que hablar*'. Dijo Fray Santiago con voz severa y Eduardo lo miró con aprehensión.

-'*¿Qué desea padre?*'

-'*No soy padre, soy Fraile y por consiguiente me debéis llamar Fray Santiago.*'

-'*Bien, Fray Santiago, ¿qué desea?*'.

-'*La capilla es muy sonora y cuando hay silencio se escuchan las voces. Me pareció que le preguntabas a tu padre por qué la misa se dice en latín.*'

-'*Sí, Fray Santiago, ¿por qué lo hacen?*'. Preguntó Eduardo.

-'*En el mundo cristiano se hablan muchas lenguas y el latín fue por varios siglos el idioma que unía a muchos pueblos y además así se mantenía la tradición y hasta la unidad de la iglesia.*' Explicó el fraile.

-'*Es una razón, pero la mayoría de la gente no entiende latín. Los padres se entienden entre ellos, pero el pueblo no sabe lo que están diciendo*'.

-'*Eso también es cierto hijo mío, pero nunca logramos resolver todos los problemas al mismo tiempo.*'

-'*Gracias por explicarme Fray Santiago, Dominus vobiscum*'.

-'*Et cum spiritu tuo*'. Le contestó el fraile sin pensar y tras una pequeña pausa mirando al jovencito con una sonrisa continuó: '*Eso quiere decir y con tu espíritu*'

-'*¿Te gustaría aprender latín?*'. Preguntó el fraile.

-'*Sí, me gustaría mucho. Ya hablo bastante francés y me han dicho que si uno habla latín, los otros idiomas se aprenden mejor.*'

-'*A lo mejor deberías ser monaguillo y ayudarme con la misa*'. Propuso Fray Santiago.

-'*No quiero ser monaguillo, pronto me iré a Europa, voy a ser militar.*'. Contestó Eduardo con franqueza. '*Sólo quiero aprender latín*'.

-'*Fray Santiago, ¿le puede enseñar?*' Preguntó Mariana. '*Porque yo también quiero aprender*'.

-'*In nomine Patri, et Fili, et Spiritus Sancti*'. Respondió el fraile persignándose con resignación.

El mismo día que el Cabildo le otorgó a Bolívar poderes dictatoriales, mandato que sumaba al de Capitán General de todos los ejércitos y Libertador, Eduardo debía embarcarse hacia Europa. No viajaría sólo, tras largas discusiones Roberto y María Antonia habían logrado convencer a Pablo y Luisa que debía alejarse de Caracas. Aunque tenía más de 40 años de residencia y muchos lo veían como criollo, su nombre figuraba en más de una lista de los españoles y canarios de Caracas. Ya una vez lo habían sacado de la cárcel, pero el riesgo era demasiado grande. Carlos Augusto, que había regresado el 15 de diciembre a Caracas con una pequeña herida en la pierna, los acompañaba hacia La Guaira. La despedida había sido dolorosa, los cinco hijos, nativos de Caracas y con sus vidas hechas en la ciudad, encabezados por la mayor, María Antonia de la Fuente hasta la menor Luisa María, derramaron más de una lagrima. Nicanor, capitán en el ejército republicano suspiró con alivio cuando sus padres iniciaron el ascenso hacia la montaña, cada paso de las mulas hacía menos probable que padre e hijo terminaran en bandos diferentes.

El jovencito iría finalmente a Francia y se alojaría con los Boisnard, en la casa de André, ya que la guerra con España había descartado a éste país como sitio para recibir la instrucción que Eduardo deseaba. Los Boisnard habían logrado, no sin esfuerzos y gracias al título ducal de André, que Eduardo fuera recibido en la Ecole Militaire Spécial de Saint-Cyr en septiembre, pero debía mejorar su francés así que estaría varios meses con sus 'tíos franceses' a pesar que las noticias que llegaban de París, así como eran angustiosas para los franceses, generaban gran alegría entre los españoles. Napoleón después del desastre en Rusia se seguía replegando y su imperio parecía caerse en pedazos.

Camino a La Guaira, Carlos Augusto relató, por exigencia de su hijo los detalles de la batalla de Araure.

-'*Eduardo, sin duda la más sangrienta y aunque derrotamos a Ceballos y a Yánez, perdimos muchos hombres, tantos que al* comienzo pensé que nos iban a destrozar. Pero la caballería se portó a la altura y los realistas perdieron más de mil hombres.'

-'Entonces, ¿ahora si se irán los españoles?'. Preguntó el niño.

-'Bueno, al menos éste ya va en camino.' Dijo Pablo con algo de ironía.

-'Pero tío Pablo, su merced es sólo medio español'. Contestó Eduardo y todos celebraron la definición con risas.

-'La verdad hijo mío, es que todos somos medio españoles y eso hace peor la guerra.' Agregó Carlos Augusto y continuó: 'No creo que los oficiales españoles se vayan y aunque los derrotamos, la situación sigue siendo difícil. En unos meses estarás en una academia militar europea y allí entenderás lo que te digo. Nuestros hombres y en gran medida también los que comandan los españoles, tienen una rubiera, todo es un desorden, tal como decía Miranda. No hay disciplina, ni armas, ni Generales con experiencia. Antes de Araure nos pegaron duro y quién sabe como será este nuevo año.'

-'Pero padre, su merced si tiene experiencia, y el general Bolívar también'.

-'Estamos aprendiendo, esto no se parece mucho a lo que nos enseñaron en la academia en España. Cuando regresábamos de Araure nos atacó Blanco con sus irregulares, una montonera, pero nos dieron recio y antes, en noviembre, perdimos casi 400 soldados en Barquisimeto. La verdad es que son las más las veces que hemos perdido, que las victorias logradas.'

Carlos Augusto obvió los detalles y guardó silencio mientras pensaba. La guerra estaba adquiriendo visos de gran crueldad. Arismendi, Zuazola, Cervériz, Escalona y más recientemente Bolívar que mandó a fusilar a buen número de españoles, le habían dado un estilo repugnante. Él y otros oficiales habían hablado con Bolívar, hasta Ribas, Gobernador Militar de Caracas, que a veces parecía implacable, se había negado a obedecer algunas órdenes dirigidas a fusilar españoles y canarios. Ahora andaban por los Llanos otros dos bárbaros, un tal Boves y su lugarteniente Morales que ya habían derrotado en diciembre a los hombres que mandó Bolívar en el sitio de San Marcos. La gran paradoja, se dijo a sí mismo, es que la mayoría de los hombres de Boves eran llaneros, no españoles. Hermanos contra hermanos. Quizás debería haber enviado a Mariana y a todos los niños a París.

Los siguientes cinco meses fueron sangrientos, no sólo en los campos de batalla, sino también en pueblos y cárceles. Carlos Augusto iba y venía entre Caracas y San Carlos, La Victoria y Valencia, mientras Mariana sufría cada vez que su esposo debía comandar tropas. En la ciudad reinó el optimismo hasta fines de marzo, pero luego comenzaron a sufrir el resultado del abandono de muchas haciendas y los costos de la guerra. Tanto a las tropas como a los civiles le comenzaron a faltar víveres. *Altagracia* mantenía su producción, pero buena parte era destinada a las tropas y rara vez lograban algún pago por ello, mejor andaba *La Esperanza* y las viejas haciendas de cacao de Barlovento que había adquirido Jorge Romero y que por herencia parte de ellas le pertenecían a María Antonia. Dada la situación de Puerto Cabello y los riesgos en La Guaira, buena parte del cacao salía a espaldas de las autoridades, bien españolas, bien republicanas, a través de holandeses o ingleses que lo compraban a las barcazas cerca de la costa a buen precio. Las empresas familiares no andaban bien por primera vez en muchos años y aún lejos de las penurias que sufrían otras personas, Roberto estaba preocupado y pensó que era conveniente tener una reunión familiar para tomar algunas decisiones.

A comienzos de junio regresó con María Antonia a Caracas después de dos semanas en *La Esperanza* e invitó a un representante de cada familia a reunirse en su casa el 15. Debían acudir Alonso, Lorenzo Martín y en lugar de Pablo uno de sus hijos, Sebastián, Carlos Augusto, María Antonia y él. Pero en la primera semana de junio Carlos Augusto fue llamado urgentemente a su puesto de mando, ahora en la infantería de las tropas de Bolívar y Mariño. Boves deambulaba con sus llaneros alrededor de Villa de Cura después de asolar varios poblados en el Norte de los Llanos.

Mariño tomó posición en una colina que dominaba la llanura a dos leguas del poblado. Bolívar se ubicó a su vez con el resto de las tropas en el centro de la misma y ambos estaban confiados que derrotarían a Boves y su desordenada caballería que era el punto fuerte del caudillo asturiano. Boves atacó de frente, entre las dos colinas con la infantería. Caían hombres de ambos bandos y por más de media hora ninguna lograba avanzar, cuando varios centenares de lanceros abrieron una brecha en el flanco derecho de la infantería tan rápido y con tanta violencia que los fusileros apenas tuvieron tiempo de hacer dos o tres descargas. Carlos Augusto y sus hombres retrocedían paso a paso tratando de recargar en líneas ordenadas y esperando que la caballería pudiera atenuar el ritmo de los lanceros. Cuando ordenó que el obús disparara por última vez, pudo ver como la caballería republicana huía perseguida por los feroces llaneros. Ordenó que los hombres corrieran hacia la colina donde Mariño hacía esfuerzos por contener a los soldados de Boves y logró que una fracción importante de ellos tomara posición en el plano inclinado donde los caballos eran menos efectivos, pero llegaba una oleada tras otra de los atacantes.

Hacia las dos de la tarde defendía aún su posición con Francisco a la derecha y Melchor a la izquierda, pero con sólo unos cien hombres, cuando por el flanco los atacaron de nuevo un grupo de lanceros que los superaban en número y con la ventaja de los caballos, el resultado parecía predecible. Derribaron a un buen número, pero pasando por encima de hombres y caballos los lanceros penetraron hasta el punto de mando.

-'*Coronel, a su izquierda*'. Gritó Francisco mientras disparaba el rifle y tomaba su sempiterno machete. Carlos Augusto giró y disparó su pistola casi en el rostro de un lancero que cayó a sus pies. Melchor, ya sin balas, usaba un viejo y largo sable para evadir las lanzas. Carlos Augusto vio cuando Melchor cayó al suelo con una lanza en el pecho y junto a Francisco retrocedieron unos pasos más colina arriba, cubriendo a sus hombres que retrocedían. Francisco derribó con su machete a un lancero cortándole una pierna al caballo y ambos cayeron juntos en el suelo. Carlos Augusto lo ayudó a levantarse cuando otro hombre a caballo los atropelló antes de tropezar con el animal postrado y caer encima del mismo.

Carlos Augusto atacó al hombre que se incorporaba con su sable y lo hirió en el hombro.

-'*Francisco, detrás de ti, rápido*'. Logró decir Carlos Augusto y Francisco se lanzó al piso evadiendo la lanza y al voltear de nuevo vio a otro lancero que venía sobre él. No más de cuatro pasos del caballo y del hombre moreno con el rostro contraído por el esfuerzo y la furia. Las miradas se cruzaron por un instante y Carlos Augusto levantó el sable una fracción demasiado tarde. La punta de la lanza penetró en el costado derecho y Carlos Augusto cayó de espaldas junto a Francisco. El corpulento mulato empapó su mano en la sangre de Carlos Augusto y se mojó la camisa con ella mientras cubría el cuerpo del herido con el suyo. El resto de la caballería pasó encima de ellos persiguiendo a los últimos soldados que resistían. Como pudo hizo jirones con su camisa y con el cinto los apretó contra la herida, después de haber despojado a Carlos Augusto de la casaca cuyos galones lo identificaban como un oficial. Ocultó ambas casacas debajo del cuerpo de Carlos Augusto, lo volteó con la cara contra el suelo y con su ensangrentada camisa lo cubrió con su cuerpo.

-'*Silencio, Carlos, ni una palabra, ni un movimiento o somos hombres muertos*'. Susurró Francisco.

En su semiinconsciencia Carlos Augusto lo escuchó. Más caballos pasaron cerca de ellos y luego la infantería. Con los ojos cerrados escuchaban a los hombres de Boves festejar mientras recogían fusiles, sables y machetes. Ocasionalmente se escuchaba algún quejido y luego disparos o golpes. Francisco, con los ojos cerrados sintió cuando le quitaron las botas con violencia, Carlos Augusto inconsciente no percibió cuando lo despojaron de las suyas. A pocos pasos escucharon un quejido, un disparo y luego silencio. Los soldados realistas no parecían dispuestos a capturar prisioneros. La calurosa tarde se hizo interminable, los hombres de Boves se iban alejando lentamente recogiendo armas y otros pertrechos. Hacia las cinco el zumbido de las moscas era el único ruido perceptible. Francisco todavía cubría el cuerpo inerme de Carlos Augusto cuando cayó la noche.

La derrota fue total. La caballería había huido y la infantería soportó con valor la embestida hasta quedar diezmada. La batalla de la Puerta había concluido y se había perdido la república. Bolívar regresó a Caracas donde entró de un modo muy diferente a aquellos días de doncellas, flores y guirnaldas. Uniformes polvorientos, rostros adustos y miradas cansadas que reflejaban la derrota, caracterizaba al pequeño grupo a caballo que al paso, acompañaba al Libertador. Una semana después la gente comenzó a abandonar la ciudad ante la noticia que Bolívar se llevaría hacia Barcelona a los soldados que defendían la ciudad. Los Carvallo hacían preparativos para trasladarse hacia La Guaira y luego a *La Esperanza*.

-'*Se van todos. Sólo me quedaré yo a esperar noticias de Carlos Augusto*'. Ordenó después de un breve concilio familiar en los primeros días de julio.

-'*Me quedo contigo padre.*' Dijo Juan Lorenzo pensando que como médico podría ser respetado por las tropas de Boves.

-'*No, hijo, te vas con el resto de la familia. A mi edad y con las canas, a lo mejor salvo la vida. Me quedaré y me vestiré como los sirvientes. Los demás se van mañana a primera hora, se llevan sólo las cosas más valiosas, dinero y joyas, pocas ropas que ni en La Esperanza, ni en Curazao, si logran llegar allá, van a necesitar mucho.*'

-'*Pero mi amor, ¿qué vas a hacer en Caracas'?*'. Preguntó María Antonia.

-'*Me quedaré hasta saber de Carlos Augusto, luego los alcanzaré en La Esperanza.*'

-'*Yo me quedo también. Esperaré aquí noticias de Carlos Augusto*'. Dijo Mariana con los ojos enrojecidos.

-'*No Mariana, debes irte con los niños*'. Respondió Roberto haciendo valer su autoridad.

Roberto y Juan Lorenzo acudían todos los días a la plaza y al Ayuntamiento. Dispersos después de la batalla, los oficiales iban llegando gradualmente a Caracas. Sólo uno de ellos había visto a Carlos Augusto cuando se replegaba hacia la colina. Cinco días después del retorno de Bolívar llegó a la casa José Agustín, antiguo jornalero de *La Esperanza*. El hombre había visto a Carlos Augusto, Francisco y Melchor defendiendo la posición mientras el remanente de los hombres se retiraba.

-'*Don Carlos nos ordenó subir la colina y retirarnos. Los lanceros llegaban por el frente y a los lados. Cuando llegamos al punto más alto los vi. rodeados por la caballería de Boves. Lo siento pero o están prisioneros, o están muertos*'.

Roberto visitó a Casa León con la esperanza que el ambiguo marqués tuviera alguna noticia. No sólo se trataba de Carlos Augusto, tampoco había noticias de su sobrino Nicanor que dirigía un contingente en el extremo Sur del campo de batalla.

-'*Lo siento mucho Don Roberto, aparentemente no tomaron prisioneros. Tan pronto terminó la batalla Boves se movió hacia Valencia. Heredia y Cagigal están preocupados porque éste hombre no sigue órdenes, pero la verdad es que gana las batallas y ahora tiene todo el poder. Me apena mucho lo de Carlos Augusto, su hijo era un buen hombre.*' Concluyó Casa León y Roberto percibió cinismo y frialdad en el marqués. Casi podía adivinar que Antonio Fernández estaba listo para cambiar de bando otra vez.

Mientras Boves tomaba Valencia y cometía toda clase de brutalidades, los habitantes de Caracas abandonaron la ciudad. La gran mayoría tomó el camino hacia oriente. No más de cinco mil personas permanecieron en la ciudad y superaban los 30 mil aquellos que aterrorizados marchaban o cabalgaban. Los Carvallo, sin Roberto, llegaron el ocho de julio a *La Esperanza,* allí les llegó pocos días después la noticia que Boves se había autoproclamado Gobernador y Capitán General, designando para Caracas a Casa León como gobernador político y a Quero, como militar.

La alegría que caracterizaba las reuniones familiares de antaño en *La Esperanza* contrastaba ahora con el silencio. Los peones hablaban en voz baja mientras Mariana, María Antonia y Rosa rezaban todas las tardes en una improvisada capilla. Hasta los niños jugaban en silencio. Roberto llegó varios días más tarde sin más noticias que la confirmación de la muerte de Nicanor y la designación de Casa León, cosa que dentro del desastre no era tan mala.

8

El Pacificador

El rancho era tan miserable como el resto del caserío. Veinte viviendas sobre un camino de tierra, una pequeña tienda y al final de la calle una casa de bahareque y techo de cañas donde ocasionalmente un padre itinerante oficiaba misas muy breves. A seis leguas de Villa de Cura y camino hacia los llanos, el pueblo de San Vicente sobrevivía a duras penas. Uno que otro conuco, tres vacas y algunos cerdos que deambulaban entre los charcos del camino. Los dueños de la hacienda cercana habían huido meses atrás y el ganado había sido consumido por los hombres de Boves. San Vicente era un pueblo de mujeres y niños, cerca de la mitad de ellos enfermos de paludismo. La mayoría de los hombres se había ido a la guerra, unos animados por la posibilidad de lograr un pedazo de tierra, otros inducidos por la frustración y hasta había el que lo hacía simplemente por carecer de trabajo.

Francisco llegó al río antes del amanecer cargando el pesado cuerpo de Carlos Augusto. Caminó toda la noche descansando al comienzo cada doscientos pasos. Las pausas aumentaron en frecuencia en la misma medida en que disminuía la distancia que el agotado Francisco podía recorrer con Carlos Augusto sobre sus hombros. A unas dos leguas del sitio de la batalla se ocultó entre la vegetación para descansar y apenas había cerrado los ojos escuchó los cascos del caballo. Abrió los ojos y vio con sorpresa que el jinete era Diego Rengel. El Teniente estaba acompañado por dos llaneros armados con lanzas.

-'*¿Los acabo?*'. Preguntó el de mayor edad.

-'*No, vamos a dejarlos. Igual se van a morir. Sigamos adelante*'. Contestó Diego golpeando ligeramente los costados del caballo y orientándolo fuera del cauce.

Francisco caminó torpemente por el borde del delgado cauce hasta que la vegetación lo ocultó. Colocó a Carlos Augusto a la sombra y con lo que restaba de la camisa empapó los jirones con agua y lavó la profunda herida que dejaba ver el borde de una costilla. Luego, con las manos, logró hacer que algo de agua penetrara en la reseca boca del herido. A pocos pasos había una zona algo más profunda y metió en el agua su dolorido cuerpo. La espalda estaba quemada por el sol y los pies llenos de rasguños y golpes. Encontró un fino bejuco y arrancó tela de los pantalones hasta que estos quedaron por encima de las rodillas. Con las fibras del bejuco y la tela improvisó unas espadrillas, a conciencia que no durarían gran cosa. Oculto entre la vegetación escuchó dos veces el ruido de caballos y luego se durmió. Era más de media noche cuando descendió de la suave colina que dominaba al pueblo y escogió una casa al azar. Caminó en silencio dejando a Carlos Augusto semioculto detrás de unas piedras y tocó suavemente la puerta.

El único hijo que vivía con Asunción se había ido con Boves y la mujer estaba sola. Era muy delgada y posiblemente menor de lo que parecía. Su rostro cetrino mostraba finas arrugas y el vestido estaba sucio y rasgado en varios sitios en armonía con la miseria de la casa y del pueblo. Se sobresaltó cuando abrió la puerta y encontró al semidesnudo mulato en la puerta. Francisco le hizo un gesto para que guardara silencio mientras abría las manos y dejaba que Asunción viera las monedas.

-'¿*Cómo se llama?*'. Preguntó Francisco cerrando la puerta.

-'*Asunción*'.

-'*Vive sola o ¿hay alguien más en la casa?*'

-'*Sola*'.

-'*No me tenga miedo, no le voy a causar mal. Traigo un herido, si nos da alojamiento y comida, le pagaré bien.*'

-'¿*Gente de Boves o enemigos?*

-'*Somos buena gente. No le haremos daño y se puede ganar unos buenos pesos. Pero eso sí, en silencio. Nadie debe saber que estamos aquí. Pero puedo ser tan malo como cualquiera.*' Dijo Francisco combinando la oferta con la amenaza.

-'*Está bien, hay una puerta pequeña atrás. Entren por allí sin hacer ruido.*' Dijo la mujer dispuesta a correr el riesgo. Unos pesos eran una fortuna.

Francisco colocó a Carlos Augusto en una de las dos camas de paja que tenía la vivienda y se sentó en el suelo en espera del amanecer. La mujer le dio dos plátanos maduros y algo de yuca hervida. Francisco comió con voracidad y se quedó dormido. El calor de la media mañana lo despertó y vio a la mujer tratando de darle algo a Carlos Augusto en un cazo abollado.

-'*Está muy mal. Tiene fiebre, yo creo que se va a morir pronto. Esa herida hiede. Déme unas monedas y voy a buscar comida y unas yerbas que son buenas para los heridos.*'

-'*¿No nos denunciará?*'

-'*¿Para qué? Me vas a pagá y además aquí en San Vicente casi no hay nadie, ni soldaos.*''

-'*Y en la bodeguita?*'

-'*Es mi prima. Al Mario lo mataron en La Puerta, ayer lo enterramos. Se jué con mi hijo dizque a ganar unos pesos y lo mataron, pá eso es que sirve la guerra, pá matá gente.*''

Una hora después las dos vetustas ollas lanzaban vapor dentro de la habitación. Francisco, sentado en el borde de la cama miraba a la mujer cocinar. La leña estaba húmeda y el humo *era espeso, le picaban los ojos.*

-'*Boves se jué pá Valencia y no hay tropa cerca de aquí, pero si su amigo se muere, no me culpe. Lo único que hay en este pueblo son unas yerbas, pero llegó muy mal...*'

-'*No la culparé Doña Asunción, vamos a darle las hierbas y agua. Después a limpiar esa herida. Necesito una botella de aguardiente.*'

La mujer sacó una botella que estaba oculta debajo de la cama y empapó un trozo de tela que parecía razonablemente limpio.

-'*Mi hijo siempre tenía una botella debajo de la cama.*' Explicó la mujer a pesar que Francisco no le había dicho nada.

El cuerpo de Carlos Augusto era un campo de batalla. Su contextura y buena salud combatían la infección que intentaba avanzar hacia otras partes de su cuerpo. La herida supuraba un líquido maloliente que Francisco y Asunción limpiaban con el fuerte aguardiente que quemaba los bordes de la herida sumando el ardor al dolor. La fiebre subía y bajaba continuamente, se alternaba la intensa sudoración y con escalofríos. De vez en cuando de su boca salían sonidos ininteligibles. Asunción trajo un balde de agua del río y trataban de atenuar la fiebre mojando el sudoroso cuerpo del herido. En la mañana del tercer día Carlos Augusto dejó de moverse para caer en un sopor profundo.

-'*Si no se muere, se pone bueno*'. Dijo Asunción. '*Así se puso Andresito después de una cortada en el pecho y se salvó.*'

Francisco también recordaba un jornalero herido de gravedad en la hacienda. Las palabras de Asunción habían sonado necias ya que el que no se moría evidentemente se salvaba, pero entendió que ella se refería al sopor. Si era el sueño que reparaba, o era un cuerpo que se daba por vencido. Ambos sabían que el agua era importante y con una cucharilla le daban continuamente líquido endulzado con papelón. Francisco se debatía entre la necesidad de mantenerse junto a Carlos Augusto y la de avisar a la familia, pero no podía dejar al herido, ni existía nadie confiable en el pueblo capaz de viajar hasta Caracas. Los quince pesos que entre ambos tenían el día de la batalla estaban comprando fidelidades y los habitantes del caserío tenían buenas razones para mantener silencio sobre el hombre custodiado por Asunción. A uno le había comprado comida, a otro algo de ropa. Un anciano le vendió un machete bastante oxidado y hasta un par de viejas botas que Francisco se calzó una vez que los lastimados pies mejoraron. Encontrar ropa para las inusuales tallas de los dos hombres fue imposible, pero una de las vecinas elaboró dos camisas y dos amplios calzones de sarga, la única tela disponible en el pueblo.

El marqués de Casa León meditaba sobre su posición. Había alcanzado un rango importante y su ego estaba satisfecho, pero a fin de cuentas era gobernador de una ciudad vacía y arruinada. Allí estaban cientos de propiedades que podían ser confiscadas, ¿pero quién las compraría? Tan necesitado de dinero estaba Bolívar como Boves, pero el primero se había llevado buena parte de la plata que estaba en las iglesias y hasta alguna de las casas. No había a quién cobrarle impuestos y Boves, confiando en su habilidad para ello, lo presionaba. Muchas horas había dedicado a elaborar una nueva lista, la de las propiedades a ser confiscadas. El caudillo asturiano y sus llaneros eran el mayor dolor de cabeza, al mismo le importaba poco el retorno de Fernando VII y la abolición de la Constitución de Cádiz. Estaba consciente que su poder sería temporal pero era necesario sobrevivir al mismo. Había escrito cartas y se reunía con Heredia y Cagigal que, al final, representaban mejor a los intereses de la corona que Boves y su indisciplinada banda. Pero con certeza Cagigal le cobraría el apoyo que hasta pocos días antes le había dado a Bolívar, en cambio Boves iba a depender mucho más de su gestión. El escribano tocó la puerta para anunciar la visita del Presbítero Sutil y Casa León le indicó que lo hiciera pasar.

-*'Buenos días marqués'*. Saludó el prelado con una sonrisa en los labios.

Casa León observó que el presbítero había obviado tratarlo como su excelencia que era lo adecuado para un gobernador, aunque fuera sólo de la ciudad y no de la provincia, pero dejó pasar la impertinencia.

-*'Buenos días Presbítero, tome asiento y hable que el tiempo apremia.'* Respuesta ríspida que ocultaba una pequeña venganza.

-*'Pues bien, su excelencia, desearía manifestar mi interés por algunas de las propiedades de los traidores. Creo estar en buena posición para arrendarlas y si es necesario incluso comprar alguna.'*. Sutil hizo ahora énfasis en lo de "su excelencia" y Casa León se ablandó un poco.

-'*Comprar, mi querido amigo, es difícil. Están todas esas leyes y complicaciones, pero arrendar, eso si será posible tan pronto le ponga orden a este asunto y en eso estaba cuando llegó la hora de su audiencia.*'

-'*¿Y su excelencia cree que eso llevará mucho tiempo?*'

-'*Algo, sin duda. Son muchos los papeles que hay que mirar y poca la gente que entiende de estos asuntos, así que vamos a caminar poco a poco este sendero*'. Contestó Casa León haciéndole sentir su poder.

-'*Espero entonces con la paciencia necesaria, sólo le ruego que no se olvide de quienes han defendido la corona y la iglesia frente éstos jacobinos y masones*'. Replicó Sutil dando a entender que él también podía tener algo de poder.

Uno más, pensó el marqués. Otro para agregar a la lista de los que esperaban sus favores, pero a fin de cuentas las propiedades eran muchas y pocos los administradores posibles. Estaba reactivando el Consulado de Comerciantes y tratando que crear alguna forma de organización con los hacendados afectos a la corona. Pero al mismo tiempo tenía que mantener satisfecho al Regente Heredia con su insoportable manía de ajustar todo a la ley y mantener su vieja amistad con el marqués del Toro y otros republicanos.

-'*Ahora bien, Presbítero, cuénteme que ha oído de la Inquisición.*'

-'*Pues que la quieren establecer otra vez. A mí y muchos otros eso no nos causa mucha alegría. Una cosa es el retorno del rey, otra el volver a los tiempos de Felipe II.*'

-'*Estamos de acuerdo, le tengo gran respeto a la Santa Inquisición, pero aquí nunca sirvió de mucho y no parecen buenos los tiempos como para que vuelva.*'

-'*Díaz desde Coro y varios prelados aquí, pujan para que eso ocurra, pero nuestro obispo no está del todo convencido*'.

José Domingo Díaz era otro dolor de cabeza por venir. Desde Curazao donde se había escondido cuando Bolívar entró en Caracas, se había ido a La Vela de Coro y desde allí escribía continuamente. Otro que lo fastidiaba todo el tiempo era el adulante Sotomayor y no menos pesados eran Pedro de la Mata y Fernando González, pero después de todo estaba disfrutando de nuevo con su poder.

Asunción caminó hasta Villa de Cura por encargo de Francisco. Dos pesos valían la larga jornada y el pretexto, averiguar sobre su hijo y visitar algunos parientes lejanos, era bastante bueno para indagar que ocurría en Caracas. Asunción regresó después del anochecer.

-*'No traigo buenas noticias Don Francisco.'* Dijo Asunción haciendo una pausa con la intención de hacerse importante ante su huésped.

-*'Hable Asunción, hable'.*

-*'La gente juyó de Caracas. Arrearon pál camino de oriente y el general Bolívar también se jué con su tropa. Dicen que se quedaron monjas, curas y los que no tenían naíta que peldé. Boves es ahorita el que manda.'*

Al día siguiente Carlos Augusto abrió los ojos. Estaba solo y la borrosa visión del rancho no le daba ninguna pista de donde estaba. El dolor en el costado era agudo. Trató de mover una pierna y el dolor aumentó. Tenía sed, pasó la lengua por los labios secos y cerró los ojos de nuevo. Escuchó el crujido de la puerta al abrirse y vio una sombra contra la intensa luz que venía de fuera.

-*'Carlos Augusto, ¿me reconoces, soy Francisco?'.*

La voz parecía venir de lejos. *'¿Francisco?'* Preguntó.

-*'Sí, Francisco'.*

-*'Sed, tengo sed'.* Dijo con voz trémula y cerró los ojos de nuevo.

Asunción y Francisco se las arreglaron para darle varias cucharadas de caldo. Otras monedas se habían ido en la gallina de Doña Milagros con la esperanza que el nombre de la dueña de la misma tuviera algún efecto. Carlos Augusto abrió los ojos a media tarde y aunque aún tenía una visión borrosa, reconoció a Francisco y esbozó una sonrisa antes de dormirse de nuevo. La fiebre estaba cediendo.

Con humildes ropas y el pelo blanco Francisco entró a la desolada Caracas sin mayor dificultad. Caminando encorvado parecía de mayor edad y menor corpulencia, poco atractivo para la recluta de realistas o independentistas.

Golpeó con fuerza el portón de la casa y poco después un envejecido Roberto abría la misma.

-'*¡Francisco, por Dios, estás vivo!*'. Exclamó Roberto. *¿Y mi hijo, qué sabes de él?*'. Preguntó mientras le hacia gestos a Francisco para que entrara en la casa.

-'*Está herido pero parece que se salvará. Hemos estado escondidos en un caserío cerca de Villa de Cura. Todavía no es conveniente que haga el viaje y yo vine para saber que hacer cuando llegue el momento.*'

-'*Hicieron bien en esconderse, la guerra se ha vuelto brutal. No debe venir a Caracas y menos a Altagracia. En La Providencia estaría más seguro, pero está demasiado lejos.*' Dijo Roberto pensando en voz alta.

-*¿Por qué no habla con su amigo Casa León?*'

-'*No lo había pensado, pero no es mala idea y no es mi amigo. Ese infeliz siempre está jugando a los dos bandos y a lo mejor puede pensar que le conviene estar en buenos términos con los Carvallo*'.

Esa tarde Roberto se vistió adecuadamente por primera vez en varias semanas. Logró ser recibido por Casa León sin dilación y tampoco tardó mucho el marqués en darle garantías sobre Carlos Augusto, pero con la condición de que no regresara a las filas cuando mejorara. Roberto no vaciló en aceptar las condiciones en nombre de su hijo por repugnante que le pareciera la propuesta. Una carta de Casa León funcionaría como pasaporte y esa misma noche Roberto se preparó para buscar a Carlos Augusto. Cuatro caballos, dos para tirar de una vieja carreta y otros tantos para él y Francisco. Cinco días después Carlos Augusto descansaba en una de las habitaciones de la casa de sus padres. La convalecencia fue larga, más de un mes antes de poder levantarse con facilidad de la cama y otro antes de recobrar el apetito.

Roberto intentó varias veces escribirle algo adecuado a María Luisa, nada fácil era informarle a una madre sobre la muerte de un hijo, en particular a ella que había perdido dos, Roberto y Guillermo, antes que cumplieran el año. Recordaba bien ambas muertes, en particular la del primero, su homónimo y ahijado ocurrida más de treinta años atrás. Al final logró unas líneas que parecían apropiadas y ese mismo día también le escribió a María Antonia sobre la confirmación de la muerte de su sobrino. Quizás el reencuentro en Madrid con Miguel y Alfredo, los dos más vinculados en los últimos años con los parientes españoles en Cádiz, podría mitigar las penas de Pablo y María Luisa. Peor que la muerte misma, pensó, era informarles que el cuerpo no había sido recuperado.

A fines de septiembre Casa León expidió una autorización para que Roberto y Carlos Augusto pudieran viajar a *Altagracia* y ocuparse de la hacienda. También lograron pasaportes para Mariana, los niños y María Antonia, mientras que Juan Lorenzo trabajaba en el hospital, cosa que le otorgaba cierta inmunidad, al igual que a otros médicos. Francisco, no sin rezongar, se refugió en *La Providencia* ya que solicitarle pasaporte era también un modo de exponerlo. Tanto Roberto como Carlos Augusto, por muy buenas razones, entre ellas los 64 años que llevaba a cuestas, no deseaban que Francisco siguiera participando en la guerra. Carlos Augusto tuvo una leve recaída y el viaje hacia *Altagracia* se postergó bajo la influencia de Mariana y María Antonia que, alarmadas por la inseguridad en los valles, no sólo por las tropas regulares, sino por los bandoleros, trataban de impedir nuevos riesgos. Finalmente Carlos Augusto impuso su voluntad y acompañado por un solo jornalero, con Mariana y María Antonia, tomó el tantas veces recorrido camino hasta la hacienda a comienzos de diciembre. Apenas habían partido cuando Juan Lorenzo llegó con la noticia.

-'Padre, ¡mataron a Boves en Urica y creo que se le acabó la suerte a Casa León!''

-'Pues no voy a decir que me alegro porque eso es pecado, pero no me molesta mucho saber que ese animal ya no está entre los vivos. Pero dime, ¿por qué crees que se le acabó la suerte al marqués?'. Preguntó Roberto.

-'Por que Cagigal no le perdona el que se haya pasado al bando de Bolívar y ahora será el Mariscal quien mande a nombre de España'.

-'*Quién sabe. Ese hombre es como los gatos y los cueros. Tiene siete vidas y si lo pisas en una punta, se levanta en la otra. No me sorprendería que engatuse a Cagigal como hizo con Monteverde, Bolívar y Boves. Pero es posible que tengas razón y debemos estar preparados, a Cagigal se le puede ocurrir anular los pasaportes o confiscarnos Altagracia. Vamos a mandarle un mensaje a Carlos Augusto para que esté preparado y tu, hijo, debes estar también listo para salir de Caracas a la primera señal.* Dijo Roberto.

-'*¿Y su merced?*'. Preguntó Juan Lorenzo.

-'*Igual. A la primera sospecha de un cambio con Cagigal, nos vamos a La Providencia.*'

Casa León no pudo con Cagigal y menos con Morillo, que llegó de España con el encargo de pacificar a Venezuela, pero ganó tiempo y se las arregló para quedarse en el cargo hasta abril cuando le ordenaron embarcarse hacia España. En ese mes el general de división Morillo llegó con una nueva estrategia, el perdón para quienes se acogieran a la corona. El silencio de los Carvallo fue interpretado como un gesto de neutralidad o de sometimiento al rey y el tiempo pasó sin que fueran molestados. Dos veces un formal funcionario de Cagigal le había requerido la carta de adhesión al rey y en ambas oportunidades Roberto aseguró que pronto la firmarían. En mayo regresó toda la familia a Caracas y a pesar de la tensión, celebraron el reencuentro sin Eduardo, Pablo y Luisa que se habían reunido con Lorenzo Martín y Jacqueline en París.

-'*Bolívar se fue a Jamaica. Tuvo éxitos y fracasos en la Nueva Granada.*' Dijo Juan Lorenzo que encontraba entre los médicos buenas fuentes de información.

-'*Eso no quiere decir que se acabó la guerra.*' Contestó Carlos Augusto que estaba sintiendo a la hacienda como una cárcel.

-'*Volverá*'. Sentenció Roberto con certeza. '*Ese hombre es tozudo, ya verán que volverá. Además Urdaneta, Mariño y los demás no van a entregarse como hizo Arismendi. Hay un tal Páez que anda juntando llaneros. Estos días son una pausa, no el fin.*'

-'*Pero, por Dios, no bastan tres, casi cuatro años de guerra y quien sabe cuantos muertos. ¿No hay una forma de llegar a un acuerdo con España?'* Intervino María Antonia impaciente mientras agitaba su abanico tratando de refrescarse.

-*'Madre, no es fácil. Lo que está en juego es demasiado. Fernando VII y su corte no aceptan la idea de independencia y aquí es difícil que aceptemos lo que ellos quieren.'* Señaló Carlos Augusto.

-*'Morillo habla de paz y no creo que haya una madre en la provincia que no la quiera.'* Insistió María Antonia.

-*'Nadie quiere más muertes mi amor y si, es cierto que el hombre ha llegado hablando de paz, pero también de reconocimiento de Fernando VII como monarca, sin autonomía y ni siquiera con las cosas buenas que tenía la Constitución de Cádiz. En esos términos no es posible aceptar, sería volver diez años atrás. Además, ¿quién nos garantiza que después de deponer las armas no caigamos en manos de un Moxó o de tipos como Zuazola? Cuando Miranda capituló, Monteverde no respetó los términos, en esos días se perdió la oportunidad de hacer algún arreglo'.* Agregó Roberto dándole apoyo a los argumentos de su hijo.

-*'Miranda se está pudriendo en algún calabozo y yo no estoy dispuesto a terminar así. Morillo viene en plan de pacificador porque en España hay miedo. La guerra se ha vuelto interminable, aquí, en México, en la Nueva Granada, en todas las colonias y eso le está costando mucho dinero a España.'* Dijo Carlos Augusto.

-*'Y no menos a nosotros'.* Agregó Juan Lorenzo.

-*'Nadie se ha detenido a pensar por qué Boves arrastró tanta gente. Si me permiten, yo creo que la guerra se hubiera acabado si los criollos hubieran puesto en libertad a todos los esclavos, se hubiese hecho un reparto de tierras y decretado unas leyes que le den igualdad a todos: negros, blancos, mulatos, peninsulares o nativos de la provincia En esta familia tenemos esos derechos, ¿por qué no en todo el país?'* Dijo Mariana sorprendiendo al grupo con la fortaleza de su argumento.

-*'Para lograr eso sería necesario que Roberto Carvallo fuera el Presidente.'* Contestó Carlos Augusto.

-*'Entonces no me llamaría Roberto Carvallo. No soy caudillo, ni General. Apenas soy un hacendado y nuestras ideas, nunca han sido bien vistas por la mayoría de los hacendados. ¿Por qué creen que Bolívar, en la cúspide el año pasado, no decretó la abolición de la esclavitud?'*

-*'Me dijeron que lo consideró...'.* Comentó Juan Lorenzo.

-*'Sí, eso es cierto, pero nuestro padre acierta cuando pregunta porque no lo hizo y la respuesta es fácil. Porque si lo hace, hubiera perdido el apoyo de mucha gente. Independencia, para muchos de nuestros más allegados, no es otra cosa que privilegios o poder'.* Respondió Carlos Augusto.

El llamado a la mesa donde la comida ya esperaba interrumpió la conversación. Sentados, Mariana observaba a Carlos Augusto con preocupación. El énfasis que había colocado en la conversación le era familiar y su recuperación física era casi total. Temía que su marido estuviera pensando en regresar a la guerra y deseaba que no fuera así. El atraso era de apenas una semana y pronto para decirle nada a su marido, pero sospechaba que estaba embarazada. Por un instante deseó que el pacificador Morillo tuviera éxito en su misión.

9

María Isabel

María Antonia daba órdenes mientras personalmente ayudaba al servicio y a las otras mujeres. Unos meses de paz le estaban devolviendo a Caracas su antigua vida y las celebraciones de fin de año estaban ocupando de nuevo un espacio en las familias. Pablo y Luisa querían regresar y en su última carta Lorenzo y Jacqueline indagaban sobre la prudencia de hacer lo mismo, pero Roberto y Carlos Augusto fueron tajantes. La mecha no se había apagado. Varios caudillos estaban aún en armas y Bolívar, desde Jamaica, no cesaba de escribir. En Europa muchos les daban pocas posibilidades a los independentistas, Fernando VII estaba logrando éxitos políticos y no eran pocos los monarcas que, tras la eliminación de Napoleón, aspiraban regresar al absolutismo de antaño.

La mayor preocupación de María Antonia era ver como se prolongaba la guerra mientras sus nietos se iban aproximando a la edad en que muchos ya habían pasado por la experiencia de una batalla. Hernán pronto cumpliría 15 y su padre buscaba la forma de enviarlo a Europa, Carlos y Guillermo en unos meses tendrían 14 y 13, y algo habría que hacer para mantenerlos lejos. De ello se ocuparía porque tenía la impresión que a Roberto y a Carlos Augusto les costaba un poco tomar una decisión. Por otra parte estaba Mariana con su nuevo embarazo. Para la celebración navideña habría dos invitados adicionales, Francisco había sido sensible a la presión de María Antonia y su hija Margarita viajó desde *La Providencia* con los dos chiquillos, Rosa y Dionisio, hasta Caracas. La contabilidad de los nietos y sobrinos era importante para María Antonia, ella era la que recordaba el santo y el día del cumpleaños de cada uno y si le fallaba la memoria, allí estaba el pequeño libro negro donde todo estaba anotado. Catorce nietos, quince en realidad ya que pensaba en Matías, el hijo de Mariana, como uno más y otro en camino. De ser varón, y eso ya estaba acordado, se llamaría Roberto como el abuelo y si era hembra, habría que decidir entre el abanico de posibles nombres familiares. Ella deseaba que fuera Isabel, como su hija monja, pero no descartaba que fuera Mariana como su madre.

-'Y bien, Carlos Augusto, ¿cómo dejaste las cosas en Altagracia?'. Preguntó Alfonso sorprendiendo a su hermano con la pregunta. Carlos Augusto lo miró intrigado, no recordaba la última vez que Alfonso le hubiera preguntado algo sobre las haciendas familiares.

-'Bien, hemos mejorado algo éste año después del desastre del año 14. Las cosechas de añil y maíz han sido razonables, el ganado tuvo un buen año y aunque hubo algunos daños con unas crecidas fuertes, los plátanos rindieron bien.' Contestó Carlos Augusto obviando los detalles.

-'Los Ponte también tuvieron un año mejor, aunque todavía no hemos logrado que les devuelvan dos de las haciendas'. Señaló Alfonso haciendo referencia a las propiedades de la familia de su esposa. Casa León les había confiscado dos haciendas, pero no eran las más importantes. Alfonso manejaba muchos negocios familiares, en particular los asuntos legales, como abogado de los Ponte. Su habilidad política era bien conocida y a diferencia de Carlos Augusto y su padre, mantenía siempre un silencio conservador y un peculiar balance en sus palabras. Los criollos lo sentían como uno de ellos y, como no faltaban peninsulares entre sus clientes, muchos pensaban que no estaba lejos de los realistas.

-'Y dime, hermano, ¿a qué se debe ese súbito interés por las haciendas? Rara vez preguntas por ellas.'

-'Como sabes a los Ponte les confiscaron unas haciendas, así mismo a Bolívar. A uno de los Machado, a pesar que era considerado como un tibio independentista, le quitaron casi todo. Estoy tratando de lograr que devuelvan algunas. He encontrado

126

errores legales y de procedimiento. Hay buen trabajo y mejor recompensa si tengo éxito y es bueno saber como estuvo la producción en éste año que ya termina.' Contestó Alfonso aclarando las dudas de su hermano y agregó: 'Creo que Rosalía está embarazada, ella misma lo anunciará en la cena! Te imaginas, después de siete años y eso significa otra boca, así que hay que buscar los pesos'.

-*'Bueno, no es tan grave. Entre el mayor de los míos y el que viene habrá 17 años de diferencia. Al comienzo Mariana y yo pensamos que no tendríamos hijos propios, y ya vez, ahora serán tres en cuatro años'.* Respondió Carlos Augusto.

Roberto y Mariana caminaron hacia sus hijos, atraídos por la cordial conversación que mantenían. Ambos recordaban que la última vez que ambos se habían encontrado, durante la convalecencia de Carlos Augusto, los hermanos habían tenido algunas diferencias. Alfonso no compartía la pasión de su hermano por la independencia, aunque tampoco hacia causa con los realistas y entre sus clientes como abogado se encontraban integrantes de ambos bandos.

-*'Los veo contentos y eso me alegra. En cualquier momento llegará también Juan Lorenzo y esperamos que la superiora deje salir a María Isabel del convento.'* Dijo Roberto que ansiaba ver juntos a sus hijos.

-*'Hablé con ella la semana pasada. La encontré rara'.* Comentó Alfonso en forma casual.

-*'¿Cómo que rara?'.* Preguntó María Antonia súbitamente preocupada. *¿Te pareció enferma?'*

-*'No, no era eso. Era la forma de hablar. Nunca la había oído quejarse del convento. La sentí como en rebeldía, pero eso realmente no tiene nada de extraño en ésta familia.'* Respondió Alfonso haciendo una crítica desde su óptica conservadora.

-*'Bueno eso iba a ocurrir algún día, la vida en un convento no debe ser nada fácil y demasiado conforme ha estado por años. A lo mejor se peleó con la superiora, esa mujer es una bruja.'* Agregó María Antonia haciendo evidente su poco aprecio hacia Sor María Soledad, la rigurosa y corpulenta superiora toledana.

Cerca de las seis llegaron Juan Lorenzo y Rosalía y pocos minutos después lo hizo María Isabel. Organizar la cena de navidad no fue tarea fácil, pero María Antonia recordaba otras fechas de encuentro familiar donde el número había sido aún mayor. Los sobrinos de la Fuente y su hermano José estarían celebrando la navidad en otra casa donde les harían falta Pablo y Luisa, como en la suya lamentaban la ausencia de Lorenzo Martín, Jacqueline y sus tres hijos. María Antonia daba las últimas instrucciones a los sirvientes cuando María Isabel se le acercó.

-'*Madre, quisiera hablar un momento con usted*'. Dijo la monja con seriedad.

-'*¿Aquí?*'.

-'*No, madre, desearía que fuera en privado. Vamos a su dormitorio*'.

Salieron de la cocina en medio del bullicio y las correrías de los más pequeños dirigidos por Altagracia que a sus 15 años, y en camino a ser una bella mujer, aún disfrutaba de los juegos infantiles. Caminaron por el corredor hasta el dormitorio principal y María Antonia cerró la puerta. María Isabel miró a su madre con una expresión de angustia.

-'*Dime María Isabel, ¿qué puedo hacer por ti?*'. Preguntó María Antonia con dulzura. Su hija había encallecido en el convento y llevaba una vida de resignación con raras expresiones de alegría. María Antonia no recordaba una expresión como la que tenía su hija en ese momento.

-'*Madre, no sé cómo decirlo, no quiero causarles vergüenza.*'

-'*Anda, habla con calma y cuéntame lo que quieras. ¿Para qué son las madres?*'.

-'*En el convento no tenemos madres ni padres. Nos hacen renunciar a todo desde el momento de ordenarnos. Ya ni sé cómo hablar con mi propia madre.*'

-'*Habla como quieras, nadie puede decir que no eres mi hija.*'

-'*Voy a dejar el convento. Ya no soporto más esa vida. La superiora me odia, sólo tengo dos o tres monjas que son mis amigas. Rezar ya no ayuda y sólo me siento bien cuando me envían al hospital a cuidar heridos o enfermos. El resto del tiempo no puede ser más miserable.*' María Isabel dejó escapar las palabras casi sin respirar. Se sentó en la cama y escondió las lágrimas entre las manos tapándose el rostro. María Antonia se sentó a su lado y le rodeó los hombros con un brazo mientras le acariciaba la cabeza.

-'¿*Lo has pensado bien? El convento sin duda te está haciendo daño, pero la vida fuera del mismo tampoco es fácil*'. Le dijo María Antonia en voz baja y siguió: '*Pero hija mía si esa es tu decisión, pues debemos ayudarte.*'

-'¿*Qué dirán mi padre y mis hermanos?*'.

-'*Lo mismo. Todos te ayudarán, así como aceptaron tu decisión de hacerte monja, igual lo harán si cambias de parecer.*'

-'*Pero no quieren dejarme. Hablé con la superiora hace unos días... me dijo que no puedo irme sin una dispensa especial desde Roma. Que si lo hago... me. me pudriré en el infierno y pue ... puede, que me excomulguen.*' Dijo María Isabel tartamudeando ligeramente.

-'*Escucha María Isabel. Vamos a cenar y pasar lo mejor posible la navidad. Piensa bien lo que quieras hacer. Esta noche te quedas con nosotros, mandaré un sirviente a avisar al convento que no regresarás hoy. A fin de cuentas no van a llamar a la milicia para que venga a buscarte y si la bruja esa se presenta aquí, le doy una... escoba para que regrese volando. ¿Qué me dices?*'.

-'*Cómo diga su merced. Está bien*'.

-'*Entonces mañana, con la cabeza fría, hablamos otra vez. Ahora ve al cuarto de baño, lávate la cara y luego regresas a la sala con una sonrisa.*' Le dijo en voz baja María Antonia dándole un beso en la mejilla antes de levantarse de la cama. Miró a su hija y escondió un profundo sentimiento de pena. María Isabel cumpliría en unos meses 40 años, más de la mitad de ellos en el convento. No sería fácil la vida fuera del claustro y por un instante se la imaginó como una vieja solterona cargando la doble cruz de haber abandonado a Cristo sin substituirlo por nada. Regresó a la cocina y dio la orden de comenzar a servir la mesa, el tiempo de reunir y organizar a los chiquillos sería suficientemente largo para que María Isabel se compusiera.

Tres días después Roberto habló con el Arzobispo que no reaccionó bien, pero tampoco parecía darle al asunto demasiada importancia, había otras cosas que requerían mayor atención como el buen número de curas que habían abrazado la causa de la independencia o el papel que Morillo y la corona esperaban que jugara como cabeza de la Iglesia Católica en el país. Despidió a Roberto con fingida aspereza, tan sólo para no dejar en pié la sospecha de una aprobación.

-'*Don Roberto, iniciaré el proceso, pero sin garantías de ninguna especie. Cuando se hacen los votos, se espera cumplimiento y obediencia. Es un mal ejemplo para las otras monjas y peor aún para la feligresía.*' Fueron las últimas palabras de Coll y Prat cuando franqueaban la puerta del despacho arzobispal. María Isabel no regresó al convento. A mediados de enero Carlos Augusto y Mariana regresaron a Altagracia y decidieron llevarla, en parte para distraerla, pero también como una forma de integrarla a la vida familiar. No podía haber dos personalidades más diferentes y sin embargo Mariana logró cautivar a su cuñada con rapidez. Desde el primer día compartieron las responsabilidades de la casa y si de algo podía quejarse Mariana era de la excesiva diligencia de María Isabel siempre dispuesta o tomando iniciativas hasta la exageración. Acostumbrada al rudo trabajo del convento se levantaba en la madrugada. Los sirvientes comentaban que los 'los tenían arreados', pero la respetaban porque daba el ejemplo y sin vacilación se arrodillaba para limpiar la esquina de una habitación o a la par de ellos no cejaba hasta que los cuartos de baño no estuvieran impecablemente limpios. Para comienzos de febrero la casa de Altagracia había alcanzado su mejor momento en lo que a limpieza, orden y mantenimiento se refería. El encalado de las paredes estaba aún fresco, cada ventana tenía maderas limpias y barnizadas, los pisos brillaban y en la cocina cada azulejo reflejaba la luz que entraba por la ventana. Nadie se atrevía a entrar en la casa con las botas puestas o con lodo en las alpargatas.

Mariana se levantó tarde. El embarazo comenzaba a darle, como en otras oportunidades, una sensación de lasitud y dormía largas horas, en particular si había hecho el amor durante la noche. Sin poder explicarlo conocía ese ciclo, en los primeros meses de embarazo tanto ella como Carlos Augusto incrementaban su sensualidad y sentían algo así como un retorno a las primeras semanas de su relación. La presencia de María Isabel en la casa los había inhibido por algunos días, pero luego regresaron a sus modos sin importarles que los sonidos del amor pasaran, como en efecto ocurría, a través de las gruesas paredes.

-'*Buenos días María Isabel, tenemos una mañana preciosa y anoche hasta sentí un poquito de frío. Este es el mejor mes del año en Altagracia, luego vendrá el calor.*'

-'*Así es Mariana, dormí muy bien anoche y hoy me levanté un poco más tarde que de costumbre. Me estoy poniendo floja.*' Contestó María Isabel.

-'*Eso quiere decir que en lugar de despertarte a las cinco, lo hiciste a las seis, ¿no es así?*' Bromeó Mariana.

-'*Creo que sí, ya estaba clareando*'. Contestó María Isabel con un dejo de culpabilidad en la voz.

-'*Bueno, seguro que los sirvientes te lo agradecerán. Dicen que los vas a volver locos haciéndolos trabajar a la par de lo que haces. Vamos a desayunar y ¿por qué no? luego damos un paseo hasta el río y nos damos un buen baño*'.

-'*¿En el río?*'. Preguntó María Isabel alarmada.

-'*Sí, en el río, las dos solas podemos bañarnos con sólo un camisón. Es delicioso*'.

-'*¿Y si alguien nos ve?*''.

-'*No creo, pero si ocurre, pues que les aproveche*'. Contestó Mariana riéndose.

-'*No, yo no puedo hacer eso. Debe ser pecado.*'

-'*Vamos, María Isabel, claro que no es pecado. Será pecador el hombre que nos vea, pero no nosotras.*'

-'*Pero si nos ven pensarán mal y la culpa será nuestra.*'

-'*María Isabel, tienes que comenzar a olvidarte un poco del convento y a disfrutar cosas que te perdiste por años, a lo mejor hasta debemos pensar en buscarte marido.*'

-'*¡¿Pero como se te ocurre Mariana?!. ¿Casarme yo? ¿A mis años?*'.

-'*¿Y por que no? ¿Sabes que eres una mujer atractiva? Tienes una linda figura, ninguna arruga y una cara muy linda.*'

-'*Por Dios Mariana, no digas eso.*'

-'*Ven, vamos a desayunar, tengo hambre.*'

Carlos Augusto, vestido y listo para salir al campo entró al comedor cuando ambas comenzaban a desayunar. Le dio un beso en la mejilla a María Isabel y otro en la boca a Mariana.

-'¿*Cómo están mis dos amores está mañana?*'. Saludó con buen ánimo.

-'*Muy bien, gracias mi cielo. Le decía a María Isabel que debíamos ir a bañarnos al río. El día está delicioso*'. Contestó Mariana.

-'*Me parece muy bien. Si están por allí antes de mediodía me acercaré. Me gustaría echarme al agua, aunque debe estar un poquito fría en esta época del año.*'

Comieron con apetito los huevos frescos acompañados por unas arepitas fritas en manteca y ligeramente endulzadas con papelón y semillas de anís. Una jarra de jugo de guanábana, una novedad en la hacienda y otra de humeante café completaban el desayuno. Uno de los sirvientes le entregó un sobre a Carlos Augusto indicándole que había llegado un mensajero. Carlos Augusto reconoció la letra de su padre y decidió dejar su lectura para la tarde. Antes de salir dejó el sobre en una mesita que se encontraba cerca de la puerta.

Una vez dentro del agua, María Isabel decidió no sacar de la misma otra cosa que no fuera la cabeza y cuando llegó su hermano, quien con alborozo saltó al agua vistiendo sólo unos calzones, su turbación aumentó. Fuera de los enfermos o heridos, era la primera vez que veía a un hombre con tan poca ropa. Pero su rubor aumentó cuando Mariana y su esposo comenzaron un jugueteo en el agua que hasta una mirada inocente como la de María Isabel descubría una elevada carga de sensualidad, en especial por el movimiento de los voluptuosos senos de Mariana, evidentes a través del delgado camisón casi transparente gracias al agua. Carlos Augusto salió primero del cauce y detrás de un árbol se vistió. Luego, percibiendo la turbación de su hermana, que ya comenzaba a titiritar por la prolongada inmersión en la fresca agua, montó en el caballo y se alejó a una distancia razonable hasta que las dos mujeres salieron de la cobertura de los árboles completamente vestidas. Los tres caminaron hacia la casa, conversando sobre cosas triviales y disfrutando del calor de mediodía.

La carta de su padre traía noticias importantes, así como buena dosis de chismes sobre los amoríos de Bolívar que supuestamente se había separado de Josefina Machado que estaba en Saint Thomas con su madre y cortejaba a Isabel Soublette. También se comentaba que había tenido alguna relación con la mujer del antiguo Gobernador de La Guaira. Pero al margen de los cuentos sobre Bolívar, las intrigas de la vida en Haití y el apoyo de Petion, lo importante de la carta era que el General estaba organizando una invasión a Venezuela. Con él estaban Piar, Mariño, Brion, Soublette y un contingente de haitianos. No se sabía cuando ni por donde llegaría Bolívar, lo único seguro es que lo haría antes de la llegada de las lluvias. Carlos Augusto no pudo menos que recordar a Miranda con nostalgia y algo de aprehensión al ver que se repetía la historia de buscar ayuda fuera de la provincia. Los esfuerzos por lograr un perdón para el viejo General habían sido inútiles y ya llevaba dos años recluido en el fuerte de Las Cuatro Torres de Cádiz. Los indultos ofrecidos por Morillo no habían alcanzado a Miranda que seguía siendo visto como una amenaza para España. Decidió no mencionar la carta, no quería añadir algo que a lo mejor no ocurriría a las angustias existentes.

Maria Isabel centró su vida en dos actividades. Una, tradicionalmente practicada por las mujeres de la casa desde que María Antonia la inició, que era el cuidado del jardín y sus flores. Pocas casas de hacienda tenían un frente tan atractivo. La otra, una sorpresa para Carlos Augusto y era un súbito interés por los frutales. A mediados de marzo María Isabel, después de algunos tímidos esfuerzos, comenzó a dominar la equitación y aventurarse fuera de la hacienda. Hizo un censo de los frutales y le propuso a su hermano aumentar el número y la variedad. Comenzó sembrando mangos en hileras ordenadas y luego recorrió varias haciendas en los valles haciendo un interesante acopio de guanábanos, aguacateros, limoneros, mamones y hasta unos membrillos. En La Victoria, donde acudía con frecuencia a misa, encontró un manual impreso en México y aunque las instrucciones eran para otros árboles, comenzó a aplicar las técnicas que consideró válidas para *Altagracia*. Su labor se vio interrumpida cuando regresaron a Caracas a comienzos de mayo porque el embarazo de Mariana entraba en su quinto mes y era conveniente que regresaran donde la atención podía ser mejor.

María Isabel logró generar interés en Martín que con algo más de 12 años no tenía ninguna idea clara sobre su futuro. A ratos pensaba en su medio hermano y la carrera militar, otras veces la medicina o la abogacía le llamaban la atención al escuchar aquí y allá alguna conversación de sus tíos. Sin duda Carlos Augusto era la medida de de lo que ocurría en su alrededor y consciente que realmente no era su padre, no usaba otro término para dirigirse a él o para describir su relación. A Carlos Augusto le preocupaba que Martín, al comenzar su adolescencia, se había vuelto demasiado introvertido, tanto que a veces parecía indiferente hacia el turbulento mundo que lo rodeaba. Con María Isabel el niño adquirió una actitud diferente y comenzó a ser rutina ver a ambos recorrer juntos los campos de *Altagracia*.

La noticia de la pequeña batalla naval en los islotes de Los Frailes llegó a Caracas el 10 de mayo. Bolívar y sus hombres habían atacado al bergantín Intrépido y a la goleta Rita. La Isla de Margarita estaba en ascuas y Arismendi estaba de nuevo capitalizando el descontento contra Moxó y Urreztieta, que a diferencia de Morillo, habían tenido un comportamiento brutal. Arismendi se había alzado en armas desde noviembre del año anterior y hasta Caracas había llegado la noticia de la prisión de su esposa que dio a luz un hijo en la cárcel.

-'*Bolívar y Arismendi se detestan.*' Afirmó Carlos Augusto. Estaban reunidos en la sala de la casa de Roberto en una suerte de cónclave familiar.

-'*Eso no tiene nada de extraño. Simón se las arregla para levantar muchas llagas. Me cuentan que ofendió a Bermúdez y luego detuvo los barcos hasta que Pepita Machado llegó desde Saint Thomas con su mamá. El hombre hace lo que le viene en gana.'*

-*'Y Arismendi también. José Félix me contó una vez que no había conocido un hombre más bravo que Arismendi, sí Bolívar no se lo gana, en Oriente no tendrá mucho éxito.'* Dijo Carlos Augusto agregando: *'Por cierto me contaron que Diego Rengel y su hijo ahora andan camelando a Bolívar. Ese hombre es igualito a Casa León, cambia de piel como las culebras, aunque al marqués, debo agradecerle que me haya salvado la vida.'*

-*'Pues a mí me parece muy romántico que Simón haya esperado a Pepita en el mar.'* Dijo Mariana con un dejo de picardía en la voz y todos rieron.

-*'Los tíos de Pepita no piensan lo mismo. Piensan que Simón Bolívar no se va a casar con ella y sobre Rengel hay algo que te voy a asegurar, Carlos Augusto y es que algún día te lo cobrará.'* Agregó Alfonso.

-*'Y tienen razón. Yo estoy segura que Bolívar no se casará nunca más. Su matrimonio es con la guerra contra España.'* Sentenció María Antonia que tenía en mente un matrimonio y no era precisamente el de Bolívar.

-*'Pero ahora Bolívar y Mariño andan de la mano'.* Agregó Roberto. *'Eso les da mucha fuerza en Nueva Andalucía'.* Empleando la antigua designación de la provincia oriental.

-*'María Isabel, ¿por qué no pides en la cocina que le traigan a Alonso una taza de café? Sabes cuanto le gusta.'* Dijo María Antonia.

-*'Gracias María Antonia'.* Contestó Alonso mientras María Isabel caminaba hacia la cocina.

-*'Alonso, mejor acompaña a María Isabel para que te lo sirvan como a ti te gusta'.* Sugirió María Antonia induciendo una sonrisa de entendimiento en su esposo. Alonso se levantó y se dirigió a la cocina. Cuando se cerró la puerta Roberto miró a su esposa y María Antonia encogió los hombros intercambiando una breve sonrisa de complicidad. Poco después María Isabel y Alonso regresaron con una bandeja y varias tazas de café.

Durante el resto de mayo y junio María Antonia fue tejiendo con habilidad sus redes. Alonso Cortés se convirtió en un invitado permanente y la dueña de la casa se las arreglaba para dejarlo solo con María Isabel. Desde la muerte de Altagracia el abogado se había entregado a su trabajo y a su hija con devoción. Salvo las veces que tuvieron que abandonar Caracas, el resto del tiempo transcurrió en una rutina tan severa como la soledad que lo agobiaba. Los cinco años de viudez habían transcurrido en un riguroso celibato, o al menos eso era lo que todo el mundo suponía y a los 64 años ya nadie esperaba un cambio en su modo de vivir. Pero María Isabel se parecía lo suficiente a su hermana mayor para despertar primero añoranza y luego un creciente interés en su antigua cuñada. Una tarde María Antonia entró sorpresivamente en la sala y encontró a Alonso tomándole la mano a una sonrojada María Isabel. Como pudo dio un paso atrás y evitó que la vieran, pero esa noche tuvo una larga y afectuosa conversación con su hija, misma que incluyó no pocos detalles sobre los hombres y el sexo.

-'Pero tampoco te hagas muchas ilusiones, Alonso pasa largo de los sesenta y a lo mejor lo que tendrás será más un amigo que un marido. Pero eso tendrás que averiguarlo tu misma. Lo importante es que Alonso es un hombre bueno y considerado.'

-'¿Y Altagracia? Qué pensará de mí, ¿qué trato de tomar el puesto de su madre?'.

-'Mira esa niña es muy inteligente y sabe cuanto ha sufrido su padre. Pero no te preocupes, tan pronto como ocurra algo, yo seré la primera en hablar con ella'.

Roberto se había hecho parte de la 'conspiración' como María Antonia había definido sus sutiles y algunas no tanto, maniobras para acercarlos. Un par de días después visitó a Cortés en su despacho usando como excusa buscar unos papeles. Tras unos minutos de conversación sobre negocios, Roberto lo sorprendió:

-'Alonso, ¿te has enamorado de mi hija?'.

Cortés se quedó paralizado. Miraba a Roberto sin saber que decir.

-'Vamos hombre no te quedes mudo. Todos hemos visto como la miras y ella responde a tus miradas. Ella tiene miedo, más de veinte años en ese convento han dejado huella. Pero quiero que sepas que *cuentan con nuestra bendición. La soledad es mala para ti y para ella.'*

-*'No, no sabía como pensabas Roberto, tengo unos cuantos años más que ella y bueno, ...tu sabes, a mi edad no es fácil decidir.... pero, gracias por tus palabras. Tú y María Antonia son muy generosos.'* Contestó Alonso con voz entrecortada.

-*'Y entonces, ¿la quieres o es sólo un juego?'.*

-*'Por Dios, Roberto como puedes pensar...claro que sí, es decir si la quiero. Hace pocos días se lo dije, pero ella también tiene sus dudas...'*

-*'Ella lo que tiene es miedo, pero sin duda te quiere. Te esperamos en la cena esta noche, estarán Mariana y Carlos Augusto, así como Juan Lorenzo y Rosalía. A lo mejor también Alfonso y Elisa.'*

-*'Gracias Roberto, gracias por ser quien eres.'* Dijo Alonso con los ojos húmedos mientras se levantaba y abrazaba fuertemente a su viejo amigo.

10

Collar de derrotas

El parto de Mariana no pudo ser más angustioso. Cuando se presentaron los primeros dolores, Carlos Augusto estaba en algún lugar entre Ocumare y Choroní. Una mañana de julio había montado el caballo y en contra de las súplicas de su mujer, tomó solo el camino hacia los valles de Aragua. Como pudo reunió poco más de cincuenta hombres y bordeando la cordillera se encontró con las tropas de Soublette en La Cabrera. Dos días después entraban en Maracay derrotando la débil defensa de la guarnición. Soublette convocó a su frágil estado mayor.

-*'Señores, debemos retirarnos. Morales y Bausá vienen con tropas en nuestra dirección'*. Dijo Soublette.

-*'Son sólo cuatrocientos hombres. Los podemos derrotar aquí mismo'*. Opinó Carlos Augusto pensando que con poco más de quinientos hombres y tomando una buena posición esto sería posible.

-*'No Coronel, nos falta parque y nuestros hombres no conocen bien el terreno. Debemos retirarnos.'* Contestó Soublette.

El resto de la reunión se fue en detalles sobre la retirada y Carlos Augusto no intervino más. Al día siguiente, frustrado, conducía las tropas hacia la costa donde debían encontrarse con Bolívar. Bajaron hacia Ocumare. En la playa estaba el Coronel Salom con pocos hombres y los barcos que Soublette esperaba ver en la rada habían desaparecido. Reinaba la confusión, Salom les explicó que el francés Villarette se había embarcado con sus haitianos y Bolívar había hecho lo mismo, aparentemente con la idea de desembarcar en otro sitio y luego avanzar hacia los valles de Aragua. No había concluido Salom su explicación a los oficiales cuando escucharon gritos hacia el lado del pequeño poblado.

-'*Los españoles nos atacan*'. Gritó un sargento. '*¡ Vienen bajando por el camino hacia el pueblo!*'.

Soublette organizó sus tropas, pero ya estaba en una posición inadecuada. Los españoles comenzaron a disparar desde los altos del pueblo y se registraron las primeras bajas. En la playa estaban expuestos y la confusión era muy grande. Carlos Augusto y sus hombres destacaban por su orden y Soublette les indicó que cubrieran la retirada. Lograron detener a los atacantes en una escaramuza que se prolongó por varias horas. En la tarde, unos a pie y otros en las barcazas restantes, tomaron el camino a Choroní. Allí supieron que Bolívar se dirigía hacia Cumaná con sus seis barcos. Francisco apareció en Choroní la segunda noche. Había llegado desde *La Providencia* con dos peones, el peñero y otra pequeña embarcación.

-'*En la hacienda estamos algo aislados, pero las noticias corren. Además tenía que venir a darte la noticia. Tu padre me envió un mensajero para avisar que Mariana tuvo una niña el 7 de julio y que ambas están bien, aquí tienes dos cartas.*'

Francisco extendió la mano y le entregó los dos sobres. Reconoció de inmediato los estilos. Una era de Mariana y la otra de su padre. No había reproches, tan sólo preocupación y además de la novedad del parto de Mariana, le informaban que Pablo y Luisa estaban en camino y que pronto también regresarían Jacqueline y Juan Lorenzo.

-'*Pablo, Juan Lorenzo, Luisa y Jacqueline van a regresar pronto. Son buenas y malas noticias. Me alegra que vuelvan, pero si lo hacen es porque en Europa deben estar pensando que nuestra causa está derrotada.*'

-'*No seas pesimista Carlos Augusto. Quizás regresan porque Caracas ha estado en paz durante más de un año, o porque se aburrieron demasiado en Francia.*' Contestó Francisco.

-'*A lo mejor tienen razón. Somos un desastre. Nada más observa lo que ha ocurrido en Ocumare y aquí, en Choroní. Bolívar nos abandonó. Los franceses y haitianos que trajo no son más que una banda desordenada. Estamos desorganizados y sin disciplina. Bolívar, Mariño y Piar no se entienden, Bermúdez está peleado con Bolívar, Miranda en una prisión, a Soublette le falta confianza en sí mismo, Arismendi no le hace caso a nadie y mientras tanto Morillo ha ganado batalla tras batalla en la Nueva Granada y ahora vendrá contra nosotros'.* Dijo Carlos Augusto con pesar.

-*'No es la primera, ni será la última. Un día de estos nos pondremos de acuerdo y todo será diferente'.*

-*'Sigues siendo un optimista'.*

-*'Es que conozco al pueblo y tarde o temprano decidirán cual es el bando que deben tomar. La gente no es bruta, ya saben que esperar de los españoles y un buen día entenderán. Por cierto llegaron noticias de Miranda, está muy enfermo'.* Agregó Francisco.

-*'Si todos nos hubiésemos unido bajo el mando de Miranda, las cosas hubieran sido diferentes.'* Murmuró Carlos Augusto.

-*'Pero bien sabes que eso era imposible, el General tenía buenas ideas, pero era demasiado ingenuo o esperaba un mundo distinto al que encontró. Era un europeo con peluca tratando de darle órdenes a una montonera.'*

-*'Coronel Carvallo, lo manda a llamar el general Soublette'.* Dijo un sargento interrumpiendo la conversación.

-*'No te alejes Francisco, seguro que vamos a retirarnos otra vez. El peñero y la otra embarcación que trajiste serán útiles'.*

La decisión era unirse a Gregor McGregor, el bravo escocés que estaba cerca de Barcelona, pero eso implicaba un largo viaje por mar y aún mayor por tierra. Las tropas se dividieron y abandonaron Choroní. Por la montaña buena parte de los hombres de Carlos Augusto regresaron a los valles de Aragua y los restantes se dirigieron a *La Providencia* en las dos pequeñas embarcaciones. Carlos Augusto decidió regresar sigilosamente a Caracas para ver a su esposa y su nueva hija. Acompañado por dos hombres desembarcó cerca del río Oricao y desde allí emprendió la larga caminata por la cordillera. Una semana después saltó el muro posterior de su casa a la media noche. El perro lo reconoció de inmediato y no ladró. La puerta del jardín posterior estaba abierta y entró en la silenciosa casa. Una pequeña lámpara de aceite ardía iluminando tenuemente el corredor, tomó la lámpara y empujó la puerta del dormitorio principal. Mariana dormía y a su lado estaba la cuna con su hija. Tocó a Mariana en la mejilla.

-*¿Carlos Augusto?'*

-*'Sí, mi amor. Soy yo.'* Susurró Carlos Augusto.

Se abrazaron y se besaron en silencio. Luego Carlos Augusto giró alrededor de la cama e iluminó a la recién nacida con la lámpara.

-*'¿Quién te está ayudando?'.*

-*'María Antonia viene todos los días y además tengo a Florinda que tiene muy buena mano con los niños. Estamos bien.'*

-*'No puedo estar mucho tiempo, Florinda es de confianza, pero de otros no sé. Quisiera estar dos o tres días aquí. Inventa algo para que nadie entre a la habitación con excepción de Florinda y mi madre. Di que la niña está indispuesta o algo parecido y que no quieres que entre nadie.'*

Durmieron abrazados por un par de horas hasta que el llanto de Alicia los despertó. Mariana le dio el pecho y la niña tomó la leche con fruición. Amanecía cuando Carlos Augusto, agotado por el largo viaje, se durmió de nuevo. En los siguientes tres días las instrucciones de Mariana se respetaron y la presencia de Carlos Augusto sólo fue conocida por Florinda, María Antonia, Roberto y los niños. Mariana, con seis años era el único riesgo y fue necesario hablar con ella y explicarle porque no debía contarle a nadie que su padre estaba en Caracas. Gustavo, con poco menos de cuatro y Augusto que aún no caminaba, simplemente encontraron a un nuevo e interesante compañero de juegos.

María Antonia entraba y salía acompañada de una sirvienta con una canasta en el brazo. Roberto lo visitó una vez y ambos hacían patente la excusa del nuevo nieto para pasar algunas horas en la casa de Mariana. En la madrugada del cuarto día Carlos Augusto se despidió de Mariana y salió por donde había entrado. Caminó hasta las cercanías del río Anauco y lo cruzó. Del otro lado lo esperaba un hombre con un caballo y provisiones. El camino hasta Barcelona era largo y le llevó una semana unirse a las tropas bajo el mando de McGregor.

A mediados de agosto llegó la noticia de la muerte de Miranda. Había muerto el 14 de julio de 1816 tras más de cuatro años de cautiverio. Carlos Augusto se entendió bien con McGregor. El escocés era un hombre valiente y disciplinado. En agosto derrotaron a Quero en San Diego y a López en El Alacrán, dos triunfos que le infundieron a los republicanos un nuevo ánimo y sirvieron para fortalecer la posición de Piar tanto frente a los españoles como ante Bolívar. En El Juncal derrotaron a Morales tomando venganza del oprobio de Ocumare y entraron triunfantes en Barcelona. Carlos Augusto suponía que el siguiente paso era continuar hacia Cumaná que estaba siendo sitiada por Mariño, pero pasaban los días y Piar no daba la orden. Tras varios días de merecido descanso, lo llamaron una mañana a reunión. Entró al amplio salón que usaba Piar como despacho y pocos minutos después cuatro coroneles y Piar estaban a la mesa.

-'Buenos días señores'. Dijo Piar que parecía especialmente contento esa mañana. 'Creo que estamos todos'.

-'Falta McGregor'. Dijo Carlos Augusto.

-'No, nuestro querido amigo escocés no vendrá, así que podemos comenzar. En primer lugar necesito una relación de hombres y parque. Comience su merced Coronel Carvallo, pero antes debo felicitarlos por esta brillante campaña. El Juncal será recordado como el comienzo del fin de esta guerra.' Dijo Piar con satisfacción y los coroneles, en turno, rindieron su informe. Piar contaba con más de mil hombres y suficientes municiones. Vería ahora como reaccionaban sus oficiales.

-'Bien, tenemos una fuerza apreciable y vamos a dejar que el general Mariño se encargue de Cumaná. Nosotros iremos al Sur, a Guayana a juntarnos con las tropas de Cedeño y asegurar la Provincia.' Dijo Piar con autoridad.

-'Pero General, Mariño nos debe estar esperando. Si atacamos a los españoles por la retaguardia, con certeza podemos tomar Cumaná y después movernos hacia Guayana.' Dijo Alcázar.

-'Coronel, no le falta fuerza a su argumento, pero si no aseguramos el Sur y luego los llanos con Páez, un triunfo en Cumaná no valdría gran cosa.' Argumentó Piar y los otros dos coroneles asintieron moviendo la cabeza.

-'¿Y cual será el objetivo de McGregor?'. Preguntó Carlos Augusto.

-'El buen escocés ha decidido que no estará más con nosotros. Saben lo inquieto que es. Creo que se embarcará en unos días a juntarse con Mina, parece que están pensando en Panamá y México. Ya saben como son los dos, siempre inventando una nueva aventura.'

Carlos Augusto sintió que sus sospechas se hacían realidad. McGregor era valiente e inquieto, eso era verdad, pero también era mal visto por mucha gente. Consolidado el pequeño ejército McGregor ya no le resultaba útil a nadie. Carlos Augusto decidió dar su punto de vista.

-'General, le pido licencia para discrepar. Debemos apoyar a Mariño y así crear condiciones para que Bolívar regrese con sus tropas desde Haití. Si unimos los tres grupos y luego a Páez y sus llaneros, podríamos tener un ejército casi invencible con más de diez mil hombres y tomar Caracas, Maracay y Valencia otra vez. Después Barquisimeto y Maracaibo'

-'Coronel lo que su merced piensa no es absurdo. Yo mismo desearía que así fuera. Pero primero hay que unir las piezas. Una vez que nos juntemos con Cedeño y hagamos una recluta, podemos tener tres mil o cuatro mil hombres. Guayana es una región enorme y allí está el Orinoco. Si lo controlamos, los españoles comenzarán a ceder.' Dijo Piar

-'General, disculpe, pero la lógica militar me indica que deberíamos hacer ese gran ejército que antes mencioné. Muy respetuosamente le sugiero que marchemos hacia Cumaná que un triunfo allí, como cabeza de la vieja Provincia...'

-'Coronel Carvallo'. Interrumpió Piar con indignación en el rostro. 'Su merced ha tenido una buena experiencia en las montañas y la costa, así como al mando de irregulares. Si tanto desea unirse a Mariño, pues lo autorizo, más aún, le ordeno que lo haga. Pero me deja sus tropas aquí y se me va para Cumaná. Se puede llevar cincuenta hombres.' Dijo Piar mientras se levantaba. 'Los demás prepárense para marchar en tres días.'

Carlos Augusto se embarcó junto a varios oficiales y cerca de un centenar de soldados el mismo día en que Piar con el grueso del ejército tomó rumbo al Sur. Lo hicieron en una diez peñeros y bordeando la costa llegaron a la Isla de Margarita apenas a tiempo para regresar a Barcelona con Bolívar. Allí pasaron el último día de 1816. Con Bolívar venía un grupo numeroso de haitianos, franceses e ingleses, un notable espectáculo ver a los rubios británicos rodeados de negros haitianos, pero preocupante por la ausencia de criollos. Bolívar le manifestó a Carlos Augusto su satisfacción al enterarse de su discrepancia con Piar y olvidadas las viejas diferencias, comenzó a ser invitado con frecuencia a la residencia del General.

-'*General Bolívar*'. Le dijo un día Carlos Augusto. '*¿No le preocupa que el grueso de la tropa esté formado por extranjeros?*'.

-'*Sí y mucho. Pero pronto cambiará la composición. Ya Urdaneta y Santander han entendido. Si observa podrá apreciar, mi apreciado Coronel, que día a día van llegando criollos al campamento. Arismendi también está con nosotros. A veces es frustrante ver que mis cartas no son entendidas, pero la voluntad mueve montañas. Pero dígame ¿cómo está su familia? Espero que bien, le tengo un gran respeto y aprecio a sus padres, así como a Doña Mariana.*'

-'*Pues bien General, bastante bien y muchas gracias por preguntar por ellos*'.

-'*Bien Coronel, pronto partiremos hacia Caracas, hay que recobrar la capital.*' Dijo Bolívar con una vehemencia que le recordó a Piar.'

-'*General, ¿no sería conveniente juntar las tropas de Mariño y de Piar con las que tenemos aquí antes de avanzar hacia el centro?*'. Preguntó Carlos Augusto.

-'*Dios quiera que Mariño y Piar entren en razón, pero con o sin ellos avanzaremos. Es necesario tener el control sobre Caracas, sólo así lograremos reclutar suficientes hombres para derrotar definitivamente a los españoles.*'

No podía estar en contra de todos y decidió guardar silencio. Seguiría con Bolívar, pero encontraba demasiado parecido en la actitud de los tres caudillos. Cada uno por su lado, cada uno deseando demasiado ser el jefe supremo. 'Supremo' era la palabra que los separaba y se acordó de

Napoleón. Simón era el más intenso y tenía esa capacidad de convencer que tanto había apreciado en Miranda.

Angostura, 18 de octubre de 1817

Querido padre:

Hace dos días el General Piar fue ejecutado por órdenes del Consejo de Guerra presidido por el Almirante Brion. Un triste fin para un hombre que puso tanto de sí mismo para lograr la libertad, pero que nunca entendió que en la guerra es menester respetar ciertas reglas. Las diferencias entre Bolívar, Mariño, Piar, Arismendi y muchos otros han sido una de las causas principales de las frustraciones que esta interminable guerra nos ha traído. Todos quieren ser xefes, pero no todos tienen la capacidad. Después de pensarlo mucho y a pesar que aún hay cosas con las que no comulgo, creo que Bolívar es el que más puede y mejor visión tiene.

Desde mi última y furtiva visita, hace ya meses, han ocurrido muchas cosas, pero el balance no parece cambiar. Somos soberanos en Guayana y Páez tiene cierto poder en los Llanos, pero hemos perdido Barcelona, Cumaná y Margarita y al occidente nuestra espalda está amenazada por los exércitos que dominan la Nueva Granada. El General piensa lejos, nos habla del continente y recibe noticias de La Plata, Chile o el Alto Perú. Sueña con una gran república americana, tal como lo hacía Miranda, pero animado por ideas diferentes.

Más que batallas hemos tenido escaramuzas sangrientas. No han sido pocas las veces que he temido por mi vida y me he visto en la piel de los heridos que luego mueren consumidos por la fiebre. Sueño con heridas purulentas y los gritos de dolor de los amputados. Otras noches las paso en vela pensando en Vs. Mds., en Mariana y en mis hijos y no días en que siento hasta vergüenza por la debilidad de nuestras acciones o la crueldad con que oficiales de uno y otro bando muestran después de una batalla o al entrar en los desolados pueblos de las provincias del Oriente. Ordene V.Md. a Eduardo que no regrese de Francia y por triste que alejarlo sea, me alegra saber que Carlos va en camino a reunirse con su hermano.

Deseando mucho verlos y abrazarlos me despido rogándoles compartir estas líneas con mis hermanos. Dios los guarde a todos.

Carlos Augusto

P.D. Con ésta también le mando unas líneas a Mariana.

Carlos Augusto terminó de escribir a la luz de una vela. La mujer, sentada en la cama lo esperaba con paciencia. Era un Coronel que seguramente sería ascendido pronto a General porque gozaba del aprecio de Bolívar. Lo había asediado durante toda la semana y finalmente había logrado que la invitara a compartir la cena. Modesta la había calificado el maduro y apuesto Coronel, pero a ella le había parecido un banquete después de tantas privaciones. Recostada en la cama, único lugar donde reposar salvo la silla que Carlos Augusto usaba en ese momento, soltó la cinta que ataba la parte superior de la blusa y cruzó las piernas de tal modo que buena parte de ellas quedaba al descubierto. Aunque fuera por unos días necesitaba la protección de alguien. Forzó una sonrisa cuando Carlos Augusto lacró el último sobre y la miró.

-'¿*Cómo te llamas?*'. Preguntó.

-'*Carmen. Carmen Bellorín*'. Contestó la mujer inclinándose hacia delante y dejando ver el Surco entre los senos adornado por un vistoso collar.

-'¿*Y tu familia?*'.

-'*No tengo. Mis padres y hermanos murieron, unos de fiebre, otros en la guerra.*'

-'¿*Cómo vives*'?

La mujer encogió los hombros. El Coronel es ingenuo o a lo mejor no se ha puesto en mi lugar. Los hombres ven el mundo de otra manera. Se levantó y caminó contoneándose ligeramente hacia Carlos Augusto, se inclinó y lo besó en la boca.

-'¡*Mujer, sólo te di de comer porque me dijiste que tenías hambre!. No te pedí nada a cambio. ¿Está entendido?*'

-'Lo sé Coronel, su merced es un hombre decente. Lo que quiero darle no es un pago, es porque quiero, porque me gusta'. Contestó Carmen mientras se sentaba en las piernas de Carlos Augusto y dejaba correr lentamente su mano por el cuello. Lo besó de nuevo y con satisfacción sintió que el hombre ahora reaccionaba.

-'¿Dónde obtuviste ese collar?'.

-'Un regalo de despedida. Son trozos de vidrio y el metal parece de oro, pero no lo es.'

-'Luce bien en tu cuello'.

-'Es un amuleto, me lo regaló un español y lo llevaré hasta que acaben con ellos. Ese día lo lanzaré al río'.

Carmen sopló la pequeña vela. El hombre olía bien y era gentil, bien diferente del último que la había mantenido, el brutal y maloliente capitán asturiano, su amante y sostén durante los interminables meses del sitio a Angostura. De la humillación sólo quedaba el collar. En diciembre Carlos Augusto compró una finca a ocho leguas de San Félix en el camino hacia Upata y las selvas del Sur. Si, como parecía, Angostura iba a ser la capital de la nueva república, valía la pena poseer unas tierras en su cercanía. También fue un modo de deshacerse de Carmen tras una relación que no fue más allá de lo ocurrido la primera noche. Contrató a un sargento cincuentón que alguna experiencia tenía en la cría de ganado y que ya no podía ser útil en la tropa por haber perdido el pié izquierdo y lo ubicó junto a dos peones y Carmen en la modesta casucha de la abandonada finca.

Carlos Augusto cumplió 49 años sin haber sido promovido a General. La relación con Bolívar era razonablemente armónica y con cierta frecuencia era llamado para traducir cartas del o al inglés, o transmitir órdenes a los oficiales ingleses que habían engrosado el ejército republicano. Con estos últimos su misión principal era participar en el entrenamiento de los tenientes, capitanes y sargentos. Pero había ambigüedad en la relación y cuando se tomaban decisiones importantes, Bolívar se encerraba bien con Páez o con Santander, acompañado por Diego Ibarra. Pepita había llegado a Angostura y muchos resentían el poder que ejercía. Carlos Augusto supo a través del Coronel Carpio que Bolívar había comentado que el Coronel Carvallo era lo mejor que tenía para entrenar tropas y mantener la disciplina, pero que carecía del arrojo de un Páez y además era 'demasiado fino y educado' para General. Carlos Augusto lo confrontó después de la toma de Calabozo y en mal momento ya que Bolívar lo recibió después de haber tenido una larga y aparentemente difícil reunión con Páez.

-'Bien Coronel, ¿qué desea su merced?'. Preguntó Bolívar de mal humor.

-'General, su excelencia no parece estar en el mejor de los ánimos. Si le parece bien lo dejamos para otro día. No es de gran urgencia.' Contestó Carlos Augusto abriendo un espacio.

-'Tiene razón Coronel, no estoy de buen humor. Páez me saca de mis cabales con frecuencia, pero es un hombre de gran valor. Pero Coronel Carvallo, yo lo conozco bien, no habría venido a verme si fuera algo trivial.'

-'Es quizás muy personal'.

-Pues mejor, estoy cansado de hablar de guerras y batallas.'

-Bien, se trata de mi posición en el ejército. No me siento cómodo y creo que debería haber sido ascendido a General hace tiempo. He participado en suficientes acciones y creo que nadie tiene dudas sobre mis ideas o mi fidelidad. Entiendo que su excelencia tiene bastantes problemas para agrupar las tropas bajo un solo mando, pero yo no he sido parte de esos problemas. Mi disciplina ha sido siempre reconocida.'

Carlos Augusto lanzó su discurso sin pausas y miró a Bolívar directamente a los ojos. El General no contestó de inmediato, se levantó de la silla y le dio la espalda mientras colocaba la mano en la barbilla. Sin duda estaba pensando bien en la respuesta que le daría. Finalmente regresó hacia la mesa y se sentó de nuevo frente a Carlos Augusto.

-'Coronel, su merced tiene razón en manifestar su desagrado, pero no ha sido por olvido o capricho. He pensado mucho merced y hay razones. La primera es que los generales deben tener mando y liderazgo. Su merced tiene otras cualidades, pero ni es un caudillo, ni parece tener ambiciones políticas. Eso es una ventaja para unas cosas y una desventaja para otras. Hay algún general sin tropas, *como Diego Ibarra que es como mi mano derecha, pero es sólo uno. Yo lo veo a usted ocupando otras posiciones. Habla dos idiomas, es inteligente y culto, la guerra no es el agua en la cual le gusta bañarse. En tiempos de paz su merced sería una figura importante, usted tiene demasiados escrúpulos para ser un jefe en esta espantosa guerra.¿Qué haría su merced si le ordeno pasar por las armas a cien soldados enemigos?'. Creo que se las arreglaría para desobedecer esa orden ¿o me equivoco? Pero si yo lo enviara a buscar armas a Inglaterra o a parlamentar con el enemigo, estoy seguro que lo haría muy bien.'*

Bolívar hizo una pausa y miró a Carlos Augusto esperando una respuesta.

-*'General, es posible que tenga razón en algunas cosas, pero otras estarían por ser probadas. Tiene razón cuando dice que podría desobedecer una orden como la que mencionó, pero sobre estrategia mis opiniones han resultado ciertas, aunque con frecuencia son rechazadas por las aspiraciones de algunos jefes. Por ejemplo la necesidad de unificar el ejército y la importancia de actuar concertadamente. Soy una piedra en el zapato para mucha gente.'*

-*'Vaya que si lo es'.* Exclamó Bolívar. *'Casi todos somos piedras en las botas. Páez me saca de juicio, Mariño es tan ambicioso como lo era Piar, Arismendi es desordenado y caprichoso, a Bermúdez se le ocurre cada cosa... a veces pienso que cuento sólo con Santander, Soublette e Ibarra.'*

-*'¿Y no cuenta conmigo?'*

'Sí, creo que hasta demasiado. Eso ha importado en mi decisión.'

-*'¿Cree que si lo hace yo me haría su enemigo o competidor?'. '.*

-*'Le voy a ser sincero Coronel, la respuesta es sí. Si su merced fuera general sería mi enemigo y le tengo temor tanto a su inteligencia como a sus escrúpulos.'*

-*'Buen argumento General. Entonces disponga un destino más adecuado para mí.'*

-*'Eso haré Coronel, lo necesito en Europa junto a López Méndez y otros agentes. Creo, y si lo he ofendido reciba mis disculpas, que su ayuda en Inglaterra será muy importante. Su merced está precipitando algo en lo cual ya había pensado.'*

Bolívar se levantó dando por terminada la entrevista y con una expresión de alivio en el rostro. Por meses había temido una explosión por parte de Carvallo, cuya lógica le resultaba incómoda tanto a él como a otros. Lo vio salir y pensó que su análisis era corrector como coronel, Carvallo era incondicional, elevado a General y con mando de tropas podría ser peligroso. En Europa sin duda muy útil. Tomó una hoja de papel e introdujo la pluma en el tintero que nunca abandonaba.

A la mañana siguiente el ordenanza le entregó dos hojas de papel lacrado. Reconoció la letra de Bolívar en ambos. En la primera le ordenaba viajar de inmediato a Inglaterra en una embarcación que a través de las bocas del Orinoco debía llevarlo a Trinidad. En la segunda le otorgaba tanto el rango de General de Brigada como poderes para llevar a cabo negociaciones con la corona británica. Los papeles hicieron abortar sus planes de escurrirse hasta Caracas y ver de nuevo a sus padres, a Mariana y a los niños. Empacó sus escasos haberes en un arcón y se dirigió al embarcadero para hablar con el capitán de la pequeña cañonera que lo llevaría a Trinidad. Regresó para escribir una carta a sus padres y otra a Mariana. Al concluir envió a su ordenanza para solicitar ser recibido por Bolívar, despedirse formalmente y recibir instrucciones para su nueva misión.

11

Viaje al pasado

Londres, 1818-1819.

Carlos Augusto llegó a Londres el 20 de agosto. El verano comenzaba a declinar y un viento fresco del Norte acariciaba su rostro. El carruaje se detuvo frente al establecimiento de Duncan McFarlane y mientras descendía los recuerdos le venían a la mente. Habían pasado 18 años y Londres había cambiado, pero al mismo tiempo seguía siendo la misma con sus estrechas calles, viejos edificios cargados de historia y hermosos parques. Las industrias habían crecido y las máquinas de vapor eran cada vez más populares. En el barco Carlos Augusto había oído sobre las locomotoras diseñadas por Stephenson en 1814 y 1815 y estaba ansioso por conocerlas. En la rada había visto otro pequeño barco cuya chimenea, ubicada entre las velas, mostraba que algo más que el viento lo movía.

Mientras en el carruaje recorría el monótono camino hacia Londres las imágenes del pasado volvían con más nitidez. Su llegada a la casa de los Zubizarreta, luego la casa de los Pereyra y el reencuentro con Jennifer. Pereyra había muerto tiempo atrás, McFarlane era, con certeza, un anciano y Jennifer, a quien sin duda debería visitar en algún momento debería mostrar el efecto de los años. Los rostros de Miranda, Riquelme, los Cheney, Turnbull y hasta aquel cónsul de España, de la Huerta, que había tratado de captarlo como agente del gobierno regresaban a su mente. Ahora Riquelme era O' Higgins rescatando el apellido paterno y jugaba en el Sur, junto a San Martín un papel similar al de Bolívar, papel que debió haber jugado Miranda. Había sido un espectador, ahora era actor.

McFarlane seguía viviendo en el alto de su establecimiento, salvo que estuviera en su casa de campo. El negocio estaba casi totalmente en manos de su hijo, pero el viejo se mantenía al día. El dinero era su pasión, más para almacenarlo que para gastarlo en la tradición de Escocia. Padre e hijo lo recibieron con la misma cordialidad de años atrás y mientras el carruaje esperaba, los tres tomaron el té en la parte posterior de la tienda.

McFarlane ordenó al sirviente prepararle la habitación de huéspedes a pesar de las protestas de Carlos Augusto que deseaba ir a un Hotel. Había pensado en Russell Square o algo cercano a Charing Cross, pero McFarlane insistió. Al final acordaron que Carlos Augusto se quedaría unos días en la habitación de huéspedes hasta que encontrara una casa a su gusto. Esa misma noche les escribió a sus hijos en París agregando una breve nota para los hermanos Boisnard. La lámpara de aceite no lanzaba suficiente luz y cansado, dejó para el próximo día la escritura de las cartas que debía enviar a Bolívar, a sus padres y a Mariana. Necesitaba adquirir unos anteojos y con certeza McFarlane sabría donde referirlo. Al día siguiente se entrevistó con López Méndez y le entregó una carta de Bolívar y lo que serían sus credenciales ante el gobierno británico. Esa noche, tras cruzar notas a través del cochero que había contratado, acudió a la casa de Jennifer.

Tocó la puerta y ella misma le abrió. Había envejecido, pero seguía siendo una mujer imponente. El pelo, totalmente blanco, hacía juego con su sonrosado rostro y ojos que habían escapado al paso del tiempo. Abrió los brazos y sin hablar abrazó a Carlos Augusto.

-'My darling, diez y ocho años, han sido demasiados, pensé que me moriría sin verte de nuevo.'

-'Pues te veo bien viva y hermosa como siempre'. Contestó Carlos Augusto besándola en la mejilla.

-'Y tú, sigues siendo el hombre atractivo y cortés de quien me enamoré. Ojala tuviera veinte años menos. Entra por favor, vamos al salón a tomar un aperitivo y me cuentas todo, pero absolutamente todo lo que has hecho en estos años.'

La visita se prolongó hasta tarde. La cena, como las recordaba, protocolar, bien servida y con platos apetitosos, cosa no muy frecuente en las casas londinenses. Jennifer mantenía contacto social con numerosos políticos y aristócratas y sin vacilar le ofreció a Carlos Augusto su ayuda. Sobre sus relaciones en el pasado no hubo más referencias, aunque Jennifer le había tomado varias veces la mano durante la velada con natural familiaridad. Carlos Augusto había temido alguna situación embarazosa, pero Jennifer era una mujer inteligente y supo como manejar la situación. Carlos Augusto se despidió pasadas las diez de la noche y en la puerta Jennifer le dio un breve y superficial beso en los labios.

-'My dear Carlos, fue hermoso verte de nuevo. Ahora creo que seremos buenos amigos. Cuando llegue tu esposa insisto en conocerla y no te preocupes. Del pasado ni una palabra.'

-'Gracias Jennifer, del pasado ni una palabra, pero debes saber que siempre ocupaste un lugar muy especial en mi vida. Buenos amigos, sí, pero bellos recuerdos también.'. Contestó Carlos Augusto devolviendo el ligero beso en los labios.

-'Vamos, vete de una vez antes que esta vieja se olvide de sus canas y te lleve a la cama otra vez.' Dijo Jennifer empujándolo suavemente hacia las escalinatas mientras reía.

Mariana llegó a comienzos de octubre y una semana después se había convertido en la mejor amiga de Jennifer. Los siguientes dos meses fueron una nueva luna de miel para Carlos Augusto y Mariana ya ubicados en una casa de estilo georgiano con su angosto frente y más pisos de los que Mariana y los niños estaban acostumbrados. A través de Jennifer consiguieron los servicios de un matrimonio de mediana edad que hablaban algo de español. Florence y William habían trabajado para el cónsul de España y luego para un comerciante portugués y hablaban una divertida mezcla de ambos idiomas, pero para noviembre Jennifer había convencido a Mariana de la importancia de tratar de comunicarse en inglés. Próxima la navidad, tanto Mariana como los niños comenzaban a manejar lo básico del nuevo idioma. Los dos mayores intentando con las palabras,

Augusto y Alicia escuchando en silencio y Martín, a regañadientes, asistiendo a una elegante escuela británica próxima a Ascot de dónde sólo podían salir los fines de semana.

Más fácil resultó adquirir armas y municiones que un apoyo franco del gobierno británico. La misma ambigüedad de veinte años antes se manifestaba. El mundo político inglés adquiría cada vez más la certeza que el mantenimiento del Imperio era más económico a través de relaciones comerciales que mediante la adquisición de más tierras o colonias. Puertos o puntos de abastecimiento, sí, más territorios no, parecía ser la regla no escrita. La India era un dolor de cabeza mayúsculo y no pocos problemas en las colonias del sudeste asiático y el Medio Oriente. Algunas de hecho eran una creciente carga económica y sobre algunas colonias africanas no faltaban opiniones calificadas sobre la conveniencia de retirar tropas y subsidios. Inglaterra tenía la mirada clavada en China que se podía convertir en un gran mercado. El crecimiento del comercio entre Inglaterra y su antigua colonia americana resultó una sorpresa para Carlos Augusto.

La posición formal de la corona estaba expuesta, desde al año anterior, por Castelreagh y era la prohibición de que súbditos ingleses participaran en las guerras entre España y sus colonias, pero la realidad había sido otra y entre 1817 y comienzos de 1818 más de 150 ingleses y, más importante, oficiales con experiencia habían engrosado las tropas republicanas y el flujo de armas y municiones no había cesado. Carlos Augusto se sorprendió al saber que la casa de Grafton Street, donde había visitado a Miranda seguía siendo el centro de reclutamiento de voluntarios y sede de las actividades de Luis López Méndez. Pero encontrar más voluntarios era difícil, ya habían llegado noticias a Londres sobre la morosidad de los pagos, el desorden y lo sangrienta que era la guerra en Venezuela. En diciembre viajaron a Londres Eduardo y Carlos desde París. Una navidad con escasos copos de nieve y la llegada del nuevo año en el castillo de los McLeod, viejos amigos de McFarlane, donde pudieron disfrutar de la nieve y sufrir el intenso frío que se colaba entre las grises paredes del imponente edificio medieval.

Caracas, 25 de diciembre de 1818

Querido hijo:

Aquí y a pesar de tantas desgracias, nos encontramos bien con el favor de Dios, pero esta interminable guerra esta causando la ruina total de las provincias. No sólo están arruinados los realistas, sino también los que han abrazado la causa republicana. La Junta y Tribunal de Secuestros de Caracas han confiscado más de trescientas haciendas de personas que mostraron en algún momento simpatía por la independencia, pero el decreto de Bolívar sobre reparto de bienes entre oficiales y soldados ha causado igual daño y entre los dos se han cometido abusos e injusticias. Improvisados y arribistas se han hecho con grandes haciendas sin saber de cultivo o de levante de ganado y mucho menos como hacer bueno el comercio con sus productos. Por fortuna no se han metido con lo nuestro, aunque ganas no les han faltad. Hemos tenido dos incursiones de mal vivientes, unos realistas y otros republicanos que se han robado algún ganado, pero los últimos además atacaron a las mujeres de los peones y estos contestaron disparando y lanzando machetazos. Al final dos de nuestros peones y una mujer fueron muertos, cinco asaltantes también y una parte de la casa quedó dañada por las candelas, pero ya la estamos arreglando.

Estamos bien de salud gracias a Dios, aunque no me faltan achaques de la edad. Con frecuencia se me agita el pecho y me levanto con no pocos dolores en la espalda, el cuello y las corvas. Subirme a un caballo es difícil, pero lo hago encaramándome primero a un taburete y pasando la pena de ser empujado de atrás por algún peón. Pero no vale quejarme, porque de mis amigos de infancia casi ninguno está vivo y pocos en esta tierra llegan a los años que tengo que pronto sumarán 74. Tu madre sigue pareciendo una jovencita y ahora se le metió en la cabeza la idea de irte a visitar a Londres. Logré convencerla que no lo hiciera porque allá es invierno, pero me sacó la promesa de viajar en primavera. Además como que sigue creyendo que somos los ricos de antaño. De seguir la guerra como hasta ahora todos terminaremos arruinados y en lugar de las viejas familias de hacendados quedarán españoles o soldados como nuevos dueños. La Provincia de Venezuela, y las aledañas son un caos, reina el desorden, se reparten prebendas, se hacen fortunas sin trabajar, los funcionarios, españoles o criollos, se reparten los bienes.

Tus hermanos están bien de salud y sobreviven, los muy pillos, atendiendo por igual a realistas y republicanos. Virtud de médicos y abogados. Tu hermana el hermano que es Alonso Cortés se ven felices pasando cada vez más tiempo en la hacienda con la pasión de los frutales.

Recibe todo nuestro amor y las bendiciones de tus padres.

Roberto Carvallo

Los días de invierno transcurrían con lentitud y Carlos Augusto no sabía que hacer con tanto tiempo de ocio. Entre una y otra reunión, o entre las difíciles negociaciones para la compra de armas y su envío, había horas y días muertos. Realizó un violento viaje a Nueva York donde reestableció la relación con el viejo Doug MacDonald, ahora un veterano traficante de armas. La preocupación de su padre por el dinero comenzó a impregnarlo. Además de las haciendas y las casas estaban las sociedades comerciales con los Madrigal y hasta alguna participación en los negocios de los Boisnard. El clima comercial de Londres con la emergencia de nuevas empresas y fortunas logró borrar en pocos meses la cultura de hacendado. Decidió que debía hacer algo al respecto y comenzó a frecuentar a McFarlane. El viejo, aunque ya no miraba a otro negocio que no fuera el suyo, era un hombre bien informado en materia comercial y sus consejos resultaron útiles, al menos aquellos orientados a que cosas no hacer. Decidió escribirle a Bolívar y clamar por su derecho a los haberes militares.

Londres, 5 de enero de 1819

Exmo. General Don Simón de Bolívar
Comandante en Jefe.

Muy apreciado General:

He seguido sus instrucciones y guiado por la sabiduría de Don Luis López Méndez le hemos enviado dos embarques de armas y municiones a través de Trinidad. Los mismos le estarán llegando en pocos días. Lograr más oficiales o tropas británicas se ha hecho tarea harto difícil, pero seguimos intentando. Es posible que pronto le podamos enviar al menos dos nuevas goletas, si bien de escaso porte y limitado número de cañones, pero estas serán de las más nuevas y mejores que se hayan fabricado. Los mencionados cañones son un regalo de la familia Boisnard, mis parientes en París que no demandan nada a cambio de esa entrega.

Desearía solicitarle, con acuerdo al decreto de 1815, que mis beneficios primero como coronel y luego como General de Brigada, se fijen en la Isla de Margarita en un lugar y extensión que el señor Don David Pardo Van Linden le hará saber a través de una misiva. Serán tierras ociosas y por tanto no será necesaria ninguna erogación, apenas su firma estableciendo que la propiedad corresponde a lo señalado en los artículos primero, segundo y tercero de su decreto del 10 de octubre de 1817. Ese derecho deseo hacerlo efectivo para iniciar alguna actividad que me permita recibir alguna renta y vivir en Londres con mi familia de una manera decorosa.

Que Dios lo guarde por muchos años,

General de Brigada Carlos Augusto Carvallo

A fines de febrero viajó a París donde además de las visitas familiares tuvo largas reuniones con los Boisnard. De París siguió a Ámsterdam y Róterdam tras la pista de los Van Linden. Para abril tenía una idea elaborada de que hacer, la Isla de Margarita parecía ser el lugar más adecuado y Ámsterdam el sitio para registrar la nueva empresa.

Bolívar no le respondió directamente, pero a fines de abril recibió una misiva de Diego Ibarra en la cual le informaba que su solicitud había sido aprobada, por cierto una de las últimas ya que los efectos del decreto habían sido anulados a partir del 15 de febrero. Alonso también le escribió en abril, una larga carta en la cual le contaba detalles sobre los negocios y, al igual que su padre, se mostraba alarmado por el pillaje y la descomposición de las instituciones:

"Queda poco por robar en la Provincia y si bien cierto es que durante el siglo pasado ganarse la vida sin trabajar y hurtar las arcas del gobierno era algo común, así como el contrabando y las prebendas a quienes tenían influencia, ahora reina el desorden, el abigeato, las cercas son movidas y cuando se desea una tierra, denunciar al dueño por realista o republicano es algo común. Casa León no ha sido el único en cambiar varias veces de bando, puedo hacer una larga lista, que incluye a muchos viejos conocidos, que han hecho de esto todo un oficio. Conozco a varios que han movido los cuadros, casi todos bastante malos, de Carlos III y Fernando VII varias veces del salón al dormitorio según sea la conveniencia.'

Por unos días Carlos Augusto tuvo sentimientos encontrados con relación a su solicitud a Bolívar. Por momentos sentía que se estaba aprovechando, que era otro pillo más, pero luego cavilaba y llegaba a la conclusión que no había hecho otra cosa que la pautada en un decreto de un gobierno tan válido como el de los españoles. En los primeros días de mayo la nueva empresa comercial comenzó a operar en La Asunción.

Roberto y María Antonia llegaron a bordo del *Savannah* emocionados al haber cruzado el océano en el primer barco que combinaba las velas con el vapor. La travesía no había sido tranquila y la nave posiblemente no era la más marinera que se hubiera construido, pero sin duda era una gran novedad a pesar de los extraños y poco amables sonidos que salían de la sala de máquinas. Carlos Augusto y Mariana tuvieron dificultades para encontrarlos en el atiborrado muelle donde cientos de curiosos se mezclaban con quienes recibían a los pasajeros.

Luis López Méndez los había acompañado, ansioso por ver al viejo amigo de su padre, a sabiendas que Roberto había manifestado simpatías por Miranda y algo acuciado también por la curiosidad de ver el nuevo buque. López Méndez con Andrés Bello que dos años antes había bautizado a su hijo en

Londres con el nombre de Francisco y teniendo como padrino al constante Don Luis, mantenía viva la luz en la casa de Grafton Street con Sarah y los hijos del General. Luis tenía casi la misma edad de Carlos Augusto y era un hombre delgado, con grandes ojos negros, meticuloso en el vestir y su pelo oscuro mostraba algunas canas. A Carlos Augusto se le antojaba que en su mirada había un permanente dejo de tristeza. Lo cierto era que el hombre había sido tan fiel a Miranda como lo era a Bolívar y siendo la cabeza visible de ambos en Londres, había sido encarcelado varias veces por las deudas contraídas. Finalmente lograron ver a Roberto y María Antonia que descendían lentamente por la inclinada escalerilla del Savannah y se dirigían hacia el puesto de la aduana donde se revisaban los documentos. Se acercaron a la baranda de madera que separaba a los pasajeros de la multitud y comenzaron a agitar manos y sombreros para llamar la atención.

Decidieron pernoctar en Southampton y emprender el corto viaje a Londres a la mañana siguiente. La fina lluvia primaveral no fue obstáculo para que los cinco recorrieran el puerto y la creciente ciudad animada por el comercio. Observaron con curiosidad la llegada de varios barcos y el ajetreo del puerto a donde llegaban mercancías de casi todo el mundo antes de visitar la pequeña casa de madera y ladrillo que tenía un cartel de madera con letras rojas: *Van Linden & Co.* La visita fue breve, el encargado, un corpulento galés los esperaba y tras invitarles a una taza de té, les explicó en detalle la operación comercial.

-*'Enviamos los productos de Owen a varios países y de regreso nuestros agentes cargan desde algodón hasta manufacturas de distinto tipo. De Oriente traemos sedas, pimienta y otras especias, a veces muebles y objetos de arte.'*

-*'¿Quién es Owen?'*. Preguntó Roberto

-*'Un hombre muy interesante, no sólo uno de los mayores productores, sino que además tiene ideas modernas que muchos adversan, pero que están dando buenos resultados.'* Contestó Cavanaugh sin ocultar su admiración.

-'*Algo he oído sobre él, parece que en contra de otros industriales de las telas está impulsando una nueva ley que protege a los niños y mejora las condiciones de trabajo.*' Señaló López Méndez.

-'*Me gustaría conocerlo, ¿es posible?*'. Preguntó Roberto.

-'*Creo que sí, le gusta conocer gente de otros países, pero es un hombre muy ocupado. Hay que pedir la cita con buena anticipación*'. Respondió Cavanaugh.

Al día siguiente emprendieron en regreso a Londres y poco después, con la ayuda de Jennifer, le escribieron a Robert Owen solicitándole una entrevista. Cinco días más tarde llegó la respuesta, Owen los esperaba en Manchester el 15 de mayo y además los invitaba a viajar con él a la nueva fábrica de New Lanark, el máximo orgullo de Owen.

-'*Owen, en mi opinión, representa el futuro de Inglaterra*'. Comentó Jennifer que había decidido acompañarlos a Manchester y a New Lanark.' *Hace años visité con mi difunto esposo una factoría. Era un lugar espantoso, sucio, ruidoso. Los niños parecían fantasmas arrastrándose entre las máquinas en lugares donde no cabía un adulto y trabajando 15 horas al día por unas miserables monedas que no alcanzaban para comprar la comida. Dicen que Owen ha cambiado todo eso en sus factorías.*'

-'*Mi padre hizo cambios en la hacienda hace años. Le dio libertad a los esclavos, se construyeron viviendas decentes para los peones y se les paga mejor que en otros sitios.*' Dijo Carlos Augusto.

-'*Y aumentó la producción. Todos nos beneficiamos, hasta que llegó la guerra.*' Agregó Roberto con una expresión de orgullo en el rostro.

-'*Los operarios son maltratados en las fábricas. Los niños y las mujeres trabajan tanto como los hombres y les pagan menos. Muchos son antiguos campesinos que han llegado a Londres sin un penique en la bolsa y de ellos se aprovechan los dueños de las factorías. Es una nueva forma de esclavitud*'. Señaló López Méndez y Carlos Augusto observó una transformación en el rostro de Luis, la mirada triste había cambiado a una de auténtica indignación. '*Habrá que ver si el tal Owen de verdad se preocupa por las personas*'.

El viaje a Manchester fue agradable. La húmeda y verde campiña inglesa, con sus campos regulares y cercados era un curioso espectáculo para cualquier hacendado del trópico. La amplia diligencia recorría con lentitud caminos cuyo estado alternaba, desde excelentes hasta llenos de huecos y charcos. Durmieron en una posada cerca de Oxford y siguieron rumbo al Norte, primero a Birmigham y luego a Sheffield. Fue una semana deliciosa con visitas a elegantes castillos y lugares llenos de historia. En Manchester los recibió Robert Owen y la visita al establecimiento resultó más de lo esperado. El inglés les habló de la nueva ley mientras hacían un recorrido por la gigantesca planta donde trabajaban más de dos mil personas. El lugar estaba limpio y ordenado, los trabajadores, sin duda humildes, parecían satisfechos, por lo menos más que en otros establecimientos como comentó Jennifer más tarde. La jornada era de 12 horas y los pocos niños presentes no parecían famélicos.

-'Hay que tratar a los operarios como si fueran parte de la familia y remunerarlos de acuerdo a como vaya el negocio. Aquí no se maltrata a nadie, lo difícil es encontrar capataces que entiendan mis ideas. La mayoría creen conveniente tratar mal a los operarios, pero aquí eso no se permite.'

-'Hay máquinas que nunca había visto antes.' Comentó Carlos Augusto. 'Aunque a decir verdad no son muchos los establecimientos que he visitado.'

-'Hemos hecho innovaciones y cada vez que alguien inventa algo, lo invito a hacer pruebas aquí. Creo que con el vapor y espero que en futuro también con eso que llaman electricidad, las fábricas serán diferentes, más amables. Pero lo importante es que estamos haciendo cosas que marcarán a la humanidad.'

-'Me interesa el negocio de las telas y aunque nuestra experiencia ha sido en las haciendas, pienso que el comercio seguirá creciendo y será cada vez más importante'. Agregó Carlos Augusto.

-'¿Se asociará con Van Linden and Company?'.

-'Si, ya lo hemos hecho y veo que su merced está bien informado. Tenemos una antigua relación con el fundador, también con la Casa

Boisnard que además de vinos, comercian con alimentos, armas y más recientemente con telas'. Contestó Carlos Augusto.

-'¿Pero su guerra no es un obstáculo? He escuchado que ha sido larga y sangrienta.'

-'Así ha sido. Buena parte del país está en la ruina, pero toda guerra termina y bien hace mi hijo en pensar sobre el futuro.'

-'Inglaterra nos ha dado apoyo y eso ocurre porque sin duda tienen interés en el comercio con las antiguas posesiones españolas.' Agregó Luis.

-'Claro que tenemos interés, Inglaterra necesita mercados. Esto que los señores están viendo sólo es eficiente si se produce en grandes cantidades y por consiguiente se necesitan muchos compradores. Creo que las guerras del pasado fueron casi siempre por razones religiosas o por la necesidad de tierras. Las del futuro y ya verán, serán comerciales e industriales.' Respondió Owen siempre muy seguro de sus opiniones.

Antes de emprender el regreso Carlos Augusto se entrevistó con varios de los asociados de Owen, mientras éste atendía a otro grupo de invitados. Carlos Augusto registró todos los detalles. Precios, tipos de telas, tiempos de entrega y formas de pago fueron tratados. María Antonia observó con cuidado a su hijo. Los ojos estaban bien abiertos y brillantes, los hombros rectos y los gestos mostraban energía. Tiene un nuevo amor, pensó María Antonia. Debemos pensar quien cuidará *Altagracia* en el futuro.

En Londres los esperaba una carta de Alonso que les informaba sobre la muerte de Manuel Vicente, el hijo menor de Francisco que se había alistado con las tropas de Páez. Había muerto en San Fernando, sitio donde el llanero había derrotado a las fuerzas de Morillo. Pero Manuel Vicente no había sido la única víctima, también, en otra batalla había muerto un nieto de Landaeta, el antiguo socio de Alonso. Francisco enfurecido y a pesar de su edad, se había alistado de nuevo y estaba con el almirante Brion en la Isla de Margarita. Los tres les escribieron a Francisco y a Rosa líneas llenas de pena por la muerte del alegre Manuel Vicente, inseparable de Roberto y María Antonia cuando iban a *La Providencia*.

A fines de junio viajaron a París. El grupo era numeroso y para el largo trayecto desde Calais fue necesario contratar dos carruajes de buen porte. En uno viajaron Mariana, Carlos Augusto y los tres más pequeños. En el otro Roberto, María Antonia, Guillermo y Rosa. André, el flamante Duque de Boisnard los recibió junto a la servidumbre en la antigua casa de Vincennes que tantos recuerdos gratos albergaba. Roberto y más que él, María Antonia recordaba con especial afecto a Phillipe y a la tía María Gabriela. La imagen de su tío Phillipe, casi cuarenta años atrás, departiendo en la biblioteca con el general Lafayette, Mirabeau y Carnot le vino a la mente. También recordaba bien a Jules el mayordomo y los encantadores Emil y Cécile que tanto habían contribuido a hacer de su estadía algo delicioso.

-*'Carlos Augusto, tenías poco más de diez años'.* Dijo María Antonia tomando por sorpresa a su hijo.

-*'¿De que habla su merced?'.*

-*'Perdona hijo, cosas de los viejos. Entré a la casa y en mi cabeza se formaron como retratos de cuando vinimos en el 79. Los niños corrían por toda la casa, Jules Bonet trataba que las comidas fueran excelentes, Emil y Cécile se desvivían por atendernos. El tío Phillipe recibía aquí a la flor de Francia, escritores, generales y diputados a la Asamblea. Ese año cambió el mundo, ¿no es así Phillipe?'* Le preguntó a su primo en francés.

-*'Yo tenía 29 años y era quizás el único conservador en la familia. Alexandre, que Dios lo tenga en buen lugar, era casi jacobino cuando se casó con Monique y las comidas no eran nada aburridas. Como dice bien mi querida prima, lo más granado de la Francia se sentó en esa mesa'.* Dijo André apuntando hacia el comedor.

-*'¿Sufrió mucho Alexandre?'.* Preguntó María Antonia.

-*'No, murió de pronto. Estaba comiendo y un minuto después se desplomó sobre la mesa. Explicó André. 'Vuestra carta de condolencias fue muy hermosa, más de lo que se merecía el muy bribón, pero a Monique le sirvió de consuelo.'*

-*'¿Bribón?'* Preguntó Mariana intrigada. Nunca había escuchado ningún comentario sobre el esposo de Monique.

-'Sí, en el buen sentido, desde luego. Alexandre disfrutó de la vida como nadie. Comía y bebía desaforadamente, tenía el don de la simpatía, quien sabe cuantas amantes tuvo, hizo dinero para la firma y para él y lo disfrutó. Era un bribón, pero siempre trató muy bien a Monique y a sus hijos. La verdad es que me hace falta.' Aclaró André.

Escucharon golpes en la puerta y luego las voces de Eduardo y Carlos que entraron al gran salón atropelladamente. Llovieron los besos y los abrazos. Eduardo casi tenía la estatura de Carlos Augusto y en su vistoso uniforme se veía imponente. Carlos, ya con 17 años era más delgado y su rostro pálido contrastaba con el de Guillermo que no perdía oportunidad para disfrutar del sol. Carlos Augusto sonrió satisfecho a observar los cálidos abrazos que cruzaron Matías y sus hermanastros. Para la cena llegaron también Monique, así como Jean Pierre y su esposa. Los hijos y nietos fueron obviados ese día, pero acudirían todos el domingo cuando tendrían, como en el pasado, una gran reunión familiar. María Antonia lamentó la ausencia de Lorenzo y Jacqueline que habían regresado a Caracas unos meses antes. Después de la cena Carlos le hizo una discreta seña a su padre y se encerraron en la biblioteca.

-'Padre, quisiera hablar con su merced sobre mis estudios'. Dijo Carlos con cierta vacilación.

-'Adelante hijo, por el tono de tu voz parece que no te gusta mucho la Academia.'

-'Así es padre. No quiero ser militar'

-'Hijo, nadie te obliga. Lo importante es que tengas una educación. Hay otras cosas, puedes ser abogado, médico y aquí en Europa también ingeniero y quien sabe que más'.

-'Pues nada de eso. Quiero ser artista.'

-'¿Cómo que artista?' Preguntó Carlos Augusto preocupado e imaginándose a su hijo trabajando en un circo o algo similar.

-'Pintor, escultor, todavía no sé. Pero dibujo bien y me gusta.' Dijo Carlos abriendo un portafolio y colocando frente a su padre varios dibujos.

-'¿Y dónde se estudia para pintor?'

-'Hay varios estudios dirigidos por pintores y escultores, pero también hay una academia de bellas artes, muy formal.' Contestó Carlos con un hilo de voz. Había percibido cierto rechazo en su padre.

-'Me sorprendes, nunca pensé en un hijo pintor, pero si eso es lo que de verdad quieres, entonces al menos termina este año en la academia militar que algo de matemáticas y otras cosas no te vendrán mal y luego sigues en la, ¿cómo se llama?'

-'Academia de Bellas Artes. Es un lugar famoso en Francia y no es fácil entrar. Primero hay que mostrar cierto talento.'

-'¿Y crees que lo tienes?'

-'Le mostré mis bocetos al profesor de dibujo en la academia y él piensa que sí. Se los presentará a Langlois y a Vernet.'

-'Perdona mi ignorancia, pero ¿quienes son Langlois y Vernet?'

-'Dos pintores franceses famosos, de la escuela realista'.

-'¿Realista quiere decir del rey?'

-'No padre, quiere decir que pintan el mundo real. Tratan de llevar a sus lienzos una imagen del mundo como ellos lo ven.'

-'Bien Carlos, como verás tu padre no sabe mucho de pintura. He ido a uno que otro museo y nombres como Leonardo o Rembrandt me son familiares, pero hasta allí. Tendrás que educarme un poco si quieres que entienda lo que deseas hacer.'

Carlos entendió esto último como una aceptación y sonrió aliviado. Pero su sonrisa se disipó cuando Carlos Augusto continuó.

-'Mira de lo poco que sé es que la mayoría de los que quieren pintar se mueren de hambre o son unos vagos. Voy a pagar por tus estudios, pero más vale que lo hagas bien y que puedas vender tus cuadros o dar clases, o algo útil. No quiero que te hagas la ilusión de que voy a darte dinero toda la vida.'

-'Sí, entendí y gracias por ser tan comprensivo. Trataré de hacer lo mejor que pueda.' Contestó Carlos otra vez en voz baja.

-'Mira hijo, prueba, pero si fracasas, pues a otra cosa. Siempre podrás regresar y trabajar como lo hacemos los demás. La hacienda o el comercio. Voy a abrir una nueva empresa comercial y a lo mejor en el futuro puedes encargarte de tu pintura y además ganarte unos pesos. ¿De acuerdo?'

-'Sí, entendí bien padre y gracias.'

Carlos Augusto y Mariana hablaron sobre los hijos esa noche en la gran cama adornada por un majestuoso dosel.

-'Dime Mariana, ¿qué piensas sobre Carlos y su idea de ser pintor'?

-No sé mi amor, pero si eso es lo que quiere. Sabes, ese muchacho no está hecho para la guerra, es muy delicado'.

-'¿Qué quieres decir, que no es suficiente hombre?'.

-'No, no lo veas así. Es una persona delicada, es fino, no le gusta la violencia. Estará mejor aquí que en Caracas. Por el contrario si no lo cuidas, Carlos se aparece allá cualquier día de estos, se enlista y a lo mejor lo matan como hicieron con el hijo de Francisco. Trata que se quede aquí un tiempo más y dime, ¿qué pasará con Guillermo?

-'Eso es más fácil. Ya hablé con André y está de acuerdo con enviarlo primero a los viñedos para que aprenda a manejar una finca y luego a la vinatería. Parece que hay una nueva escuela donde se enseñan las artes agrícolas o algo así. Trataremos que lo reciban en el otoño.'

12

La mujer del cuadro

Carlos permaneció en París hasta la primavera de 1820 cuando su padre finalmente lo convenció para que se trasladara a Londres. No había logrado vender ninguna pintura, pero varios de sus profesores pensaban que su estilo era prometedor. En los últimos meses del año anterior había alquilado una pequeña buhardilla en el quinto piso de una vetusta casa a pocas cuadras del Sacre Coeur, en Montmatre que comenzaba a ser un punto de atracción de pintores, escritores y otros intelectuales. La distancia entre Vincennes y su estudio era muy grande y en noviembre Carlos decidió mudarse a pesar de las protestas de los Boisnard. A comienzos de diciembre Carlos Augusto tuvo que viajar a París en su condición de agente del gobierno republicano para entrevistarse con dos ministros. El gobierno francés mostraba a veces interés en la guerra, pero Carlos Augusto suponía que el mismo no era legítimo, más respuestas motivadas por el interés de Inglaterra. Cuando los ingleses mostraban las uñas, los franceses respondían de algún modo. Pero buena parte del mundo político francés estaba aún escaldado con lo sucedido en Haití y prefería centrar sus ambiciones en el Norte de África, Asia y una que otra isla en el Caribe.

-'Francia es ahora más conservadora que nunca. La Santa Alianza no sólo impuso a Luis XVIII y el regreso de los Borbones, sino también cierta tutela para evitar que lo esencial de la revolución se vaya disipando'. Le comentó André a su llegada a París.

-Pero dime André, ¿cuanta libertad de decisión tiene la corte en los asuntos que nos pueden interesar?'.

-'Creo que bastante. Prusia, Austria, Inglaterra y Rusia están *más interesados en que el rey, y para otros efectos también los viejos jacobinos y librepensadores, no tengan poder y no le prestan demasiada atención a lo que haga Francia con sus colonias o sus relaciones con América'.*

-*¿Y qué piensan ustedes, los comerciantes, los industriales?'*

-'*Lo de siempre, hacer más dinero, expandir los negocios, evitar las dificultades. La mayoría apoya ahora a los Borbones y más de uno está deseoso de casar a su hija con el descendiente de algún conde o duque. Los 'emigrés' vienen por sus fueros de antaño, pero dispuestos a convivir con la nueva nobleza.'* Respondió André cuyo título nobiliario, logrado bajo Napoleón lo colocaba en esa categoría.

-'*Entonces, si en Venezuela les abrimos un espacio para nuevos negocios, ¿estarían en disposición de darnos alguna ayuda para derrotar a los españoles?'.* Preguntó Carlos Augusto.

-'*Quizás, quizás, si no pides demasiado y das alguna garantía. Sabes, los franceses no son particularmente generosos. La mayoría quiere arriesgar un franco y ganar dos. Dame dos o tres días y veré que puedo hacer.'* Respondió André algo sorprendido por la propuesta de Carlos Augusto ya que era la primera vez que la política salpicaba la relación entre los parientes. Pero a fin de cuentas, pensó, se trata de negocios y quizás valga la pena invertir algo a cambio de la posibilidad de obtener algún beneficio en el futuro.

Después de la breve reunión con André se dirigió a Montmatre. No les había avisado a sus hijos sobre el viaje. Eduardo estaba aún en la Academia y terminaría en unos meses. Sus preocupaciones con él comenzarían en el verano ya que Eduardo insistía en alistarse en el ejército republicano tan pronto termina sus estudios, pero no podía olvidar los comentarios de Mariana sobre la delicadeza de Carlos. Antes de regresar a Londres cada vez que lo veía observaba con cuidado tratando de encontrar en él gestos o formas de hablar poco masculinas. Pero no era fácil, Carlos se había integrado mucho a Francia y ciertos modismos podían confundir. El cochero de André lo dejó a la entrada del edificio de piedra adornado con modestos relieves. La puerta principal parecía desproporcionadamente angosta para la altura y el zaguán no estaba nada limpio. Abrió la puerta sin cerrojo y el olor a humedad, orines y comida lo acompañó mientras subía lentamente las escaleras. En el camino se cruzó con un anciano que descendía con lentitud y luego con una mujer gorda que llevaba en la mano una canasta. Ambos lo ignoraron. Llegó al último piso y a la derecha de la escalera vio una puerta medio abierta. Se aproximó y levantó la mano para tocar cuando escuchó la voz de su hijo que hablaba en francés.

-'Así, querida, ahora da la vuelta'.

-'Eres terrible'. Dijo una voz femenina. 'No me hagas cosquillas, pórtate bien'.

-'Me estoy portando bien y te gusta ¿no es así?'

La mujer se reía y Carlos Augusto se todavía con la mano levantada vaciló y retrocedió en silencio hacia la escalera. Se sentó en uno de los peldaños y con una sonrisa en el rostro esperó unos minutos. Luego se levantó y golpeó con las botas los últimos tres escalones haciendo bastante ruido sobre las carcomidas maderas y luego lo mismo antes de tocar la puerta con energía.

-'¿Quién está a la puerta?'. Preguntó Carlos.

-'Tu padre ¿puedo pasar?'.

-'Abriré en un momento.'

Carlos Augusto esperó frente a la puerta entornada hasta que su hijo la abrió.

-'¡Padre, qué sorpresa!'. Pero la puerta estaba abierta.' Dijo Carlos mientras lo abrazaba.

-'Sí hijo, pero no quería ser imprudente. Creo que no estás solo'.

Carlos estaba obviamente desnudo debajo de la sábana que lo cubría y su rostro no reflejaba precisamente el intenso frío de la buhardilla.

-'Si te parece bien doy una vuelta y regreso en unos minutos'.

-'No sé padre, ya que estás aquí es mejor que esperemos un momento mientras Lucille se viste y luego entramos'.

-'Me parece bien'. Dijo Carlos Augusto sonriendo y dándole a Carlos un nuevo y vigoroso abrazo. '¿Quién es Lucille?'.

-'*Mi modelo. Por favor, no seas rudo con ella, es buena persona y cuando escuchó tu voz se asustó.*'

Pocos minutos después Carlos entró a la habitación y verificó que Lucille estaba vestida antes de indicarle a su padre que entrara. La joven era pequeña, aparentemente bien formada y con un rostro hermoso. El vestido era muy modesto, pero estaba limpio. El pelo abundante estaba presurosamente atado en la nuca con un lazo y un mechón descendía sobre la ceja izquierda ocultando parte de la mejilla.

-'*Lucille, te presento a mi padre, el general Carvallo*'

La chica hizo una reverencia algo torpe gracias al temblor de las rodillas.

-'*Encantada en conocerlo General. Su hijo me ha hablado mucho sobre su excelencia.*'

-'*También me da gusto conocerla señorita y por favor no me llame excelencia y tampoco General*'. Respondió Carlos Augusto con una sonrisa que Lucille encontró amable.

-'*Padre, le puedo ofrecer un vaso de vino. Creo que no tengo mucho con que acompañarlo.*'

-'*El vino será suficiente. Gracias. Hace poco comí con tu tío André.*'

Lucille con prisa tomó un vaso que no parecía muy limpio y vertió un vino rojo procedente de una botella abierta y sin etiqueta que estaba sobre la mesa. Carlos Augusto llevó el vaso a los labios y sintió el áspero sabor del vino barato.

-'*Hijo, si André se entera que estás bebiendo esta basura, seguro que le da un ataque al corazón*'.

-'*Bueno, es que no tenía mucho dinero y...*'

-'*Está bien, vamos a comprar una buena botella y algo de queso.*'

-'*Yo puedo ir mientras ustedes....*'

-'*Gracias Lucille, eres muy amable.*' Dijo Carlos Augusto mientras sacaba unas monedas de la pequeña bolsa que llevaba atada a la cintura.

-'*Pero señor, es demasiado*'

-'*No, por favor compra lo mejor que encuentres. Me gustan los quesos de cabra y sé que el buen pan es costoso*'.

Lucille tomó un chal, se cubrió los hombros y salió de la buhardilla cerrando la puerta.

-'*Gracias padre. Su merced ha sido muy amable con Lucille y también conmigo. Los dos nos asustamos mucho cuando escuchamos su voz*'. Dijo Carlos dándole un leve beso en la mejilla.

-'*Llegué hoy a tratar asuntos oficiales. Estaré pocos días en París y tendré varias reuniones formales, pero quisiera cenar contigo esta noche y quizás podamos hacerlo de nuevo antes de irme. Pero cuéntame, ¿cómo va tu pintura?*'.

-'*¿Quieres verlas?*'

-'*Desde luego. Leí las cartas que enviaste. Tus maestros piensan que tienes talento.*'

-'*Me faltan conocimientos, técnicas y a veces me critican porque no me gusta dibujar lo que ellos quieren, pero eso le pasa a la mayoría.*' Dijo Carlos mientras arrojaba la sábana sobre la desordenada cama y se ponía unos amplios pantalones grises y una camisa manchada de pintura.

-'*¿Acostumbras pintar desnudo?*'. *Yo pensaba que quienes se desvestían eran las modelos, no los pintores*'. Dijo Carlos Augusto con picardía y su hijo observó que no había enojo en su voz.

-'*¿Estás disgustado por lo de Lucille?*'

-'*Hijo, no te imaginas lo contento que estoy. Mariana y yo casi llegamos a pensar que no te gustaban las mujeres, te veíamos, como decir, pues "algo delicado" como dijo ella una vez.*'

-'*Bueno padre, uno puede ser delicado en el trato y al mismo tiempo gustarle las mujeres. A lo mejor sólo soy diferente porque no me gusta la violencia. Mire, su merced, esto es lo que estoy pintando en este momento.*' Dijo Carlos mientras quitaba el manchado paño que cubría el lienzo. Identificó de inmediato los dulces rasgos de Lucille en la mujer que dominaba el cuadro que parecía describir algo sucedido en Grecia o en Roma. Distaba mucho de ser un experto, pero le gustaron los colores y las figuras.

-'*Me parece excelente*'.

-'*Es aburrido, pero eso es lo que me piden los maestros. Pintar clásicos, motivos históricos o alegorías sobre mitología y cosas por el estilo. Yo desearía hacer otras cosas.*'

-'¿Qué te gustaría pintar?' Preguntó Carlos Augusto.

-'Retratos, la campiña, la gente común. Me gustaría pintar los paisajes que rodean Altagracia. Recuerdo algunos bien y tengo uno que otro boceto, pero mis maestros son muy rigurosos y también muy conservadores.'

Lucille regresó con el vino, el queso y el pan. Le devolvió a Carlos Augusto las monedas y él, sin prestarles mucha atención las dejó en el brazo del viejo sofá donde estaba sentado. Tanto el vino como el queso eran excelentes. Padre e hijo conversaron buena parte de la tarde mientras Lucille guardaba discreto silencio. Anochecía cuando Carlos Augusto se despidió pidiéndole a su hijo que lo acompañara hasta el coche que aún esperaba en la calle. En la puerta Carlos Augusto le entregó buena parte del contenido de la bolsa.

-'Hijo, compra comida y arregla un poco esa buhardilla que se ve miserable. Me gustaría que vinieras a Londres conmigo y que siguieras tus estudios allá.'

-'Ahora no padre. No puedo, debo terminar aquí y además está Lucille. No la voy a dejar, estoy enamorado de ella.'

-'En Londres hay muchos artistas, talleres y escuelas de arte. Podrías vivir con nosotros, sería fácil organizarte un estudio, hay bastante espacio.'

-'¿Y me aceptarías con Lucille?'. Preguntó Carlos sorprendiendo a su padre con su insistencia.

Carlos Augusto lo miró mientras pensaba. Su hijo tenía apenas 18 años, pocos para darle la bendición en algo serio.

-'Eres muy joven Carlos. Podría haber más de una Lucille antes de sentar cabeza, pero debes pensar bien lo vas a hacer. No quisiera verte penar y tampoco deseo que esa niña sufra. El viernes quiero cenar con ustedes. ¿Te parece bien?'.

-'Si padre, como su merced disponga'.

Carlos Augusto destinó el siguiente día a las reuniones, primero con un ministro y luego con André. El ministro, en un estilo a la Talleyrand, le dio a entender que no se opondría a las gestiones, pero al mismo tiempo era poco lo que debía esperar del gobierno. Pero era una suerte de pasaporte y así se lo contó a André. Al siguiente día se reunió con André y tres hombres de negocios. Al final de la tarde contaba con suficientes francos para comprar un importante lote de armas, municiones, botas y otros implementos. Había dos condiciones, la primera es que las compras debían ser efectuadas en Francia y en ciertos establecimientos. La segunda era una garantía por escrito en la cual se les autorizaba a comerciar en Venezuela, Quito y Cundinamarca, los tres departamentos de la nueva república de Colombia. Los cuatro hombres de negocios estaban bien informados e impresionados por el triunfo de Bolívar, Santander y Anzoátegui en Boyacá en agosto.

Henri Breton le preguntó a Carlos Augusto sobre las novedades de España, bajo la correcta suposición que él y López Méndez seguían con detalle lo que acontecía en la península. Los rumores del descontento de varios Generales con Fernando VII estaban recorriendo Europa.

-'*Pienso que Fernando está en problemas.* Contestó Carlos Augusto. *Ha decidido enviar más tropas a América en enero, pero un buen número de españoles piensan que se trata de un esfuerzo inútil. De los diez mil hombres de Morillo, pues quedan pocos aunque debo admitir que es un gran General. En Chile, después de las batallas de Chacabuco y Maipú, las fuerzas españolas están debilitadas, lo mismo en el Río de la Plata.*'

-¿'*Sabéis que hay una conspiración en Madrid?*'

-'*Algo ha llegado a Londres, pero no estamos seguros. Sólo que el descontento es grande.*'

-'*Me escribió el hijo de Madrigal*'. Dijo André. '*Algo ocurrirá después de la navidad*'.

-'*No falta mucho*'. Contestó Carlos Augusto.

Al siguiente día fue de nuevo al estudio de su hijo. Los encontró con mejor aspecto. Lucille estaba obviamente estrenando un vestido bastante más luminoso que el opaco que llevaba el día que la conoció. Subieron al coche y de allí al hotel donde se estaba hospedando Carlos Augusto que tenía uno de los restaurantes más famosos de París. La cena estuvo animada por una conversación sobre el arte y una larga disertación de su hijo sobre las distintas escuelas y las figuras más descollantes del arte. Lucille intervino pocas veces, pero suficientes para que Carlos Augusto se formara una opinión distinta de la jovencita, no era tan sólo una modelo, sabía algo sobre arte y no le faltaba lectura.

-'*Lucille, cuénteme sobre usted y su familia, si no es una indiscreción*'

-'*No lo es general, perdón, señor Carvallo. Mi padre fue soldado de Napoleón y fue uno de los que lo acompañó con entusiasmo cuando regresó del exilio. Lo hirieron en Waterloo y ahora tiene un pequeño puesto de pescado en el mercado. Mi madre murió cuando era muy pequeña y casi no la recuerdo.*'

-'*¿Tienes hermanos?*'

-'*Si, cuatro. El mayor ya se casó y no vive con nosotros. Tengo una hermana mayor y luego están Jean y Paul, los menores.*'

-'*Y dime, ¿cuántos años tienes?*'

-'*En enero cumpliré diez y siete. Mi hermana se casará en febrero con un amigo de papá que también trabaja en el mercado y Jean se alistó en el ejército, él ya tiene diez y seis.*'

-'*¿Y el otro, cómo se llama ¿Paul?*'

-'*Sí, Paul, él es muy inteligente. Tiene quince y quiere ser comerciante. Está tratando de colocarse como aprendiz*'.

-'*¿Y ahora, los dos, díganme que piensa su padre de la relación que tienen ustedes?*'.

-'*Se opone*'. Contestó Carlos al instante.

-'*No le gustan los extranjeros*'. Agregó Lucille.

Carlos Augusto los miró mientras sonreía. Había una ingenua espontaneidad en ambos que incitaba la comprensión. Por un instante sintió que se estaba transformando en cómplice de la aventura de su hijo y que además su aprecio hacia Lucille crecía rápidamente. Pero tenía que someterlos a prueba, aceptar sin cuestionamiento la relación podría ser poco responsable.

-'*Les quiero proponer algo, pero antes necesito saber ciertas cosas y quiero respuestas honestas.*' Dijo Carlos Augusto con seriedad y los dos jóvenes lo miraron con atención.

-'*No voy a discutir cuanto se quieren. Voy a suponer que mucho, pero ustedes tienen que aceptar que son muy jóvenes y que la vida es siempre más difícil y complicada de lo que uno piensa cuando tiene 18, o menos. También les voy a decir que dinero no falta, pero en mi familia los pesos no se regalan, se tienen que ganar y eso quizás lo entiende Lucille mejor que nadie. ¿Me entienden?'.*

Los dos asintieron con la cabeza en un silencio lleno de expectativa sobre que más diría Carlos Augusto.

-'*Quisiera que Carlos venga a Londres conmigo y que se separen por unos meses, hasta la primavera. Si pueden hacer eso y seguir queriéndose, entonces les daré mi bendición. Pero eso sí, Carlos tendrá que ganarse parte de su sustento con la casa Boisnard, aquí o en Londres. O bien en nuestras haciendas en Venezuela. Si les parece bien, yo mismo hablaré con el padre de Lucille.'*

-'*¿Cuatro meses?'. Preguntó Carlos mirando a Lucille.*

-'*Sí, cuatro meses. ¿Lucille, no estarás embarazada?'.*

-'*No.'*

-'*Yo regresaré a Londres el domingo, así que tienen la noche de hoy y parte de mañana para decidir. El cochero los llevará de vuelta y Carlos, mañana en la tarde mandaré el coche a buscarte para despedirnos o para ir a casa de Lucille y hablar con su padre.'*

Después de la partida de los jóvenes Carlos Augusto firmó la factura y camino a su habitación pasó por el masivo mueble ubicado entre la entrada y la escalera del lujoso hotel. El empleado lo llamó y le entregó dos sobres lacrados. Ambos habían sido enviados a Londres y Mariana se los había remitido al hotel. Los tomó y ansioso subió a su habitación. Abrió el primer sobre que tenía una caligrafía que le resultaba desconocida. En el interior encontró una carta de Bolívar.

Angostura, 8 de diciembre de 1819

General Carlos Augusto Carvallo

Mi estimado y digno amigo:

En unos días el Congreso deberá aprobar la creación de la República de Colombia y mi designación como Presidente. Un sueño de muchos años se hará realidad, pero la tarea apenas comenzará cuando esto ocurra y necesito aquí su ayuda para gobernar. Dios sabe que el exterminio de los tiranos y la libertad ha sido mi único objeto y ambición, pero el Congreso parece creerme superior a mis fuerzas y pondrá en mis manos el futuro de esta nueva nación. Labor harto difícil para un hombre si no posee hombres fieles que le den apoyo con sabiduría y valor. Por ello le ruego que regrese a Venezuela tan pronto le sea posible porque aquí hay generales que si bien han combatido a las fuerzas realistas con coraje, también tienen ambiciones que a veces son casi traición.

Soy de Vd. con la más alta consideración,

Simón Bolívar

Muchos enemigos ha de tener el General para enviarme una carta así. Pensó Carlos Augusto mientras la colocaba sobre la cama y abría el segundo sobre. En él había reconocido la elegante caligrafía de su madre.

Caracas, 2 de diciembre de 1819

Queridísimo hijo:

Ruego a Dios que cuando recibas estas letras estén todos bien y aunque no quiero causarte preocupación debo decirte que tu padre no está bien. En las últimas semanas ha tenido varias veces fuertes dolores en el pecho y a veces siente ahogos y angustias. Tu hermano dice que es el corazón y que su condición es de cuidado, pero Roberto no hace caso y sigue como siempre corriendo de Altagracia a Caracas y de aquí a La Providencia. Es mi opinión que debes volver y que Roberto no sepa que te mandé estas letras. A veces pienso que él cree que es eterno, pero como bien sabes el venidero año cumplirá 75. Juan Lorenzo me dice que puede ponerse bueno si se cuida, pero no creo que me esté contando la verdad y temo lo peor.

Dale a Mariana y a los hijos todo mi amor y ojala fuese posible que pudieran venir pronto,

María Antonia

La entrevista con Paul Jardine se efectuó el sábado en la noche en privado y Carlos Augusto movió el viaje a Londres para el lunes. Jardine era un hombre corpulento y rudo que probablemente había sido bien parecido en su juventud, pero la barba y el descuidado cabello ocultaban los detalles de su rostro. Se habían encontrado en un pequeño mesón próximo al hotel y no muy lejano de donde vivía el antiguo soldado. Carlos Augusto supuso que encontrarse en el mesón tenía el propósito de evitar que viera cuan pobres eran y no estaba equivocado. El hombre cambió durante el tiempo en que estuvieron juntos y compartieron una botella de vino y algunos fiambres. Hosco y agresivo al comienzo, terminó brindando con Carlos Augusto. Cuando salieron del mesón, ya entrada la noche, lo hicieron tomados del brazo como viejos amigos. El hijo menor debía acudir al establecimiento de los Boisnard e iniciar sus labores como aprendiz en la vinatería la siguiente semana y Paul podría ampliar su puesto en el mercado gracias a un préstamo a ser cancelado en diez años con un interés muy bajo.

Las cartas habían modificado sus planes y al volver a Londres debía prepararse para el retorno a Venezuela, pero Mariana y los más pequeños tendrían quedarse un tiempo más, probablemente hasta la primavera cuando era más conveniente navegar. Pasaron la navidad y la llegada de 1820 en Londres y cuando se embarcó en el *Príncipe del Mar* el 5 de enero ya había llegado la noticia de la insurrección en España iniciada en el batallón Asturias y el forzoso juramento de Fernando VII a la previamente abolida Constitución de 1812. A regañadientes el debilitado monarca se comprometía también a no enviar más tropas a América.

Carlos entró en contacto con el mundo artístico londinense llevado de la mano por Jennifer que sin duda tenía muchas relaciones en el mismo. Terminó el cuadro donde Lucille había posado como Afrodita y con el lienzo enrollado y sus bocetos acudió a una cena en casa de Jennifer donde estaban invitados dos pintores de regular fama, un crítico de arte y el dueño de una galería importante. Willard, el propietario de la galería encontró un notable parecido, tanto en colores como en las líneas con el "*Dido construyendo Cartago* de Turner y le pidió a Carlos que le prestara el lienzo.

Un mes más tarde el joven ingresaba al taller de Joseph Turner con el propósito de dominar las técnicas del paisajismo. A fines de marzo una segunda Afrodita, con luces más suaves y mejor acabado fue vendido por Willard en 20 libras a un coleccionista.

Carlos y Lucille intercambiaron frecuentes cartas durante los meses que duró su separación. Después de concluir, bajo la tutela de Turner su segunda Afrodita, los ensayos de Carlos comenzaron a perder la calidez y los tonos amarillos y rojos fueron substituidos por azules y grises. Turner lo criticó con ferocidad y Carlos entró en una fase depresiva apenas rota por la satisfacción de la venta de su primer cuadro. Mariana y los pequeños se embarcaron el 15 de marzo y una semana después Lucille llegó a Londres. Carlos alquiló una pequeña casa cercana al taller y no demasiado lejos del centro donde comenzó a trabajar para la Casa Boisnard. Una tarde Carlos llevó a Lucille al taller y en la misma puerta se encontraron con el famoso pintor. Turner, un hombre de mediana complexión y poco dado a conversar con los aprendices miró a Lucille inquisitivamente y sin mayor preámbulo dijo:

-'Ahh, la mujer del cuadro. Ahora quizás sus ensayos recobren la luz. ¿Le gustaría posar de nuevo?'

-'Quiero estudiar arte'. Contestó Lucille en Francés.

-'Aquí puede estudiar y posar, siempre que no distraiga demasiado a nuestro aprendiz'. Respondió Turner en un francés con fuerte acento y Lucille se sonrió.

-'Definitivamente quiero que pose para mi próximo cuadro'. Dijo Turner mientras caminaba hacia el coche que lo esperaba.

-'¿Qué crees que debo hacer?'. Preguntó Lucille
-'Ya lo escuchaste, aquí se hace lo que John Turner dice'.

13

Un puñado de tierra

Caracas, 1820.

Roberto se acostó intentando dormir a pesar del intenso dolor en el pecho. El mismo corría por el hombro y le atenazaba el brazo. Cerró los ojos y cambió de posición esperando que cesara el dolor. María Antonia entró a la habitación con una taza de té de tilo en la mano. Roberto se incorporó y tomó la taza, pero el temblor hizo que el líquido comenzara a derramarse. María Antonia la tomó y en silencio le hizo beber de la misma. Luego se sentó en la cama junto a su esposo y él colocó la cabeza en su regazo mientras ella pasaba sus dedos entre la densa y casi completamente blanca cabellera. El dolor cesó y antes de quedarse dormido sintió el lienzo fresco con el que María Antonia le secaba el sudor de la frente.

El día anterior se había encerrado en la pequeña biblioteca, una nueva adición a la casa, con Alonso. Con gran detalle habían revisado una vez más los documentos.

-'Alonso, una vez más demando tu opinión. ¿Te parece bien?'.

-'Roberto, sabes que no debo opinar, de algún modo soy parte interesada. Sólo lo estoy haciendo por tu insistencia, pero esto debería llevarlo otro abogado.'

-'Sólo hay otro abogado en quien confío y ese es parte aún más interesada. Es mi hijo. No voy a caer en manos de golillas. Sólo quiero que me digas si en tu opinión este es un reparto justo. Sé bien que algunas cosas que hoy tienen un valor, mañana podrán ser diferentes, pero como no soy adivinador de oficio, necesito tu opinión.'

-'Bien, creo que nadie lo podrá discutir. Creo que todos estarán satisfechos y contentos por la clase de padre que han tenido aunque *no les dieras un centavo. Pienso que se sorprenderán, para bien, cuando sepan lo que le estás dejando. Creo que si existe el cielo, cuando Dios te llame y espero que no sea pronto, irás derechito al mismo. ¿Algo más?'.*

-'No, Alonso. Creo que nada más, sólo quiero estar seguro que todos queden satisfechos. Me culparía si por alguna torpeza aparece alguna animosidad entre los hijos. Quisiera vivir algo más Alonso, apenas para ver el fin de esta horrible guerra.'

-'Creo que lo podrás ver. Después de Boyacá y el Pantano de Vargas, las tropas españolas están muy debilitadas. Todavía mantienen algunas plazas fuertes e importantes como Cartagena, pero si la corona no manda otra expedición como la de Morillo, la república se establecerá.' Dijo Alonso tratando de animar a Roberto. Lo habían llevado a la biblioteca entre dos sirvientes sin mayor dificultad y a pesar de la oposición de María Antonia que no deseaba que lo levantaran de la cama.

-'Morillo es un gran General, a la par de Bolívar'. Dijo Roberto.

-'Estoy de acuerdo. Dicen que le entregará en mando a De La Torre. Ese día la república ganará su principal batalla.' Asintió Alonso.

-'¿Qué sabes de Carlos Augusto? Hace días que no recibo noticias de él.'

-'Viene en camino, Roberto. Finalmente consiguió que Bolívar lo dejara ir. En los últimos meses ha sido indispensable para levantar dinero con los pocos impuestos que se están pagando y Carlos Augusto lo ha hecho bien. Ha tenido que moverse al paso del General entre Santa Fe, San Cristóbal y Cúcuta. Pero Bolívar parece que se quedará un tiempo por allí. Tu hijo debe estar llegando a Altagracia y no tardará en estar en Caracas.'

-'¿Alonso, te acuerdas cuando nos conocimos?'. Preguntó Roberto con cierta picardía en la trémula voz.

-'Como si fuera ayer. Eras mi primer sospechoso. Estaba casi seguro que habías matado a Federico'.

-'Eso fue en el 79, han pasado más de 40 años. Carlos Augusto apenas tenía diez y María Isabel no pasaba de los tres. ¿Sabes algo? Jamás me hubiera pasado por la cabeza que de sospechoso iba a

terminar siendo suegro del fiscal'. Dijo Roberto concluyendo su frase con una entrecortada risa.

-*'Y yo, jamás hubiera pensado que me casaría con una hija de Roberto Carvallo y menos con dos. ¿Recuerdas cuando nos encontramos en el barco, en Santo Domingo? Yo no sabía que hacer cada vez que te veía en la cubierta. Allí me enseñaste que estaba tratando con todo un gran señor. Espejo me lo había dicho, pero yo no debía creerle.'*

-*'El sentido del deber.'* Dijo Roberto y en ese momento entró María Antonia que los miró colocando las manos en la cintura. Alonso reconoció el gesto y se levantó.

-*'Sí, María Antonia, me voy de inmediato y dejo descansar a Roberto. No me regañes.'*

-*'No culpes a Alonso, yo fui el que insistió...'*

-*'Ya lo sé, no culpo a nadie. Sólo quiero que trates de dormir un rato. Ya regreso con ayuda para que te lleven a la cama'.*

-*'La cama ha matado más gente que la guerra'.* Masculló Roberto.

Carlos Augusto llegó a *Altagracia* el 28 de abril. El viaje desde los Andes había sido largo y agotador, en realidad, una continuación del iniciado en Santa Fe el 22 de marzo cuando Bolívar decidió moverse con sus tropas hacia San Cristóbal. Tuvo que mostrarle la carta de María Antonia en la cual describía el estado de su padre y la opinión de su hermano y otros médicos para lograr una licencia. Antes de partir habían llegado buenas noticias de Guayaquil y Quito, así como del avance de San Martín hacia Perú. Desde su regreso de Londres había corrido detrás de Bolívar y lo acompaño durante febrero y marzo hasta que entraron victoriosos en Santa Fe el 5 de marzo. Mariana salió a la puerta tan pronto escuchó el ruido de los caballos y al reconocer al su polvoriento marido corrió hacia él. El polvo y la suciedad de las ropas no fue obstáculo para un intenso abrazo y algunas lágrimas de emoción. Detrás de Mariana aparecieron Marianita, Gustavo y Augusto que se colgaron de brazos y piernas de su padre.

-'*Casi cuatro meses sin verlos. Mira a Marianita, ha crecido bastante. El aire de Altagracia siempre ha sido bueno para los niños.*'

-'*Consuelo, prepara el baño al señor. Jorge trae agua y ordena en la cocina que preparen café.* Mariana daba instrucciones a diestro y siniestro mientras subían los escalones hacia el amplio pasillo que rodeaba la casa.

-'*¿Estás bien mi amor?*'

-'*Sí, sólo cansado. Las paradas han sido breves y las jornadas largas. Por favor da orden para que atiendan a mis hombres. También necesitan un buen baño, ropas limpias y una comida decente. Que los atiendan bien y al Teniente lo alojaremos aquí, en la casa.*' Contestó Carlos Augusto mientras le hacía un gesto a Omaña para que los acompañara hacia el interior de la casa.

Carlos Augusto había viajado, por insistencia de Bolívar, acompañado por el Teniente Omaña y cuatro hombres bien armados. Pero las previsiones habían resultado innecesarias, a lo largo del extenso recorrido sólo una vez vieron un pequeño grupo de españoles, posiblemente una patrulla de reconocimiento, entre San Carlos y Tinaco. Se ocultaron en la vegetación que bordeaba el río y siguieron viaje al oscurecer. Cabalgaban al paso, tratando de no levantar demasiado polvo en los secos y endurecidos caminos castigados por el intenso sol. Después del baño y una temprana cena en compañía del Teniente Omaña, un silencioso joven nativo de Acarigua que se excusó tan pronto terminó el café, se sentaron cerca de la baranda que rodeaba la casa.

-'*Carlos me escribió y tengo una carta para ti. Sigue de aprendiz de Turner y ya vendió dos cuadros, aquel que vimos casi terminado y una acuarela. Sigue trabajando con la Casa Boisnard.*'

-'*¿Y la chica de París?*'. Preguntó Carlos Augusto.

-'*Lee la carta, debe contarte sobre eso también*'. Dijo Mariana evadiendo el tema y entregándole el sobre lacrado.

Londres, 22 de marzo de 1820

Mi querido padre:

Por Mariana que me ha escrito sé que su merced está con Bolívar en algún lugar y que no ha podido ver a su familia desde que llegó. Estas letras son para que esté tranquilo y para decirle que estoy bien con la pintura y además hago progresos en la Casa Boisnard. Me han asignado un pago suficiente para vivir con modestia, pero ya vendí dos pinturas y me pagaron 25 libras, muy buenas para comprar pinceles, lienzos y pinturas, además Lucille percibirá un dinero para posar en el taller del señor Turner. Ella, como su merced y yo acordamos, sólo vino al cumplirse los cuatro meses porque no podemos vivir separados.

Mi abuela escribió y me cuenta que el abuelo está muy delicado de salud. Le ruego darle mis deseos por su recuperación tan pronto lo vea, así como mi afecto a Mariana y mis hermanos.

Carlos

-'No dice una palabra sobre matrimonio'. ¿Te escribió a ti sobre eso?'.

-'No, mi carta se parece mucho a la tuya.' Contestó Mariana. 'Pero pareciera que están bien. Tengo otras dos cartas para ti, por la letra sé que son de Eduardo y Guillermo.'

Carlos Augusto extendió la mano y tomó los dos sobres. Uno tras otro los abrió y leyó con cierta dificultad. El sol se estaba poniendo y con poca luz le resultaba difícil leer las letras pequeñas. Terminó de leer y se las devolvió a Mariana.

-'Toma mi amor, léelas, pero no tienen nada muy importante. Eduardo cuenta que ya tiene una reservación para salir de Le Havre hacia Nueva York el primero de septiembre. Ojala pudiera dejarlo allá por otros dos años.'

-'¿Por qué dos años? Preguntó Mariana.

-'Creo que la guerra está llegando a su fin, pero los españoles no cejarán por algún tiempo. Pienso que en dos años tendremos paz.'

-'Pero ahora estás en una posición con influencia, a lo mejor lo puedes mantener lejos de las batallas. El habla inglés y francés, eso lo haría útil en las islas o con Brion, creo que hay menos peligro en el mar'.

-'He pensado bastante sobre Eduardo, pero aún no tengo solución. No debo ser torpe, si se da cuenta que lo protejo podría *ofenderse. Ya se siente un hombre. Pero mi amor, basta de conversación por hoy.'* Dijo Carlos Augusto levantándose con alguna dificultad del confortable sillón de cuero.

El viaje a Caracas no estaba despojado de riesgos. En pocas semanas primero Bermúdez y luego De La Torre habían ocupado la ciudad. Algunos residentes se habían acostumbrado a los cambios de gobierno y eran, como Carlos Augusto solía describirlos, mezcla de camaleón con zamuro. Antiguos peninsulares y criollos habían logrado tejer una trama de auxilios mutuos y sutilezas para no parecer enemigos de nadie. El recorrer de nuevo la conocida ruta traía recuerdos. Había despachado a Omaña y los soldados de regreso hacia San Cristóbal y viajaba solo, sin armas o uniforme, vistiendo ropas limpias pero simples para no llamar la atención. Agotó las veintitantas leguas en menos de dos días descansando a ratos y comiendo mientras cabalgaba. Esperó la caída de la noche cerca del pequeño poblado de Antímano y al oscurecer dejó el caballo en la pequeña hacienda de Manuel Rodríguez, un antiguo empleado de la tienda de Pablo. Con sigilo caminó hasta el río y cerca de la media noche saltó la tapia posterior de la casa de sus padres. En el patio de atrás se encontró cara a cara con Jorge que blandía un machete.

-*'Tranquilo buen hombre, soy yo, Carlos Augusto Carvallo, el hijo del señor. No hagas ruido que no quiero despertar a todo el mundo.'* Dijo Carlos Augusto susurrando.

-*'Don Carlos, buen susto me dio. Pensé que era un ladrón. Pase por aquí mientras prendo una lámpara.'*

-*'¿Cómo está mi padre?'.* Preguntó Carlos Augusto en voz baja.

-*'Ayy Don Carlos, está malito, ya casi no puede caminar. ¿Lo va a despertar?'.*

-*'No Jorge, vamos a dejarlos descansar. Me recostaré un rato en mi antiguo cuarto. ¿Está preparado?'.*

-*'Sí, la señora ordenó ponerle sabanas limpias hace dos días'.*

Carlos Augusto se despertó sobresaltado cuando comenzaba a clarear. María Antonia estaba sentada en borde de la cama.

-'*Madre, me asustó.'* Dijo mientras la abrazaba.

-'*Me levanté temprano y vi abierta la puerta de tu habitación. ¿Estas bien?'.*

-'*Sí, gracias. ¿Y mi padre?'*

María Antonia se llevó las manos a la cara mientras trataba de ahogar un sollozo. Carlos Augusto la abrazó de nuevo y sintió las pequeñas convulsiones en el pecho de su madre.

-'*Es extraño hijo, pongo buena cara todo el día... pero si alguien cercano me pregunta algo sobre Roberto...entonces me pongo así'.*

-'*¿Qué dice Juan Lorenzo?'.*

-'*Que no hay nada que se pueda hacer, está en manos de Dios, ya no puede caminar y casi no come. El dolor va y viene, respira mal....'.*

Roberto se despertó cerca de las ocho de la mañana. Había dormido casi doce horas y estaba aletargado. Abrió los ojos y vio a Carlos Augusto. Los cerró de nuevo pensando que era parte de otro sueño. La presión sobre el brazo le hizo abrir de nuevo los ojos.

-'*Buenos días padre. Soy yo, Carlos Augusto. ¿Qué quieres desayunar?'.*

-'*Hijo, ¿llegaste bien?'*

-'*Sí, todo está bien. Me detuve dos días en Altagracia y por allá todos están bien. Mariana regresará hoy o mañana con los niños. ¿Cómo te sientes hoy?'*

Roberto, algo más alerta, contestó:

-'*Igual, todo jodido, ordena que me den café, no quiero más tilo y las otras porquerías que mandó tu hermano. Aquí hay una conspiración para envenenarme con jarabes e infusiones.'*

-'*Seguro que es por su bien. Todos lo están cuidando'.*

-'*Mira igualito me voy a morir, así que quiero comer y beber lo que me gusta. Ahora que estás aquí a ver si me apoyas, porque tu madre y los demás no me dejan...'*

Roberto cerró los ojos e hizo un esfuerzo por respirar. Jorge entró con una bandeja con café, unos huevos revueltos y una arepa recién hecha.

-'*Dame sólo el café Carlos Augusto y cuéntame como están las cosas.'*

-'*Más tranquilas padre, parece que los españoles se han debilitado mucho. Algunos pensamos que es tiempo de hablar con los españoles. Yo creo que Bolívar y Morillo deben juntarse y conversar. Estamos en buena situación para negociar.'*

-'*¿Y de que van a hablar? ¿De los miles de muertos?'*. Preguntó Roberto con ironía.

-'*En cierto modo. Los dos bandos y la población ya pagaron un precio enorme. La gente quiere paz y de eso se puede hablar. Sabemos que Morillo está cansado, se quiere volver a España y yo lo entiendo. El hombre tiene años y años fuera de su casa, además he hablado con algunos soldados capturados y muchos sienten que este pleito no es de ellos. Además pienso que ya es tiempo de acabar con la guerra a muerte, ¡a fin de cuentas ya avanza el siglo diez y nueve!'*.

-'*Hijo, llegaremos al siglo treinta y los hombres seguirán matándose entre ellos. Le deberían dejar el gobierno a las mujeres y así habría paz en el mundo.'* Dijo María Antonia y agregó: '*Los hombres siempre tienen alguna causa que llaman justa para matarse entre ellos, pero a mí me parece que pocas tienen algo de justicia, la mayoría de las causas son simplemente dinero y poder.'*

Roberto trató de incorporarse, le molestaba la espalda y le dolía el cuello. Pidió que lo ayudaran a sentarse en la cama apoyado en las almohadas. La conversación lo había animado.

-'*Escucha a tu madre que siempre ha tenido la razón. ¿Saben que ocurrirá cuando se vayan los españoles? Pues lo mismo que queríamos en 1810, que las cosas no cambien mucho. Mantener nuestras haciendas, otros quieren además tener esclavos y todos impedir que la gente común tenga poder. Somos grandes hipócritas y ser republicanos es la consecuencia de que no nos dejaron ser realistas. Alonso decía el otro día que si la corona hubiera nombrado gobernadores, virreyes y obispos criollos, amén de bajos impuestos, todos estaríamos contentos.'*

-'*No todos somos un Casa León'*. Dijo Carlos Augusto a la defensiva. *Varios generales tienen un origen humilde. Páez es un llanero, Piar era mulato, Soublette hijo de un canario que se casó con una Jerez de Aristeguieta,...'*

-'Es cierto, pero en el fondo... ¿qué quiere la mayoría de ellos? Pues dejar de ser parte del pueblo y sumarse a los mantuanos ¿y nosotros? Pues mantener privilegios. La libertad es... es una palabra que... que cada uno entiende a su manera... es como la vida.'

-'¿Cómo?'. Preguntó Carlos Augusto mientras sentado en el borde de la cama le pasaba el brazo a su padre por los hombros.

-'No sabemos por qué, ni para qué vivimos. A veces sentí que era para hacer algo, para dejar como una huella. Te veo, a ti y a todos mis hijos, a las haciendas... y pienso que sí, que hice algo, pero no me ayuda a morir. La verdad es que nadie se quiere morir, a menos que sea miserable o estúpido.'

Roberto hablaba con alguna dificultad, la respiración entrecortada y María Antonia intervino.

-'Mi amor, para de hablar por un momento y come algo. Vamos a dejarte solo un ratito para que comas. Además, nadie duda de tus huellas. Altagracia no sólo ha sobrevivido a la guerra, sino que es la mejor hacienda de los valles y quizás de todo el país, y la Providencia es otra maravilla.'

-'¿Y que me dices de la maravilla de hijos que tiene Don Roberto Carvallo?'. Agregó Carlos Augusto con humor.

Roberto sonrió mientras el sopor lo dominaba y cerró lentamente los ojos. María Antonia y su hijo caminaron en silencio hasta la sala y pocos minutos después escucharon voces en la puerta. Jorge con apuro, abrió el portón tan pronto sintió los golpes de la aldaba. Alonso, María Isabel, Juan Lorenzo y Alfonso entraron a la sala. En sucesión abrazaron a Carlos Augusto y preguntaron por Roberto. María Antonia los invitó a sentarse y Jorge sirvió café y limonada. Juan Lorenzo se excusó y se dirigió a la habitación de Roberto para hacer su diaria visita como médico mientras los demás conversaban en la sala. Pocos minutos después se incorporó al resto del grupo.

-'Está dormido. No quiso comer.'

-'¿Qué crees?'. Preguntó Carlos Augusto.

-'No ha orinado desde ayer. Sólo un milagro... lo siento, pero pienso que pocas horas'.

-'*Él lo sabe. Ayer puso todos sus asuntos en orden. ¿Saben que le preocupaba? Pues que la herencia fuera equitativa, que no hubiera rencillas después de irse.*'

-'*No las habrá*'. Dijo Alfonso. '*Nadie podrá decir nunca que en esta familia ha habido rencillas por dinero.*'

Las visitas resultaron agobiantes. Hacia mediodía llegaron Pablo y María Luisa, luego Jacqueline. Al anochecer llegaron Mariana y los niños desde *Altagracia*, así como las esposas de Alonso y Alfonso. Más tarde vinieron también Lorenzo y María Josefina. El día anterior habían venido los hermanos de María Antonia, Jorge y Luisa, pero José se había quedado en La Guaira debido a su enfermedad. Brevemente pasaron por la casa Elvira y sus hijos.

-'*¿Sabes algo Carlos Augusto?*'

-'*Dígame madre*'.

-'*Tu padre y yo hemos sido felices. Pocos pueden decir eso después de tantos años.*'

-'*Las buenas personas son las únicas que saben que significa la felicidad. Papá y su merced han sido las mejores personas que he conocido en mi vida.*'

Carlos Augusto no pudo asistir al sepelio. Tampoco lo hicieron los dos hijos de Pablo y el esposo de Altagracia, Manuel Paz que estaba con el ejército. Pero asistieron más de cien personas entre familiares y amigos. Había una representación del Cabildo, el viejo Obispo caminó junto al féretro y hasta un joven teniente español los acompañó. Francisco, que había llegado poco antes del fallecimiento se quedó oculto con Carlos Augusto en la casa, mientras que Rosa caminó junto a Mariana y María Antonia hasta el cementerio. Soplaba una leve brisa del Este cuando los dos robustos mulatos comenzaron a bajar el féretro y el Obispo terminaba la oración. Luego una fina llovizna los cubrió.

-'*Es un presagio*'. Dijo Rosa.

-'*Ya llegó mayo, Rosa, no es ningún presagio, pronto los campos de Altagracia estarán reverdecidos y cuando pueda me llevaré a Roberto para allá. Hace muchos años me pidió que lo enterraran en Altagracia.*' Dijo María Antonia con las mejillas húmedas de lágrimas y gotas de lluvia mientras lanzaba un puñado de tierra sobre el ataúd.

14

Eduardo y Albertina

Diego Rengel llamó a Salazar y le entregó la carta. Debía tomar un caballo, buscar a Casimiro Pérez en Maracay y regresar de inmediato. El hombre conocía el camino y al destinatario de la carta. No era la primera vez que lo enviaban a la casa del dueño de la bodega y estaba intrigado. Había cierto placer en la encomienda, lo alejaba de la rutina y al regreso siempre se las arreglaba para detenerse en Cagua donde vivía la siempre bien dispuesta Florencia, eso sí, a cambio de algún regalo. Pero eso último no era mayor problema, en las casas que Diego ocupaba, siempre había alguna cosilla que podía desaparecer sin que lo notaran y cada vez que entraban a algún poblado, algún botín terminaba en sus bolsas. Ahora tenía rango militar, pero por años había sido un simple sirviente de la casa de los Rengel en Caracas. La guerra, pensaba mientras cabalgaba hacia Maracay, había sido una bendición, en particular después que Don Diego lo alistara en el ejército como su ordenanza. Además, por alguna razón que él solía llamarla suerte, la más de las veces cuando entraban en combate si se quedaba cerca del Capitán Rengel, estaba seguro. El hombre sabía como cuidarse.

Casimiro Pérez era un hombre fornido y de baja estatura. Tenía unos cincuenta años y hablaba como los viejos habitantes de Maracay y sus alrededores. Le habían saqueado la bodega dos o tres veces, pero siempre se las arreglaba para reparar los estantes y conseguir comida, cuerdas, algunos aperos de labranza, velas de sebo y alpargatas lo que le aseguraba una clientela bastante regular. Había aparecido en

Maracay como veinte años atrás y nadie sabía mucho sobre su vida, salvo que tenía habilidad para hacer negocios. Además de la bodega tenía unas tierras y alquilaba tres carretas que guardaba en un depósito detrás de la tienda. Salazar encontró la bodega abierta y Casimiro lo invitó a tomar un trago de aguardiente mientras guardaba la carta lacrada entre la piel y la sucia camisa que vestía.

-'*Don Casimiro, me preguntaba si puedo pasar la noche aquí. Pronto estará oscuro y estoy muy cansado*'.

-'*Claro que sí Fermín, puedes dormir atrás, donde están las carretas y que no te asusten las ratas, hay una que otra. Ahora voy a cerrar y si quieres te invito a comer algo, debes tener hambre*'.

-'*Y bastante sed*'. Agregó Fermín esperanzado.

-'*Allí esta una pimpina con agua. Sírvete lo que quieras*'. Contestó Casimiro dejando claro que no le iba a dar más aguardiente. La carta tenía una gota de lacre en el borde, una marca que significaba que era urgente que la entregara y no quería salir en la mañana y dejar, como ya había pasado, a un Fermín durmiendo la mona.

-'*¿De dónde vienes, Fermín?*'

-'*Desde Trujillo, ha sido un viaje largo y ha llovido mucho. Los caminos están malos*'.

Comieron en silencio y Fermín llevó su caballo y pertrechos al cobertizo. En pocos minutos estaba durmiendo. Casimiro lo despertó en la madrugada.

-'*Fermín, despierta que me tengo que ir.*' Dijo Casimiro en voz alta y Fermín se despertó sobresaltado.

-'*Coño, hombre, si todavía está oscuro*'.

-'*Ya va a amanecer. Aquí tienes café, tómatelo, ensilla y regresa. Le dices a Don Diego que su encomienda va en camino.*'

María Antonia miraba por la ventana el largo desfile de las tropas. Morillo estaba saliendo de Caracas. Corría el rumor que no iba hacia Trujillo, sino hacia los llanos. El día anterior, Alfonso le había comentado que estaba convencido que Morillo evitaba una confrontación con Bolívar porque apenas tenía unos cinco mil hombres. Tan pronto se vayan, pensó, se iría a *Altagracia*. No quería estar en Caracas, necesitaba ocuparse de algo más que no fuera la casa donde cada objeto le recordaba a Roberto. *Altagracia* también estaba llena de recuerdos, argumentaba María Isabel y era cierto, pero en la hacienda podía estar más ocupada. Le dolía la cadera y a veces también la muñeca y los dedos. Los dolores habían comenzado tres años atrás y su hijo le había diagnosticado reumatismo, algo nada raro en personas de su edad. Pero el reposo recomendado no hacía otra cosa que entumecerla aún más, mientras que si se mantenía activa, olvidaba a ratos el dolor. Esa mañana había tenido una larga conversación con Francisco y Rosa después de entregarles los papeles de propiedad de *La Esperanza* siguiendo al pie de la letra los deseos de Roberto.

-*'Sí Francisco. No hay ninguna duda, no sólo le lo dijo varias veces, sino que dejó los papeles firmados, y para lo que pueda valer en éste momento, también registrados y con varios testigos. Ustedes hicieron en buena medida lo que es La Esperanza, así que es justo que sean ahora los dueños.'*

-*'Doña María Antonia, estamos muy agradecidos. Es mucho más de lo que merecemos. Don Roberto le tenía mucho cariño a la hacienda, igual que su merced y los hijos.'* Dijo Francisco conmovido. *'Está por demás decir que será siempre la casa de ustedes, para lo que puedan necesitar.'*

-*'Francisco, no quiero que regreses a las tropas. Ya está bueno y no tienes edad para andar en eso.'*

-*'Ya se lo dije, pero es que es muy terco'.* Agregó Rosa.

-*'No volveré, así que no sigan con eso que tampoco soy tan burro. Ya me está costando trabajo montarme en un caballo y esos papeles Doña María Antonia son una gran responsabilidad. Así que nos vamos mañana mismo a La Esperanza'.* Dijo Francisco con voz grave sorprendiendo a las dos mujeres con su repentina decisión'.

-*'Le escribiré a Carlos Augusto sobre esto. Le va a dar mucha alegría, antes de irse insistió en que te convenciera.'* Dijo María Antonia. *'Y yo me voy esta misma semana a Altagracia, lo que es otra buena razón para escribirle a mi hijo.'*

Carlos Augusto y sus tres acompañantes se reunieron con los lugartenientes de Morillo a veinte leguas de Santa Ana. La reunión fue breve y un cansado Morillo les mandó a decir que aceptaba tanto el lugar como la fecha del encuentro. Carlos Augusto estaba sorprendido, esperaba que las negociaciones fueran complejas y difíciles, en particular después que el emisario había conminado a Bolívar a retirarse a Cúcuta como condición previa a algún acuerdo. Había sido una jugada hábil sugerida por los problemas que había tenido Páez con los irlandeses y el preciso recuento del número de hombres a la disposición de Bolívar.

El General español no sólo había mostrado su capacidad en las batallas, sino que en muchas oportunidades parecía estar bastante bien informado sobre el número y distribución de las fuerzas republicanas. Recordaba claramente cuando dos años antes había reunido a su estado mayor y les había informado sobre el cambio en la estrategia de Bolívar.

-'*Señores, debéis prestar atención. Bolívar y sus generales están abandonando la guerra de bandidos y se están organizando al estilo español, o europeo que a fin de cuentas es similar. Esto nos obliga a mirar este asunto de otro modo, no es lo mismo combatir bandas de cien o doscientos hombres, que ejércitos de tres o cuatro mil.'*

-'*Posiblemente ese cambio sea favorable a nosotros*'. Comentó uno de los coroneles. '*Esos grupos son difíciles, aparecen y se esfuman entre los montes. Una tropa formal no se puede esconder*'.

-'*Pero nos puede derrotar. Cien hombres causan daño y hasta desmoraliza a la que no puedan ser capturados. Pero creo que Bolívar ya aprendió que de ese modo la guerra será eterna. Vamos a necesitar refuerzos y ya los he requerido a Madrid.*'

Madrid no respondía o lo hacía de modo insuficiente. Ya no recordaba el número de cartas y partes que había enviado, pero si tenía bien en mente que si recibía un quinto de lo necesario, ese era un día festivo. Exigir el retiro a Cúcuta había sido farol para distraer y la airada respuesta no le había causado sorpresa. Una suerte de armisticio le convenía, unos meses y a lo mejor llegaba el esperado auxilio de España. Pero no se engañaba, un armisticio también le convenía a Bolívar cuya salud, de acuerdo a los informes, no era la mejor.

Tres oficiales de cada bando, fijaron los detalles del acuerdo el 26 de noviembre y al día siguiente los dos generales se vieron los ojos en Santa Ana, poblado tomado por las tropas españolas y por tanto, seguro para Morillo y mejor que encontrarse en la mitad de un yermo donde podía ocurrir cualquier cosa. Cuando bajó del caballo, vestido con sus mejores ropas, el más vistoso de sus uniformes y vio a Bolívar que hacía lo mismo supo que su carrera militar en América había concluido.

Trujillo, 1 de diciembre de 1820.

Querida madre:

Espero que cuando reciba estas letras su merced se encuentre buena de salud y espíritu. Se las mando a Altagracia porque en su última carta me dijo, en contra de lo deseado por casi toda la familia, que su merced decidió irse a la hacienda. Yo estoy bueno de salud y bastante feliz después del armisticio que firmaron Bolívar y Morillo el 26 de noviembre. Tuve el honor de ver a estos dos grandes hombres abrazarse en el pueblo de Santa Ana y acabar finalmente con el horror de la guerra muerte que desde el año 13 ha causado tantas víctimas. Quiera Dios que este armisticio, que seguramente no es el fin, al menos sirva para hacernos más civilizados. Hoy le escribí a Mariana para que se vaya con su merced a Altagracia y se hagan buena compañía. Estoy contento por Francisco y Rosa que seguramente sabrán como manejar y mejorar a La Esperanza como fue siempre el deseo de mi padre.

Como siempre reciba su merced todo mi afecto,

Carlos Augusto

María Antonia leyó la carta de su hijo con satisfacción y añoranza. Sin Roberto, los hijos cobraban creciente importancia. En Caracas, hasta el día de su partida, la habían convertido en el centro de toda la atención. Parecían estar de acuerdo para que nunca estuviera sola y apenas se retiraban Alonso y María Isabel, aparecía Juan Lorenzo con el pretexto de ver como estaba de salud o Alfonso con otro puñado de papeles para que los revisara de nuevo. Irse a *Altagracia* era también una forma de pasar su duelo con un algo de ansiada soledad. La idea de estar acompañada por Mariana le agradó. Los días habían transcurrido tal como esperaba. La casa necesitaba atención y tampoco le faltaban conocimientos para llevar la administración de la hacienda, lo que le resultó un gran alivio al mayordomo que se sentía más a gusto en las tareas del campo que llevando las cuentas. Le llevó toda una semana poner orden en la contabilidad y al final la satisfacción de encontrar que, confusas como las había encontrado, no había ningún faltante.

La lluvia, más fina y fresca que en los meses anteriores, caía sin cesar desde la madrugada. María Antonia prefería esos días de noviembre y diciembre, cuando languidecía la estación de lluvias y las noches eran más frescas, que aquellos cuando el inclemente sol elevaba la temperatura. Se había colocado una capa sobre los hombros y miraba caer la lluvia a través de la ventana. Dejó los anteojos sobre la mesa y tomó un sorbo del café que le habían servido cuando escuchó el chapoteo hacía la entrada. Entre la lluvia apareció un jinete sobre un alazán de buen porte bien cubierto por sombrero de ala ancha que le ocultaba la cara. Se levantó y caminó hacia la puerta justo cuando el hombre se descubría el rostro.

-'¡Eduardo!'. Exclamó con alegría. ¿Qué haces aquí?'.

-'Pues visitando a la mejor abuela del mundo'. Contestó el joven subiendo con agilidad los tres escalones de la entrada.

-'Ven querido, dame un fuerte abrazo. Pues mira que bien te ves. Seguro que rompiste más de un corazón en Francia'. Dijo María Antonia extendiendo los brazos. Eduardo la tomó por la cintura y la levantó ligeramente del piso.

-'Cuidado, con cuidado que ya no tengo veinte años'.

-'A mi parece que tiene usted menos. No ha cambiado nada desde la última vez que la vi.' Eduardo la soltó y le besó ambas mejillas inclinándose para hacerlo con un gesto que le recordó a Roberto.

-'No sé si aprendiste sobre hacer la guerra en la Academia, pero si sabes como halagar a las mujeres.'

-'Eso es indispensable en París.' Respondió Eduardo sonriendo.

-'Ahora cuéntame qué haces por aquí. No creo que hayas viajado dos o tres días bajo la lluvia sólo para visitar a tu abuela.'

-'No vine por La Guaira. Me aconsejaron no hacerlo, así que de Nueva York viajé por tierra hasta Pensacola y de allí a Puerto Rico y luego a Curazao. Desembarqué en La Esperanza hace cuatro días y me vine para acá por Ocumare. Hasta Maracay me acompañó un compadre de Francisco.'

-'Entonces te quedas aquí unos días porque Mariana viene a visitarme. Eso es más seguro que ir a Caracas. Pero entra y sácate esa ropa mojada. Usa el cuarto de tu padre y allí encontraras ropa seca que por lo que veo te vendrá bien.'

-'Gracias abuela, eso haré. Estoy calado hasta los huesos. En la parte alta de la montaña estaba diluviando y hacía frío.'

Eduardo entró al cuarto de su padre mientras María Antonia ordenaba café y una copa de aguardiente. Cuando salió de la habitación y olió el café se sintió en el hogar. Rara vez había tomado café en París y no tenía el mismo aroma.

-'Delicioso abuela y además una copita de aguardiente. Me trata usted como a un hombre crecido y se lo agradezco.'

-'Bueno no hay duda que estás crecido. Tienes el mismo porte de tu abuelo y de tu padre, unas libras menos, pero como ellos, las ganarás con los años. Pero cuéntame, ¿cómo está Guillermo?

-'Bien, igual los Boisnard, todos con buena salud. Guillermo terminará sus estudios en año y medio. Sueña con Altagracia, igual que Martín. No faltará quien se ocupe de la hacienda.''

Al día siguiente le escribió a su padre una vez que María Antonia le explicó como se comunicaban. La carta tardará unos cuantos días. Un jornalero la llevaría hasta Valencia donde Ceferino Sánchez acumulaba varias hasta que se justificaba el viaje hasta Barquisimeto. Allí entregaba el fardo al Padre Anastasio y desde allí la correspondencia seguía una ruta conocida por muy pocos, pero bastante efectiva.

-'Esperaré a que llegue mi madre y luego seguiré camino hacia Trujillo o hacia donde se hayan movido las tropas. Me voy a alistar.'

María Antonia sacó la carta de Carlos Augusto del arcón donde guardaba sus objetos más apreciados y se la entregó a Eduardo.

-'¿Un armisticio y después ha sabido algo más?'.

-'*No, esa es la última carta y no han llegado otras noticias. Aquí hay que tener paciencia, no tenemos un correo como en Europa. Pero por favor ten calma, no hace falta que te precipites que esta guerra lleva ya diez años, así que bien puede esperar unos días por el galante Teniente Carvallo*'.

Eduardo comenzó a involucrarse en las actividades de la hacienda y se sorprendió encontrándole gusto al contacto con los campos. Los recordaba como un terreno de esparcimiento, en particular la profunda poza del río donde todos se habían bañado en alguna oportunidad. Mariana llegó cinco días después acompañada por sus hermanos menores y dos sirvientes, uno de ellos armado con un viejo y largo fusil, así como con una lanza, arma que después de Boves y con Páez se había hecho popular. El reencuentro fue alegre, en particular para Gustavo que miraba al recién llegado de París con algo de idolatría. Rosa era ya una señorita y Mariana, con apenas diez años, la imitaba en coquetería. Augusto no recordaba a su hermanastro, pero un par de paseos en la grupa del caballo fueron suficientes para que el pequeñín siguiera a Eduardo por todas partes. Unos días después comían juntos en la gran mesa cuando Mariana reflexionó en voz alta.

-'*Es como si ya hubiera terminado esta horrible guerra*'.

-'*Abuela, dicen que ya se va a acabar*'. Señaló Rosa.

-'*Dios te oiga mijita, Dios te oiga...*'.

-'*Mañana iré a La Victoria*'. Dijo Eduardo. '*Voy a comprar unas azadas, mecate y telas. Tenemos varios jornaleros que necesitan ropa.*'

-'*No vayas solo y ten cuidado. No sé si hay tropas en La Victoria*'.

-'*No abuela, no hay, ya averigüé. Se fueron hace tres días, así que no se preocupe que es seguro*'.

La Victoria había tenido mejores días. Años atrás tenía casi tantos habitantes como Maracay, pero la guerra había hecho sus estragos. Las tropas realistas y republicanas habían entrado y salido del poblado varias veces dejando a su paso una creciente pobreza, aunque algunos habían lucrado con la presencia de los soldados. Es un pueblo de mujeres, pensó

Eduardo mientras recorría lentamente la calle principal. Mujeres y niños, se corrigió, mirando a los transeúntes. Se detuvo frente a la bodega seguido por Marcial que conducía la carreta. El tendero reconoció a Marcial y lo saludó con cordialidad ante la expectativa de una buena venta.

-*'Conozca a Don Eduardo, es hijo de Don Carlos.'* Dijo Marcial y el bodeguero inclinó la cabeza en una suerte de reverencia.

-*'Tenga buen día Don Eduardo. Su merced dirá que necesita'.*

-*'Buen día señor. Marcial tiene la lista. Mientras despacha, yo daré una vuelta por el pueblo. Tengo años que no lo miro.'* Dijo Eduardo displicente y salió de la tienda. Cruzó la calle encharcada con cuidado para no ensuciar las botas y caminó hacia la iglesia. Tres jovencitas salían de misa y bajaban las escalinatas hacia Guillermo. La que aparentaba ser la mayor lo miró con curiosidad.

-*'¿Eduardo Carvallo?'.* Preguntó con una voz que el joven apreció como muy agradable. La voz hacía juego con el rostro y la sonrisa, ésta última le hizo recordar.

-*'¿Albertina?'.*

-*'Sí, Albertina Rengel y ellas son Rosario y Teolinda Escalona.'*

Eduardo las saludó quitándose el sombrero y haciendo una reverencia.

-*'Señoritas, es un placer conocerlas'.*

-*'Años sin vernos Don Eduardo. Desde que se fue a Francia.'*

-*'Así es, vivíamos cerca y en más de un convivio de niños estuvimos juntos.'* Explicó Albertina a sus amigas.

-*'¿Y que hay de la vida de Diego?* Supe que se fue a España a estudiar. Preguntó Eduardo.

-*'Está de vuelta, es oficial de infantería'.* Contestó Albertina. Eduardo la miró sin atreverse a preguntar en que bando. Le vinieron a la memoria algunos comentarios poco agradables de su padre sobre la ambigüedad de los Rengel y la joven, como adivinando sus pensamientos, aclaró.

-*'Está con Bolívar, creo que hacia los Andes'.* Eduardo se sintió aliviado. El sol comenzaba a calentar y sugirió que caminaran hacia la plaza donde veía un par de grandes árboles bajo cuya sombra se podían cobijar. Durante más de media hora los cuatro jóvenes conversaron animadamente.

Las Escalona eran primas de Albertina. Tenían una casa en La Victoria y dos haciendas al Noroeste del poblado, montaña arriba, donde cultivaban café.

-'*Debemos irnos, si tardamos más, mamá se preocupará. Costó trabajo dejar que nos permitieran ir solas a misa.*' Dijo Rosario.

-'*Pienso que las debo acompañar*'. Señaló Eduardo. '*¿Hacia dónde se dirigen?*'. Albertina señaló con la mano hacia el Oeste.

-'*Son sólo tres manzanas*'. Aclaró Teolinda con cierto temor en la voz.

Caminaron juntos, las hermanas Escalona adelante y Eduardo atrás con Albertina. Cuando llegaron a la esquina próxima a la casa, Rosario se volvió hacia ellos.

-'*Creo que hasta aquí es suficiente Don Eduardo, si mamá nos ve puede que...*'

-'*Señoritas, nada me gustaría más que conocer a sus padres.*' Interrumpió el joven con seguridad y siguió caminando hacia la casa a pesar de la inquietud de las jóvenes. Las acompañó hasta la puerta. Teolinda golpeó suavemente la aldaba y poco después se abrió la puerta.

-'*Su señora madre estaba ya preocupada*'. Dijo la mujer, una mulata oscura de unos treinta años bloqueando la puerta.

-'*Eloísa déjalas pasar*'.

-'*Un joven señor viene con ellas*'. Dijo la mulata entrando en la casa.

-'*¿Cuál señor? Niñas ¿quién viene con ustedes?*' Escucharon la voz que salía del umbroso zaguán.

-'*Es Don Eduardo Carvallo, uno de los señores de Altagracia*'. Contestó Albertina

-'*Pues no se queden allí, invítenlo a pasar.*'

Eduardo regresó a la hacienda con la imagen de Albertina en mente, en particular la cautivadora sonrisa. Doña Carmen Escalona lo había recibido con amabilidad y le ofrecieron una taza de café. Joseph Escalona estaba en la hacienda y con prudencia acortó la visita a pesar de que Doña Carmen, una mujer atractiva pero quizás demasiado gorda, lo trató muy bien para ser una visita no anunciada. En los siguientes días fue a La Victoria con cualquier pretexto y visitó a los Escalona varias veces. Para el fin de la semana, a su insistencia, María

Antonia le envió a los Escalona una nota invitándolos formalmente a almorzar en *Altagracia* el siguiente domingo, el último antes de la navidad.

-*'Eduardo, ¿sabes que entre los Carvallo y los Rengel hay una mala sangre?'*

-*'Algo abuela, pero no conozco los detalles. Una vez escuché al abuelo y a mi padre hablar mal de Rengel'.*

-*'Es bueno que lo sepas porque me parece que te está gustando Albertina. Yo no soy de las que piensan que hay que heredar los pleitos, pero debes estar en cuenta. El padre de Albertina se permitió ciertos comentarios indebidos y en público cuando tu tío abuelo recibió el título de Marqués. Fue despectivo con respecto a Hilaria y uno de los Ponte lo puso verde en casa de los Tovar. Pero el pleito viene de más lejos, el padre de Rengel y una tía de Roberto trataron de quitarle parte de la herencia. Luego, más recientemente, los Rengel anduvieron siempre entre dos aguas, cuando les convenía eran realistas y cuando no, se las daban de amantes de la independencia.'*

-*'Abuela, por lo que he oído, aquí y en París, eso de cambiarse de partido como que no es muy raro.'*

-*'No, no lo es, pero tu padre es muy severo con eso. No le gusta la gente que no se define. A veces hasta ha criticado a tus tíos que, como abogados y médico, han atendido clientes y pacientes de los dos bandos.'* Agregó Mariana. *'¿Y qué me dices de Albertina?'.*

-*'Ya la verán, es muy linda'.*

-*'Yo la recuerdo. Siempre con una sonrisa.'* Señaló María Antonia.

Esa tarde llegó una carta de Carlos Augusto. Le pedía a Eduardo quedarse en *Altagracia* por lo menos hasta fines de enero. En pocos días acompañaría a Bolívar hacia algún sitio de Cundinamarca donde posiblemente estarían algunas semanas o tendría que seguir hacia Quito. Todo dependía de los planes del General. En una línea les informaba también del retiro de Morillo y la entrega del mando de las tropas realistas a La Torre.

El almuerzo el siguiente domingo fue todo un éxito. Albertina y sus primas el centro de atención de los jóvenes Carvallo, pero por distintas razones. Rosa haciendo amistad con jóvenes de su edad, Mariana imitándolas, Gustavo acompañando los juegos y Augusto feliz testigo y ocasional participante de apenas cinco años. Alicia, con un año menos, corría entre confundida y entusiasmada. El día era luminoso y fresco. Las lluvias habían cesado y el cielo azul anunciaba el comienzo de la estación seca, pero aún los campos estaban verdes y la temperatura, cosa que María Antonia siempre había agradecido, era en diciembre y enero, la más baja del año. Joseph Escalona nunca había estado en *Altagracia* y Eduardo lo acompañó durante buena parte de la mañana mostrándole cultivos, potreros y los bosquecillos dispersos en el bajo pie de monte que rodeaba la hacienda hacia el Sur.

-*'Altagracia es famosa en los valles, pero nunca pensé que sería así. Es una hacienda extraordinaria'*. Dijo Escalona cuando regresaban, los caballos al paso, hacia la casa.

-*'Pero si estamos tan cerca. ¿Cómo es que nunca nos había visitado?'*. Preguntó Eduardo.

-*'Bueno, este... quizás y a pesar del parentesco por viejos pleitos. Pero la verdad es que ni yo ni mi familia tenemos nada que ver con eso.'* Dijo Escalona titubeante.

-*'¿Por los Rengel? Pues si es por eso, no se preocupe. Yo tampoco tengo nada que ver con esos cuentos y pienso que mi padre tampoco. Don Joseph, vamos a apurar un poco a los caballos, ya pronto servirán el almuerzo.'* Respondió Eduardo en tono casual.

-*'Y por nosotros mismos, mi padre tuvo una vez un pleito y el abogado de la otra parte era el Licenciado Cortés, pero recuerdo a mi padre decir que Cortés le hacía honor a su apellido. Por otra parte, algún parentesco, creo que lejano, había entre mi abuelo y los Carvallo.'*

Esa noche Eduardo le escribió a su padre, carta que saldría junto a otras dos, de Mariana y María Antonia. Un relato pormenorizado de la situación de la hacienda consumió casi dos páginas. Sobre su alistamiento, ni una palabra. *Altagracia,* la proximidad de Albertina y el armisticio le habían enfriado las ansias de entrar en combate. No pensó prudente mencionar su romance y además casi podía apostar que de informarle a su padre, se ocuparían tanto su madre como su abuela.

A mediados de enero y en el contexto del armisticio, Alonso Cortés logró tramitarle un pasaporte y Eduardo hizo una breve visita a Caracas con el propósito de ver a sus tíos y primos. Estuvo dos semanas en la ciudad y se alojó en la casa de Lorenzo Martín y Jacqueline que con sus tres hijos, Daniela, Andrés y Lorenzo vivían, en lo posible, al margen de la guerra. Era una casa bilingüe y para sorpresa de Eduardo, habían logrado un balance adecuado entre el francés y el español. Entre ellos y cuando no había ningún sirviente presente, la conversación se desarrollaba en francés. En las restantes oportunidades lo hacían en español. Lorenzo Martín y su hermana habían recibido una apreciable herencia y por parte de los Boisnard tampoco eran menguados los recursos. La casa era frecuentemente visitada por los pocos franceses que vivían en Caracas y los representantes del gobierno francés, permanentes o itinerantes, encontraban en la casa de Lorenzo un punto de referencia. Esto les había conferido una especie de inmunidad y en Caracas se referían a la residencia como la "casa de los franceses" y el poco disimulado lujo del cual hacían gala determinó que le endilgaran el apodo de "Lorenzo el Magnífico" a su pariente.

Aunque realmente eran primos segundos, la diferencia de edad hacía que Eduardo se dirigiera a Lorenzo y a Jacqueline como "tíos", trato que recíprocamente Daniela, Andrés y Lorenzo Antonio les daban a Carlos Augusto y Mariana. Después de la muerte de Lorenzo la casa había sido modificada para albergar a su hijo y esposa sin alterar demasiado la vida de Hilaria. Con algo más de setenta años, pero aparentando tener bastante menos, Hilaria había ganado con el tiempo una importante posición social. No se había limitado a efectuar donaciones aquí y allá, un ala nueva en el Hospital, reparaciones en las iglesias y una generosa dotación a las ursulinas para que ayudaran a las niñas desprotegidas, sino que participaba directamente en muchas actividades. Después de la muerte de Lorenzo, ni ella, ni su hijo, habían hecho ningún esfuerzo por preservar el marquesado a sabiendas que el color de la piel se convertiría en un problema. Pero todo el que entraba en la casa no podía menos que ver en la sala el gran retrato de Lorenzo, pintado en Francia y debajo del mismo una placa de bronce que rezaba: "Lorenzo Carvallo, Marqués de la Sierra".

-'La situación es infernal Eduardo. Sobrevivimos por las utilidades del pasado, pero ahora el país entero está arruinado. La fanega de cacao que estaba a 45 pesos en el año diez, ahora se paga a 20. El café ha caído de 12 a ocho y el quintal de algodón de 15 a 10. Casi no se consiguen cueros para exportar porque las tropas se han comido todo el ganado. Les recomiendo sembrar café y vean como hacen para aumentar las cabezas de ganado.' Le dijo Lorenzo en la cena.

-'El café no crece bien en Altagracia, pero el ganado sí. El hato quedó mermado en el año 18, pero ahora está creciendo.'

-'Yo compré dos haciendas hacia Los Teques para sembrar café. Ustedes deberían hacer lo mismo. Siete de cada diez haciendas cambiaron de manos en los últimos diez años y muchas no para mejor. Varios hacendados nuevos me deberían satisfacer como 50 mil pesos, pero todos dicen que están mal.'

-'Es buena idea tío, le escribiré a papá para consultarle. Pero hay otro asunto donde necesito su consejo.' Dijo Eduardo.

-'Si está a mi alcance, pues con gusto.'

-'Conocí en La Victoria a Albertina Rengel y me contaron de las dificultades del pasado con la familia. Ella me gusta mucho y quisiera conocer su opinión.'

-'Eduardo, voy a ser bien franco. El padre de Albertina insultó más de una vez a papá, pero más grave aún, los insultos tenían que ver con el hecho de que mamá fuera mulata. El abuelo era un conocido prestamista y junto a la tía Eloísa trató de quitarnos dinero y propiedades. Al hermano apenas lo conozco, pero me dicen que es un oficial competente y Albertina es sin duda una joven muy agraciada. Por mi parte no hay problema, quien te lo va a poner será Rengel. ¿Ya lo sabe?'

-'No creo salvo que los Escalona le hayan contado algo.'

-'Tratará de hacerte la vida imposible. Es mala gente.'

-'¿Y si lo visito?'

-'Yo no me arriesgaría, está viejo, sordo y no menos necio que en el pasado. Ten paciencia, primero deja correr un poco los días hasta que estés muy seguro de tus sentimientos. Después veremos que es lo mejor.' Aconsejó Lorenzo. 'Piensa bien lo que vas a hacer, recuerda que cuando uno se casa siempre carga, de una manera u otra, a la familia del cónyuge.'

-'Gracias tío'.

Eduardo decidió seguir los consejos de Lorenzo y mantuvo toda la discreción posible en su relación con Albertina, pero con la convicción que tarde o temprano tendría que confrontar a Rengel.

15

La batalla

Eduardo regresaba a *Altagracia* acompañado por Alonso Cortés y un sirviente buen conocedor de la ruta. El viaje de Alonso obedecía a la necesidad de tomar algunas decisiones sobre las tres casas que Roberto había adquirido en Caracas. Había una oferta sobre una de ellas, en otra el inquilino no quería o no podía pagar y la tercera necesitaba reparaciones, pero también podía ser vendida. Las tropas del general La Torre, o al menos parte de ellas, estaban en Caracas y varias alcabalas habían hecho el viaje algo más lento de lo esperado. Eduardo llevaba parte de sus pertenencias que habían sido enviadas de Curazao a La Guaira en el lomo de las dos mulas conducidas por Dionisio, un negro liberto flaco como una estaca, pero con un cuerpo musculoso. Seis veces los habían detenido y el equipaje meticulosamente revisado por algún sargento o simples soldados de a pie, pero los pasaportes bastante habían servido.

Comenzaron el descenso hacia el poblado de Tejerías al comienzo de la tarde lo que hacía poco probable que pudieran llegar a la hacienda ese mismo día. Alonso estaba muy molesto con un divieso en la entrepierna y venía maldiciendo la hora en que decidió viajar hacia los Valles de Aragua.

-'¿*Qué le pasa Don Alonso?'*. Preguntó Dionisio.

-'*Pues que me duele la pierna, el culo, la espalda y los años que llevo a cuestas'*.

-'¡*Alto!'*. Exclamó Eduardo que encabezaba la pequeña procesión.

-'¿*Qué ocurre?'*. Preguntó Alonso alarmado.

-'*Oí algo, creo que es un caballo. Allí, hacia abajo'*. Dijo Eduardo mientras desmontaba apuntando con la mano izquierda hacia el fondo de un barranco que corría paralelo al camino'. Dionisio y Alonso desmontaron en silencio. Escucharon ahora más claramente el agónico sonido.

-'*Parece un caballo resoplando*'. Dijo Eduardo sin convicción.

-'*¿Voy a ve?*'. Preguntó Dionisio.

-'*Sí, anda, pero con cuidado, está empinado*'. Confirmo Eduardo.

Dionisio inició el descenso caminando con habilidad entre la hojarasca húmeda hasta que desapareció entre la densa vegetación. Escucharon de nuevo el ruido del animal y luego la voz de Dionisio.

-'*Hay un hombre en el suelo y una bestia. Parece que tá tieso.*'

Eduardo gritó:

-'*Dionisio, espérame allí. Voy bajando. Tío, creo que su merced mejor se queda aquí con los animales y la carga.*'

-'*Ni lo digas Eduardo, no me voy a desnucar en ese barranco. Anda con mucho cuidado, es una caída fuerte.*'

Eduardo descendió zigzagueando hasta llegar donde estaba Dionisio. En efecto había un hombre en el suelo y a unos diez pasos el agonizante caballo con las patas rotas. No tenía un arma para sacrificar al animal que era lo indicado. Se arrodilló junto al hombre caído y le tocó la yugular como le habían enseñado en la Academia. El hombre estaba frío y rígido, sin duda muerto desde hacían varias horas. Varias hormigas pululaban sobre el cuerpo y comenzaban a llegar moscas con brillantes colores entre verde y azul.

-'*Ese sesnucó ayer. No yede, pero ya llegaron las moscas verdes.*' Aseguró Dionisio que había visto en su vida unos cuantos muertos y le parecía una necedad estar tocando al cadáver.

-'*Vamos a esculcarlo bien a ver si carga algo que nos permita saber quien es*'.

El hombre era fornido pero de baja estatura. Las ropas no sólo estaban sucias por el descenso entre la hojarasca, sino que mostraban que el difunto era poco aseado. Llevaba una bolsa de cuero a la cintura y dentro del mismo algunas monedas. Caminaron hacia el caballo y Dionisio sacó de algún lado un filoso cuchillo.

-'*¿Lo termino de matá Don Eduardo? Esa bestia esta sufriendo*'.

-*¿Sabes cómo hacerlo?'.*

-*'Si, Don Eduardo. Hay que cortarle aquí y la sangre sale rapidito.'* Contestó Dionisio indicando la yugular con la punta del cuchillo. Con un rápido movimiento hizo un corte profundo mientras el caballo hacía otro inútil esfuerzo por incorporarse. La sangre salió con violencia y tuvieron que apartarse unos pasos hasta que el animal ya no se movió más. En la primera alforja había comida y una botella de aguardiente. Con trabajo lograron halar la segunda que había quedado debajo del caballo. Allí había más comida, una carta y un papel sucio y plegado. Eduardo lo abrió, era un pasaporte parecido al suyo y expedido a nombre de Casimiro Pérez con domicilio en Maracay. La carta tenía un destinatario bien peculiar: el general La Torre. Subieron lentamente hacia el camino hasta llegar donde los esperaba Alonso.

-*'Tío mire esto'.* Dijo Eduardo.

-*'¿Qué encontraron?* Preguntó Alonso.

-*'Un muerto y su caballo. Se debió haber caído. Dionisio sacrificó al animal y dice que el hombre está muerto al menos desde ayer.'*

Alonso tomó el sobre y lo miró indeciso.

-*'Vamos a abrirlo, sólo así sabremos como proceder'.*

-*'Pero está lacrado y dirigido al General'.* Dijo Alonso atado a la formalidad.

-*'Está dirigido al enemigo, no es momento de vacilar y puede contener información útil para nuestro ejército.* Respondió Eduardo con el recuerdo vivo de las enseñanzas de la Academia en la mente.

-*'Pero por algo así los realistas nos podrían fusilar'.*

-*'Cierto tío, y si le da curso hacia La Torre, entonces lo fusilaría Bolívar. Déme la carta que a fin de cuentas yo me voy a alistar. Dejemos al muerto donde está y juremos silencio.'*

-*'Don Eduardo tiene razón. Aquí o corremos o no encarmamo, t'amo jodidos si se avirigua'.* Intervino Dionisio al sentir que su pellejo también estaba en peligro. Alonso le devolvió la carta a Eduardo y agregó:

-'*Bien, pero no quiero saber que dice la carta y Dionisio menos. ¿De acuerdo?'. Por cierto Dionisio se dice averigua, no avirigua'.*

-'*Bueno, pero su mercé me comprendió....'*

Eduardo guardó la carta sin abrirla y el pasaporte en un bolso de cuero que llevaba atado a la ancha pretina que le adornaba la cintura. Subieron a los caballos y siguieron descendiendo hacia Tejerías donde pasarían la noche en una antigua y ahora abandonada alcabala. Alonso y Dionisio agotados se durmieron poco después de comer algo de carne salada, papas y granos de maíz que Dionisio preparó en una improvisada fogata. Eduardo tomó la lámpara de aceite y dando la espalda a sus compañeros de ruta, abrió el sobre y extendió las dos hojas de papel. La primera era una carta dirigida a La Torre, en la segunda había una relación detallada de armas y bastimento.

Señor General

En seguimiento a lo dispuesto por el señor general Pablo Morillo le envío a su merced la información, hoy a los diez días del mes de enero de 1821, por la misma ruta que hemos usado hasta ahora. Como le manifesté en la misiva precedente el armisticio es visto por Bolívar y sus generales como gran triunfo y del mismo no cesan de vanagloriarse. Ahora mismo tenemos más de cinco mil hombres entre Cúcuta, San Cristóbal y parte de Trujillo. Se dice que otro tanto está a la disposición de Páez, mientras que en el oriente rencillas o ambiciones todavía impiden la unión de las tropas bajo un solo mando. Bolívar partió hacia Santa Fe y ya debe estar en esa ciudad, pero ordenó prepararnos para avanzar hacia el centro de Venezuela tan pronto retorne y estimo que eso ocurrirá entre fines de febrero y comienzos de marzo cuando los caminos están bien secos. Hay bastante parque y las tropas están mejor armadas. Los generales Sucre, Urdaneta y Bermúdez están contestes con Bolívar que dice que nunca habían estado mejor y que pronto será el momento de una grande embestida desde varios puntos. Escuché que cuando Bolívar regrese, Páez avanzará desde los llanos hacia el Norte, Urdaneta con un contingente de importancia se irá hacia oriente por el Norte de los llanos y Bermúdez, que aún muy alocado, es el de más confianza en oriente, atacará hacia el centro desde su posición. No debe echar en saco roto el señor General que por vez primera en muchos años Bolívar tiene suficiente ascendencia y mando sobre hombres como Mariño, Santander, Urdaneta, Sucre, Bermúdez y Páez, amén de su fiel Soublette, Ibarra, Cedeño y media docena de otros generales y coroneles.

Las tropas tienen el acicate de la promesa que al derrotar a los exércitos del rey, Bolívar entregará tierras y haciendas a los fieles y destacados. Pienso, General que cosas parecidas debe ofrecer su merced si quiere evitar que más gente se sume a las tropas. Pienso también que el general Bolívar se acogerá al término pactado de avisar con cuarenta días el fin del armisticio y no esperará los seis meses acordados. A seguir le mando la lista del parque, el tipo de armas, número de cañones y caballos a disposición de Bolívar.

Su afectísimo amigo,

Diego Rengel

Eduardo podía sentir los latidos de su corazón. El hermano de su adorada era un espía de Morillo y ahora de su sucesor. ¿Quién sabe desde cuando y cuanto daño habría causado? La muerte era la pena segura para los espías y traidores y el azar había colocado en sus manos la vida de Diego. Pasó buena parte de la noche despierto tratando de encontrar una solución. No podía hacerse cómplice y tampoco deseaba cargar con el odio que Albertina sentiría al saber que su hermano moriría por su culpa. Avanzada la noche decidió que debía compartir la carta con su padre y dejar en sus manos la decisión. Luego pudo dormir algunas horas.

Llegaron a *Altagracia* cansados y hambrientos a tiempo para almorzar. Eduardo apenas saludó a su madre y abuela, tomó ropa limpia y cabalgó hasta el río donde se sumergió por una larga hora. Regresó y se sentó en la mesa, casi obligando a las dos mujeres a regresar de otras ocupaciones y acompañarlo.

-'*Madre, abuela. Mañana me voy para encontrarme con mi padre y alistarme en el ejército. Ya es tiempo de hacerlo.*'

-'*Pero si acabas de llegar, ¿acaso no puedes esperar unas semanas más antes de irte a matar?*' Dijo Mariana angustiada.

-'*No, ya no debo esperar más. Este es el momento, mientras dure el armisticio. Después me será más difícil y riesgoso llegar donde están ahora.*'

Las protestas y argumentos de las dos mujeres resultaron inútiles. Eduardo se levantó de la mesa al concluir su comida y comenzó a dar órdenes para organizar el viaje. Escogió dos jornaleros que ya habían estado en combate con Carlos Augusto y luego decidió que era prudente llevarse también a Dionisio, no sólo por ser un hombre con experiencia, sino para tenerlo a la vista y evitar cualquier desliz, hasta que la carta estuviera en manos de su padre. En la noche habló con Alonso que descansaba, medio desnudo en una hamaca después de abandonar parte de su pudor y dejar entre María Antonia y su esposa le cortaran el divieso que lo atormentaba, eliminando luego la purulenta secreción con un lienzo bañado en aguardiente.

-'*Me parece una buena decisión Eduardo. Tu padre juzgará mejor que nadie que hacer.*'

-'*La carta tío Alonso es de alguien conocido por ambos que hace de espía dentro del ejército de Bolívar.*'

-'*Con más razón es conveniente que Carlos Augusto decida que hacer.*'

-'*¿No se ofende tío si no le digo quien es?*'.

-'*No, prudente es el que nadie lo sepa. Cuida mucho esa carta*'. Contestó Alonso habituado, como veterano abogado, a guardar secretos.

Casi dos semanas le llevó a Eduardo y sus tres acompañantes encontrar el primer campamento del ejército, así como un par de horas convencer al sargento que el más joven del grupo sería en breve oficial del mismo y además hijo del general Carvallo. Finalmente el hombre aceptó enviar un soldado a caballo hasta donde se encontraba el coronel de la unidad a la que pertenecía. El soldado regresó unas cuatro horas después con instrucciones para que se trasladaran dónde él estaba.

-'*Bienvenido Teniente Carvallo*'. Le dijo apenas Eduardo franqueó la estrecha puerta. Eduardo se puso firme y le respondió el saludo con la formalidad de la academia. Tardó unos segundos en reconocerlo por el contraste entre la umbrosa sala y el intenso sol que bañaba el caserío.

-'*Por Dios, ¡Víctor Manuel, qué sorpresa!*'. Exclamó Eduardo aún sorprendido mientras se levantaba el coronel y le extendía los brazos. '*Te hacía en La Esperanza, no sabía que estabas con las tropas*'.

-'*Desde el año 15, primero en oriente con Bermúdez, luego un tiempo con Páez y ahora estoy aquí. ¿Te parece raro ver a un mulato con galones?*'.

-'*No sé coronel, apenas llego. Pero supongo que es justo y por cosas como esa es que estamos en ésta guerra.*' Contestó Eduardo ajustando el trato al grado de Víctor Manuel.

-'*Estando solos podemos olvidar los rangos. Frente a otros será necesario mantenerlos por razones de disciplina. ¿Te parece bien?*'.

-'*Como usted ordene coronel*'. Contestó Eduardo abrazando de nuevo a quien había sido en parte su guía y mentor en los bosques.

-'*Me dijeron que tenías urgencia en ver al General.*'

-'*Sí, Víctor Manuel y no por razones familiares, que también cuentan, sino por un asunto militar, importante y además secreto.*'

-'*Está en Cúcuta, te llevará un par de días llegar allá. Voy a dar órdenes para que te acompañe un pelotón con un sargento conocedor de la zona. ¿Cuándo quieres partir?*'.

-'*Tan pronto sea posible*'.

Víctor Manuel se sentó y se colocó la mano en la barbilla.

-'*Si salen en las próximas horas pueden pasar la noche en Bramón y llegar tarde, al día siguiente a San Antonio, pero esa será una jornada larga. De allí a Cúcuta por Ureña es un paso. Con suerte pasado mañana estarás viendo a Don Carlos.*

-'*¿Qué has sabido de Francisco?*'. Preguntó Eduardo. '*En Altagracia me dijeron que está bien, me alegró saber que por fin decidió salirse del ejército y descansar un poco.*'

-'*Pues lo mismo. Me escribió hace como dos meses la última vez. Esta feliz en La Esperanza, nada deseó tanto como ser dueño de un pedazo de tierra. ¿Sabes quién anda por aquí? Pues Pinto ¿Te acuerdas de él?'*.

-'*¿Cómo olvidarlo? Papá siempre nos contaba como lo puso derechito y le cortó la jodienda que siempre tenía.'*

-'*Pues sigue igual, pero es un gran soldado. Ahora es cabo y pronto será sargento*'.

Llegó a Cúcuta en la mañana del tercer día. La ciudad era un cuartel y los soldados pululaban por las calles. La noche anterior se puso el uniforme, algo raído, pero uniforme al fin, que Víctor Manuel le había conseguido. Se presentó formalmente ante en comandante que cuidaba la periferia de la ciudad y pidió albergue y comida para sus soldados. Un capitán lo acompañó hasta la vivienda que ocupaba su padre.

-'*General Carvallo, afuera está un joven teniente que dice ser su hijo Eduardo.'* Le informó el Capitán.

Carlos Augusto dejó a un lado el mapa y se levantó. -'*¿Dónde? Hágalo pasar*'.

-'*Por el amor de Dios Eduardo ¿Qué estás haciendo aquí? Ven, dame un abrazo. ¿Cómo están mamá, Mariana y los chicos?* Dijo atropelladamente dando dos largos pasos antes de abrazarlo.

-'*Padre, me dice que quiere saber primero y le ruego que me suelte porque me va a romper las costillas*'. Dijo Eduardo riéndose. Carlos Augusto lo tomó por los hombros y se separó.

-'*Carajo, déjame verte. Vaya que has crecido y estás fuerte.*'

-'*No tanto como su merced que casi me rompe el costillar del apretón que me dio y contesto sus preguntas. Primero, la abuela, mamá y los hermanos, todos bien. Traigo varias cartas que ya podrá leer. Segundo, vengo a alistarme. Ya tengo uniforme y necesito que me den comisión, si puedo decir algo, desearía estar cerca de su merced y tercero, tengo una carta que debe ser vista por usted para decidir que destino se le da.*'

Mientras hablaba Eduardo sacaba el sobre que llevaba entre el pecho y la camisa y se lo extendía a su padre. Carlos Augusto leyó la carta al menos dos veces y con el ceño arrugado miró la detallada lista adjunta.

-'¿Cómo llegó a tus manos y quién más sabe de su contenido?'.

Eduardo le explicó con detalles el hallazgo del cuerpo mientras extraía el pasaporte del fallecido.

-'Creo que sólo quien la escribió y ahora nosotros. Tío Alonso no quiso verla y Dionisio todavía se muere de curiosidad, pero sólo saben que es algo importante.'

-'Has hecho muy bien en actuar de ese modo. Es un asunto para Bolívar quien decidirá que hacer. Por fortuna regresó ayer de Santa Fe y está aquí. Conserva la misma prudencia que hasta ahora. Ni una palabra a nadie, incluso si en los próximos días algunos superiores, coronel o general pregunta algo, contesta que no tienes autoridad ni permiso para comentar nada. ¡Tan hijo de puta el hijo como el padre!'. Exclamó y por primera vez Eduardo escuchó a su padre emplear ese lenguaje.

Por esa noche se alojó en la casa que ocupaba Carlos Augusto, consciente que al día siguiente debería trasladarse a otra vivienda acorde con su rango y función. A media mañana un ordenanza le entregó una hoja doblada y sin sobre. Se le comisionaba bajo el mando del coronel Ambrosio Plaza y debía viajar tan pronto se le indicara a Trujillo, también se comisionaba al sargento Quijano, a los siete soldados y Dionisio para que lo acompañaran. En la tarde regresó Carlos Augusto y lo tomó por el brazo.

-'Vamos, el general Bolívar nos espera.'

Caminaron a buen paso un par de manzanas y entraron al Cuartel General y sede del estado mayor. Se sentaron brevemente en la antesala del despacho de Bolívar. Los pisos de madera crujían al paso de oficiales y ordenanzas. Eduardo reconoció a tres o cuatro de ellos. O'Leary abrió la puerta y los invitó a pasar quedándose discretamente fuera del despacho. Bolívar no parecía lo que Eduardo suponía, estaba aparentemente cansado o enfermo, muy delgado, con los nerviosos ojos parpadeando sin cesar. Había papeles en desorden sobre la mesa y junto a la pluma y el frasco de tinta, reposaba el sable. Ambos saludaron y Bolívar los invitó a sentarse.

-'Entonces usted se llega de Europa con ganas de alistarse, se va a Caracas a ver la familia y de regreso a la hacienda hace este enorme descubrimiento. *Ya me contó su señor padre la discreción con que manejó este asunto. Muestra más madurez de la esperada dados sus años y por ello lo haremos confidente de la decisión.'*

-*'Gracias General'*. Musitó Eduardo angustiado.

-*'Saint Cyr, ¿no es así?'*

-*'Si General'*

-*'Buena escuela. En lo que agarre un poco de experiencia lo promovemos a capitán. Necesitamos escuela y disciplina para que vayan de la mano con la experiencia.'* Ahora escuche y hágalo bien porque nunca más se hablará de esto. No vamos a hacer nada, no se sorprenda, seguro que en Saint Cyr algo le enseñaron sobre la contra de espías. Vamos a usar a ese bandido, le vamos a dar información equivocada. Vamos a engañar al engañador. Si lo ve alguna vez, y trataremos que eso no ocurra, usted disimulará. ¿Está bien claro?'.

-*'Si General, está bien claro.'* Contestó Eduardo, sintiéndose impregnado por el carisma que emanaba de Bolívar.

-*'Otra cosa, de este asunto sólo sabrán tres o cuatro personas. Salvo su padre y yo, usted no sabrá quienes son. Nunca responda a nadie que le hable sobre el tema, no importa el grado que tenga, si no le presentan una nota mía o de su padre, ahora se puede retirar teniente y le deseo suerte y éxito, vamos a necesitar ambas cosas en los próximos meses.'*

Carlos Augusto y Eduardo se levantaron y saludaron militarmente a Bolívar.

-*'General Carvallo, quédese, debemos hablar de otros asuntos. Teniente espere a su padre afuera que no lo entretendré por mucho tiempo.'*

Al salir Eduardo sintió que sería capaz de hacer cualquier cosa que le ordenara Bolívar. Apenas había llegado y el General lo había hecho sentir como una pieza importante en la guerra. Apenas clareaba el oscuro cielo cubierto de nubes y sin luna, cuando un entusiasta Eduardo y su grupo partieron hacia Trujillo. Carlos Augusto lo despidió con un abrazo a la luz de la lámpara mientras ambos tomaban una taza de café.

-*'Le escribiré a tu madre y cuídese mucho hijo mío. No haga locuras, no se arriesgue más de la cuenta. Plaza es un hombre valiente, pero a veces un poco alocado, pero lo conozco desde el año*

12 *cuando era subteniente y combatimos juntos con Miranda en Valencia. Cuando deba dirigir sus hombres en la batalla, acuérdese que son más útiles vivos que muertos. Aquí está la carta para Ambrosio Plaza.'*

Una semana de arduo camino fue necesaria para ir desde Cúcuta hasta Trujillo. Eduardo estaba habituado al ejercicio y desde su llegada desde Francia había llevado una vida activa, pero el paisaje andino era demandante. En un mismo día podían subir elevadas cumbres, cruzar páramos helados y luego descender hacia valles con mayor temperatura. La neblina los cubrió en varias oportunidades y en la segunda noche descubrió que era posible sentir tanto frío como en un invierno europeo. El esfuerzo físico estaba compensado por las majestuosas montañas y su especial verdor, roto aquí y allá por campos roturados y pequeñas casitas, casi siempre blancas y rodeadas de bajos muros de piedra. Cruzaron una infinidad de pequeños arroyos que descendían de los páramos y las húmedas montañas. Ocasionalmente cauces de mayor magnitud que los obligaban a mojarse las botas y parte del cuerpo cabalgando con frecuencia descalzos mientras calzado y ropa se iban secando al viento colgados de las cinchas de las sillas de montar.

Domingo Quijano era andino y conocedor de la zona. Un hombre silencioso y diligente que había cultivado trigo y papas cerca del río Mucuchíes en la pequeña propiedad de su padre, insuficiente para alimentar a nueve hermanos y había visto la guerra como una oportunidad para obtener una parcela o descubrir una nueva forma de vida para cuando fuera prudente formar familia. Cuando se alistó tenía 18 años y marchó con Bolívar desde Mérida hasta Caracas en el año 13. Lo hirieron en la batalla de La Puerta y capturado por las tropas realistas terminó sirviendo a las mismas hasta que el maltrato de su jefe lo hizo desertar y regresar a su terruño. Se alistó de nuevo a comienzos del 19 y acompañó a Bolívar en la Nueva Granada ganándose los galones de sargento en el Pantano de Vargas. Eduardo no intentó hacer valer su rango y dejó en manos de Quijano el control del grupo observando la forma en que el sargento mantenía la disciplina y administraba el tiempo y la comida. Al fin de cada jornada Quijano ordenaba limpiar y aceitar los fusiles y distribuía a sus hombres para preparar la única comida caliente del día, cavar una pequeña fosa para los excrementos y alternar centinelas en los puntos más elevados. El sargento se aseguraba, al acampar, de no quedar al descubierto y lo hacía casi siempre en algún recoveco entre las montañas donde quedaban ocultos durante la noche.

Las tropas del Coronel Plaza ocupaban un valle estrecho cerca de la ciudad de Trujillo y por el momento, la principal preocupación del jefe era como alimentar a tantos hombres. Hacia el lago de Maracaibo había ganado, pero ya habían consumido una parte importante del rebaño. Pronto deberían abandonar el sitio o recibir efectivo si querían mantener contentos a los soldados y solidarios a los pobladores locales. Eduardo y el sargento Quijano se presentaron en el cuartel de Plaza y le entregaron al Capitán de guardia las órdenes giradas por Carlos Augusto. Al atardecer un ordenanza le indicó que el Coronel lo esperaba. Cumplidos los saludos de rigor, Plaza lo invitó a sentarse.

-'¿Tuvo buen viaje teniente Carvallo?'. Preguntó Plaza con una voz que hacía evidente el fuerte resfriado que afectaba al coronel.

-'Si coronel, gracias por preguntar. Fue una buena experiencia y el sargento Quijano me hizo aprender unas cuantas cosas de la vida en campaña. El y su grupo tienen experiencia y el sargento maneja muy bien a sus hombres'.

-'Esa es una buena actitud teniente. Veo que hace poco salió de la academia y necesita ganar experiencia. Esto no es Francia y los galones no bastan. Tenemos gente ruda y con frecuencia indisciplinada. Pocos con experiencia como parece ser el caso de su sargento y a esos hay que hacerles caso.' Explicó Plaza mientras Eduardo asentía.

-'Si, coronel, entiendo.'

-'Teniente lo voy a necesitar cerca de mí. Requiero alguien capaz de sacar cuentas, leer documentos y despachar las ordenes. Usted será mi asistente y el sargento, ¿cómo se llama?'.

-'Domingo Quijano'.

-'Bien, Quijano, quedará a sus ordenes para seguridad de ambos. No confío mucho en los que tengo en este momento. Así que se me mudan cerca, le informaré al capitán Mendoza mi decisión para que les busque acomodo. Dígame, ¿cómo está su padre?, nos conocemos hace algún tiempo y le tengo mucho respeto.'

-'Bien coronel, gracias por preguntar.'

-'¿Por qué lo envió conmigo?'. Preguntó Plaza mirándolo fijamente.

-'Pienso que no fue mi padre quien decidió sino el general Bolívar, pero no sé por qué, lo único que puedo decirle es que ambos le tienen mucho aprecio.'

-'Buena respuesta teniente. Veo que tiene habilidad para entenderse con las personas. Eso me será útil. Yo soy más de acción que de palabras. Ahora puede retirarse teniente Carvallo.'

La vida en el campamento era rutinaria y Eduardo dedicó bastante tiempo a conocer a los oficiales y escuchar los relatos de los más experimentados. Distribuía las órdenes de Plaza temprano cada mañana y luego observaba la ejecución de las mismas. Cada tarde, en pequeños trozos del escaso papel preparaba un resumen de lo acontecido y se lo entregaba al coronel. El ocho de mayo Eduardo le dio lectura, ante el estado mayor de Plaza, a las órdenes llegadas de Cúcuta y el diez el ejército se puso en marcha hacia San Carlos. Plaza juntó a sus hombres y trató de compensar falta de dinero con arengas. La larga columna marchó lentamente hasta abandonar el pie de monte. Frente a ellos se abrieron los llanos hasta el horizonte. El inicio de las lluvias generó algunas dificultades para mover carretas y cañones. Un día deben enterrar a un soldado, al otro media tropa tiene diarrea por algo malo que comieron. Finalmente llegan a San Carlos pronto arriban otras columnas. Los alrededores de la ciudad son un hervidero de gente y alimentarlos es la principal preocupación. La llegada de las tropas al mando de Páez con una buena cantidad de reses es la mejor noticia en varias semanas. Junto a las tropas de Plaza acampan las de Cedeño, más allá están los llaneros de Páez acompañados por lo que resta de los irlandeses. Eduardo descubre cuan diferentes son los bulliciosos hombres del llano de los apacibles andinos.

-'*Teniente, lo manda a llamar el general Carvallo.*' Le informa Quijano. '*Está en la casa junto a la iglesia*'. Eduardo montó el caballo y al galope, buscando espacios entre las tropas, llega hasta el centro del poblado. En la puerta de la casa indicada se identifica y un capitán lo invita a pasar.

-'*Teniente Carvallo, que bueno es verte de nuevo*'. Dijo Carlos Augusto a modo de bienvenida. Eduardo sonriente le sigue el juego.

-'*General Carvallo, el Teniente Carvallo se presenta y espera órdenes*'.

-'*Ven y dame un abrazo*'. Dijo Carlos Augusto rompiendo el protocolo.

-'*¿Cuándo llegó su merced? ¿Tuvo buena jornada?*'. Preguntó Eduardo.

-'*Anoche y muy cansado. El viaje desde Cúcuta es bien fuerte, bueno no tengo que decírtelo ya que lo conoces.*'

Carlos Augusto invitó a Eduardo a sentarse y compartir la sempiterna taza de café. Por buen rato compartieron noticias de la familia hasta que Carlos Augusto cambió el tema.

-'*Eduardo a esta hora hay alguien que le debe estar enviando a La Torre información. La misma dice que buena parte de las tropas se dirigirán hacia el Norte y que al mando de Urdaneta avanzarán hacia Caracas. Pero eso no es cierto y vamos a mantener este ejército unido hasta enfrentar a los realistas al Sur de Valencia.*'

-'*¿Diego Rengel?*'.

-'*Sí, y a dos o tres más le vamos a dar información equivocada. También haremos correr otros rumores con algunos que están dentro del ejército de La Torre. Casi la mitad de sus soldados son criollos, esa es una gran debilidad que estamos aprovechando. Si se entrampa con la información lograremos dividir su tropa. En pocos días juntaremos más de 6000 hombres. Si no me equivoco el mayor ejército que hemos levantado en más de diez años. Si no se traga la información falsa, por lo menos le sembraremos dudas.*'

-'*¿Y después?*'

-'*Volver a nuestros asuntos en paz. Pero ahora lo importante es derrotar completamente al ejército realista y parece que lo vamos a lograr en tres días estaremos todos en marcha hacia el Noroeste donde está el grueso de las tropas realistas. Hace ya unas semanas* que Bolívar le dio aviso a La Torre sobre la ruptura del armisticio de noviembre.'

-'¿Y qué harán con Diego?'

-'Bolívar decidirá después de la batalla, si es que sobrevive. Su batallón estará en la primera fila y tu estarás en el Cuartel de Plaza disponible como enlace con los otros grupos'.

El 23 de junio tomaron posición alrededor de la planicie rodeada de suaves colinas. Más de once mil hombres sumaban ambos bandos. La Torre hizo un último e inútil esfuerzo por lograr otro armisticio en los días previos y cuando los observadores le informaron sobre la magnitud de las tropas que avanzaban al mando de Bolívar, ya era tarde para hacer volver los hombres enviados tras un Urdaneta que nunca apareció donde debía estar de acuerdo a los informes de los espías.

Bolívar dividió en tres bloques sus fuerzas. Páez, Cedeño y Plaza serían los comandantes. La Torre se veía fuerte en el frente y en el flanco izquierdo, pero el derecho, próximo al terreno más accidentado y las colinas, era débil. La caballería de Páez fue la primera en atacar y a las once de la mañana el silencio fue roto por el ruido de los cañones, los disparos de los fusiles y los cascos de los caballos se combinaban con los estruendosos gritos de los llaneros. Eduardo podía ver el polvo generado por los caballos de Páez cuando Plaza y Cedeño dieron la orden de atacar por el centro. De pié, desde la colina, vio a Plaza encabezar a sus tropas a caballo y ordenar la primera ronda de fusileros, luego la segunda mientras avanzaban y la tercera se mezcló con la carga de las bayonetas. Tomó las riendas del caballo y galopó hasta colocarse junto a Plaza. Con un revés del sable hirió a un soldado realista que cargaba contra el comandante y con el costado del caballo embistió a otro que estaba a punto de disparar. Plaza daba órdenes junto a él y la cuña se iba profundizando en el centro de las tropas realistas. De pronto ya era difícil distinguir propios de enemigos.

Eduardo sintió un golpe en la pierna seguido de un intenso dolor, bajo la vista y vio la sangre que corría hacia el interior de la bota. Golpeó a otro soldado con el sable y disparó una vez la pistola contra un oficial que cabalgaba hacia Ambrosio Plaza con una lanza enristrada. De pronto vencieron la última línea y Eduardo pudo percibir a los lanceros de Páez que habiendo penetrado por el flanco ya estaban en la retaguardia. Cuatro hombres, uno de ellos a caballo, rodearon a Plaza. Eduardo y Quijano cargaron contra ellos empujando el primero al soldado más próximo con el caballo mientras el sargento le hundía la bayoneta al segundo, pero el coronel había caído herido en el pecho. Eduardo bajó del caballo y corrió hacia el coronel cuando sintió el impacto en la espalda, tropezó con el cuerpo de un hombre y cayó al suelo.

16

El séptimo año

María Antonia terminó de poner las flores y limpiar la lápida de Roberto. No había sido tarea simple obtener la venia del Obispo para trasladar el ataúd desde Caracas hasta la hacienda. Toda una historia poco convincente sobre camposantos y la paz de los difuntos, que chocaba contra el deseo, varias veces expresado por Roberto, de ser sepultado en *Altagracia*. Al final el tesón de María Antonia se impuso.

Mientras terminaba su labor, María Antonia recordaba con precisión el día en que había conocido a Roberto. Habían transcurrido 60 años, pero la imagen del apuesto y corpulento joven no se borraría nunca. Cada vez que limpiaba las lápidas o ponía flores, diluidos recuerdos invadían su mente. De las cosas buenas recordaba mucho, de las otras, casi exclusivamente la muerte. Tenía, como tantas mujeres, esa habilidad para recordar rostros, nombres y eventos que tan importante era para asegurar la persistencia de las generaciones. Recordaba las epidemias y nadie como ella para describir lo ocurrido en Caracas en 1812, o los días de terror cuando primero Monteverde y luego Boves entraron en la ciudad. No menos precisos eran sus recuerdos de Madrid y París y a veces sorprendía repitiendo frases de su padre cuando describía como era la corte de Carlos III o de quienes habían sido las primeras plantaciones de cacao en Barlovento.

Muchos la temían con razón, tan sólo por saber que ella recordaba, por igual, a portadores de vicios o virtudes. Sonrió con cierta picardía cuando le vino a la memoria una escena en la Plaza Mayor, mientras caminaba con Roberto

-'*Allí va Martínez de Carpio, te mira y le tiemblan las piernas'*. Había dicho Roberto.

-'*¿Hice mal en decirle lo que pensaba?'*

-'*Creo que no, casi todos los presentes deseaban decirle algo y cuando lo hiciste, te lo agradecieron. Ese hombre es una víbora'*.

Pedro Martínez de Carpio había sido un hombre de una mezquindad increíble. Vivía en una suerte de camarachón en casa de una de sus tías y pasaba el día indagando sobre la economía de cada hogar. Tan pronto descubría que alguien tenía problemas, aparecía con sus ojos saltones y sus sonrosados y siempre húmedos labios, para ofrecer dinero a intereses escandalosos. María Antonia lo había puesto en su lugar una noche cuando en casa de los Mijares se puso a averiguar sobre las finanzas de varios vecinos cuyos bienes habían sido confiscados el año 14.

Sintió una mano que la tomaba del brazo y la ayudaba a incorporarse del húmedo pasto.

-'*Vamos abuela, que está todo mojado y pronto se hará de noche'*.

María Antonia se incorporó con dificultad. Las piernas habían comenzado a traicionarla desde el año anterior, pero todavía se levantaba temprano cada día y se ocupaba del jardín. Siempre había una hoja seca que podar o nuevas plantas que sembrar. En la estación seca recorría el jardín con una regadera en la mano derecha y las grandes tijeras en la otra. Durante las lluvias era necesario colocar estacas para mantener erguidas algunas plantas o cavar pequeños canales para que no se empozara el agua. Se apoyó en el brazo de Guillermo y terminó de levantarse. Tres lápidas acompañaban a la que había terminado de limpiar, todas de mármol, pulcras y de un blanco brillante que contrastaba con el verde uniformemente cortado del minúsculo cementerio privado. A la derecha de Roberto estaba la correspondiente a Altagracia y a la izquierda las de Roberto Antonio y Eduardo.

-'*Guillermo, hoy no arreglé la de tu hermano Eduardo. Hay que cortar con las tijeras el pasto en el borde.'*

-'*Mañana es otro día abuela y lo podrás hacer'*.

-'*Una mujer no debe enterrar a dos hijos y menos a un nieto.'*

-'*Eso no lo podemos decidir abuela, enfermedades y guerras suelen estar fuera de nuestro alcance.*' Dijo Guillermo.

-'*Roberto vivió una vida plena, pero pudimos haber evitado que Eduardo fuera a la guerra. Si lo hubiésemos obligado a quedarse unos meses más en París, estaría ahora con nosotros.*' Dijo María Antonia mientras caminaban lentamente hacia la casa.

-'*¿Dónde está tu padre?*'.

Guillermo extendió el brazo y apuntó hacia el Sur donde las dos colinas ocultaban casi totalmente los pastizales.

-'*Salió temprano hacia los potreros, pronto estará de regreso. Venga abuela, vamos a desayunar. Los niños están hambrientos*'.

-'*¿Qué has sabido de tu hermano?, hace meses que no me escribe el muy ingrato*'.

Guillermo sonrió. Carlos escribía poco, pero sus cartas eran extensas. Estaba de vuelta en París y vendía sus cuadros aún antes de concluirlos. Cada año prometía venir a visitarlos, pero nunca lo hacía, pero apenas habían pasado tres semanas de su última carta.

-'*Nada nuevo abuela. Sé que está bien, de otro modo ya hubiésemos sabido algo a través de los Boisnard*'.

-'*Guillermo, nada está fuera de nuestro alcance. Mira a tu alrededor, lo que hay es lo que hicimos, lo bueno y lo malo. Siempre somos responsables de algo y de alguien. No lo olvides.*'

Los niños esperaban ansiosos la llegada de María Antonia y Guillermo. El olor del café recién colado llegaba desde la cocina. Eduardo José se colgó del brazo de su padre y María Mercedes lo agarró con sus menudas manos por una pierna.

-'*Cuidado facinerosos que me van a echar al suelo*'. Dijo Guillermo riéndose mientras se agachaba para levantar en brazos a la pequeña.

-'*Abuela grande vamos a desayunar*'. Dijo Eduardo que a los seis años hablaba con mucha precisión, soltando el brazo de su padre y tomando la mano de María Antonia, la halaba hacia el comedor donde ya los esperaban Mariana, Gustavo y Augusto.

-'*¿No esperamos a los demás?*'. Preguntó María Antonia.

-'*Están en los potreros abuela, seguro llegarán a media mañana y estos jóvenes tienen demasiado apetito para esperar.*'

-'*Me hubiera gustado que tus dos hijas estuvieran aquí*'. Comentó María Antonia dirigiéndose a Mariana.

-'*A mí también María Antonia, pero ahora tienen maridos que atender. Me aseguraron que vendrán en agosto, pero yo no voy a esperar. Rosa tiene ya siete meses de embarazo y creo que me iré a Caracas la semana entrante. A lo mejor necesita ayuda.*'

-'*Han cambiado los tiempos Mariana ¿quién nos ayudó a nosotras cuando estábamos embarazadas? Pues nadie. Bueno eso no es tan cierto, yo tenía a Dominga cuando nacieron los tres primeros y alguna ayudita te di cuando nacieron Gustavo y Augusto porque Guillermo, Eduardo, Rosa y Mariana siempre estaban pidiendo algo.*' Dijo María Antonia con buen tono.

-'*¿Y qué pedíamos?* Preguntó Gustavo que a los dieciséis años ya era un joven espigado.

-'*Atención. Todos eran más celosos que el carrizo. Los siete querían ser el ombligo del mundo y volvían loca a Mariana. Si uno pedía guarapo, el otro quería que jugaran con él o que lo cargaran. La verdad es que Rosa ayudaba bastante con Augusto, a veces jugaba a ser la madre*'.

-'*Bueno cuando Rosa tenía trece años, Augusto tenía dos y la verdad es que pasaba bastante tiempo con él. Me ayudaba mucho.*'

-'*Por eso es tan malcriado*'. Dijo Gustavo aguijoneando al hermano. '*Tenía tres madres. La abuela, la propia y Rosa*'.

El sonido de los caballos anunciaba la llegada de los restantes. Estaban llegando más temprano de lo usual. Escucharon los pasos en las escalinatas y luego sobre la madera del corredor.

-'*Parece que llegamos a tiempo*'. Dijo Carlos Augusto.

-'*Hoy no fuimos lejos, apenas hasta el primer potrero*'. Agregó Albertina caminando hasta donde estaba Guillermo sentado y dándole un beso en la mejilla mientras Gustavo arrimaba dos sillas más a la larga mesa.

-'*La misa es a las cuatro*'. Informó Mariana. '*El padre Ignacio mandó aviso con Joaquín.*'

-'*¿Por qué hoy, acaso las misas no son los domingos?* Preguntó Augusto algo fastidiado por la idea de ir hasta La Victoria sólo para una misa.

-*'La semana pasada te lo dije'*. Señaló Gustavo en tono admonitorio. *'Hoy se cumplen siete años de la batalla de Carabobo. Es una misa de difuntos para Eduardo, Diego y otros caídos ese día.'*

-*'También de gracias'*. Agregó María Antonia. *'Gracias por siete años de paz, aunque por allí todavía hay revoltosos y malagradecidos y si no que lo diga Carlos Augusto que los ha conocido a casi todos.'*

-*'Padre, ¿por qué su merced no nos cuenta otra vez lo que pasó en Junín y Ayacucho?'*. Preguntó Martín que no se cansaba de escuchar los detalles de las dos grandes batallas.

-*'Martín, estás fastidioso. Papá lo ha contado como cien veces'*. Dijo Guillermo a conciencia que su padre tenía sentimientos encontrados sobre sus últimas actuaciones en la guerra.

-*'Vamos chicos, sin discutir. Otro día, Martín, hablaremos los dos, creo que la mayoría ya están cansados de oír cosas sobre la guerra.'* Agregó Carlos Augusto en tono moderador.

Había presenciado la rendición de Canterac y del Virrey en Ayacucho después de la brillante actuación de Sucre. Bolívar le había pedido que estuviera junto a Sucre después de la batalla de Junín, pero Carlos Augusto no se encontraba a gusto atrapado en las intrigas y las discrepancias entre Bolívar y Santander, como le había resultado doloroso el combatir a Riva y luego el fusilamiento del Marqués de Berindoaga ya que lo había conocido meses antes y le tenía simpatía. También había sido testigo de las discrepancias entre Sucre y Bolívar. En los tres años siguientes a Carabobo, Carlos Augusto realizó muchos viajes y reuniones a instancias de Bolívar, más diplomacia que guerra, y al final decidió que no le gustaba demasiado el juego de poder, las intrigas y las pequeñas y mayores traiciones. Un mes después de la batalla de Ayacucho le rogó a Bolívar que lo dejara retirarse usando como pretexto su edad y precaria salud, aunque la verdad es que añoraba volver a *Altagracia*.

-*'General Carvallo, ha servido con dedicación y fidelidad, lo de la salud no se lo creo, pero puedo entender que más de doce años de servicios y un hijo perdido en batalla, son suficientes. Ojalá yo pudiese regresar a San Mateo. Pero hay una condición, si nos hace falta en Venezuela, no vacilaré en llamarlo de nuevo a las filas'.*

-*'Gracias General, si eso último es menester, estaré disponible. Pero recuerde, ya tengo 55 años y nunca he sido un gran guerrero.'*

-*'Pero sí un buen diplomático y hombre de palabra. Mi querido amigo, no olvido aquella visita a San Mateo, tampoco lo doloroso que le resultó todo el asunto de Miranda y a pesar de ello, siempre me fue fiel y creo que nadie me pidió menos habiendo dado tanto'.*

Se despidieron con un abrazo y no se volvieron a ver hasta enero del año anterior cuando Bolívar hizo una breve visita a Caracas. Carlos Augusto tenía en sus manos un documento que había encontrado entre los papeles de su padre y le pareció conveniente entregárselo. Mientras esperaba en la antesala le dio una vez más un vistazo al viejo papel. Estaba fechado 14 de octubre de 1813 y al pie figuraban la firma de Cristóbal de Mendoza, gobernador político y luego las de Juan Antonio Rodríguez, Vicente y Jacinto de Ibarra, Andrés de Narvarte, Marcelino Argaín, Miguel Camacho, Francisco Alvarado, José Ventura Santana, Rafael Escorihuela, José Ángel de Álamo, Antonio Fernández de León, Carlos Machado, Francisco Talavera, Ramón García Cádiz, Vicente López, Juan Toro y Francisco León de Urbina. En el mismo se designaba a Bolívar Capitán General de los Ejércitos y Libertador de Venezuela. Había viejos amigos, algunos fallecidos y otros que después del año 13 se habían cambiado de bando. Bolívar miró el documento y sonrió.

-*'Gracias, Carlos Augusto y vamos a dejar los rangos a un lado. Quien se hubiera imaginado que Antonio Fernández de León, apenas un año después, estaría con Boves quitándole las propiedades a varios de los firmantes.'*

-*'Don Simón, quien buen tiene y mal escoge...'*

-*'El diablo lo recoge'.* Completó Bolívar la frase no sin que sus ojos reflejaran algo de tristeza. *'Pero a pesar de todo siempre le tuve aprecio'.*

-*'Cuando La Torre lo nombró jefe político de España y se encerró por meses en Puerto Cabello, el hombre seguía soñando con el retorno de los españoles.'* Dijo Carlos Augusto.

-'No lo culpo Don Carlos por criticar esa debilidad mía. Creo que tiene razón, pero debemos admitir que Casa León era brillante y...' Explicaba Bolívar, pero Carlos Augusto lo interrumpió.

-'Y un sinvergüenza cuyas zalemas casi siempre le pagaron buenos dividendos. Mucha gente lo veía como un defensor de las viejas propiedades y tradiciones criollas, pero siempre antepuso sus intereses y los de la corona.'

-'Yo no pude olvidar nunca cuando me auxilió en los tiempos de Monteverde y por eso traté de protegerlo cuando Páez le quitó las tierras.' Argumentó Bolívar.

-'Al final a eso se reduce casi todo. Unos luchamos para defender nuestras propiedades y hacienda, otros por conseguir lo que no habían tenido. Buen número de generales y coroneles han terminado ricos.' Señaló Carlos Augusto en tono ríspido.

-'¿Cree su merced que no estoy consciente? Nadie ha sufrido más por la avaricia y ambición de mis generales que yo mismo. Mire lo que me hizo Santander, vea lo que intentó hacer Páez. ¿Cómo cree que me he sentido viendo a Páez peleando contra Bermúdez, o a Santiago Mariño siempre frustrado? Rechacé la monarquía que me ofrecieron y traté como el que más de crear una Gran Colombia y para lograrlo, pues claro que tuve que ceder muchas veces.' Respondió Bolívar con los ojos negros encendidos.

-'No lo juzgo mal Don Simón, juzgo mal a quienes mal han hecho y no le debe sorprender que haya rabia en un hombre que perdió su hijo en la guerra y que vio morir a sus amigos y a los hijos de algunos de ellos. No luché para que unos aprovechados se hicieran ricos, sino para ver a mi tierra libre de los españoles.' Contestó Carlos Augusto mientras Bolívar lo observaba con interés.

-'Siempre hay algo de justicia Don Carlos, y otro tanto de lo contrario. A fin de cuentas Casa León se murió en Puerto Rico viejo, solo y sin las riquezas a las que estaba habituado'. Agregó Bolívar mientras se levantaba de la silla dando por terminada la entrevista. 'Venga a visitarme a Santa Fe algún día mi viejo amigo, me hacen falta sus habilidades y a veces, aun que no lo crea, también sus críticas. Aún recuerdo cuando me recriminó lo de los esclavos'.

-'*Asunto aún pendiente...*' Dijo Carlos Augusto levantándose a su vez.

Albertina y Guillermo tomados del brazo, entraron a la iglesia. *"Hacen una linda pareja"* pensó María Antonia, que les seguía, apoyándose en los brazos de Carlos Augusto y Mariana que la escoltaban. Joseph Escalona, con su mejor atuendo, y su esposa los saludaron con afecto. Detrás de ellos el joven Quiroga, el tercero de la familia que ejercía la mayordomía de *Altagracia,* acompañaba a Martín, Marianita, Gustavo y Augusto. Este último, fastidiado por la idea de entrar a la iglesia, volteaba envidiando a tres niños, que escasos de ropa y sobrados de polvo, jugaban libremente en la calle.